國內好評讚譽

編輯的工作似乎都在跟平凡無奇的述說方式奮鬥，太多華麗、誇飾、情緒般的文字往往讓許多扎扎實實的人、事、物在文章裡看起來倒像是個虛構的故事。我們「努力」寫出一個已經存在的事實，卻讓瑣碎旁生的文字掩蓋了單純真實的細節，而那往往卻是最觸動人的部分。《非虛構寫作指南》是我極度推薦的一本書，我從這本書中所得甚多。「好的散文作家應該也是半個詩人，永遠都會聆聽自己所寫的文字。」感謝威廉・金瑟這本如詩般的寫作指南。

——李取中（《大誌雜誌》、《The Affairs 編集者》總編輯）

在琳瑯滿目、換湯不換藥的寫作書山中，總算看到了驚喜！閱讀過程中，不自覺地嘆了幾次：「沒錯，這是這樣！」作者巧用生動小故事，四兩撥千斤地解釋了艱澀、深沉的寫作基本概念，讓教了學術寫作十年的我，不得不驚嘆一句：「高招！」

——李維晏（國立臺灣大學寫作教學中心主任）

在美國留學之後（深受美式寫作訓練震撼之後），我痛定思痛檢討自己的中英文寫作，面對我筆下累贅、浮誇、矯情等等毛病。《非虛構寫作指南》這本書的作者以及跟他同輩的教育家對我啟發甚鉅。我一直對大學內外的學員強調「一再修改自己稿件」、「文字務必簡明扼要不要花俏」的寫作法則。這些法則不但提升碩博士論文寫作者的論文品質，也造福各種科普、哲普、部落格作者。我樂於指定《非虛構寫作指南》做為各種校內外課程的教材。

——紀大偉（《同志文學史》作者、國立政治大學臺灣文學研究所副教授）

懷著閱讀一本「嚴肅寫作指南」的心理準備，翻開《非虛構寫作指南》，意外感到親和，很像一個與你一起有著困擾、找不到突破點的寫作伙伴陪你聊天一樣，又或者是一個不鬆懈、資歷豐富的編輯從旁指引你那般，讓我得到某種「知音」感——尤其他不斷指出的問題都是你的疑惑時。啊，原來這個關卡不是只有我獨有。作者非常細心且有耐心地，從細節開始談起非虛構寫作的思考與方法，任何人都能在這本書裡學習不少東西。

——阿潑（媒體工作者）

在出版市場上，紀實書寫愈來愈受到讀者重視，一〇八課綱實施後，無論語文教育或社會科學也愈來愈重視在地與真實任務的寫作。本書以寬廣的視角，提供區域書寫、傳記、家族書寫、科普、公關、運動文學與藝術評論等祕笈，最重要的提醒是：要以有個性的筆調，幽默以對。相信有此寶典，走進紀實書寫絕非難事。

——須文蔚（國立臺灣師範大學文學院長）

寫字，有點難，因為那不僅涉及到如何表達，也反應出你如何思考？如何對待萬物？如何敏感細緻？以及，你能否自我整理？自我突破？自我反思？還有，你是否能夠親近你要書寫的對象？要跟他保持什麼樣的關係？看完這本書，並不會讓你立即變成偉大的作家，但，你一定能好好思考上頭的問題，並且有機會成為「會寫字的人」。

——管中祥（國立中正大學傳播學系教授）

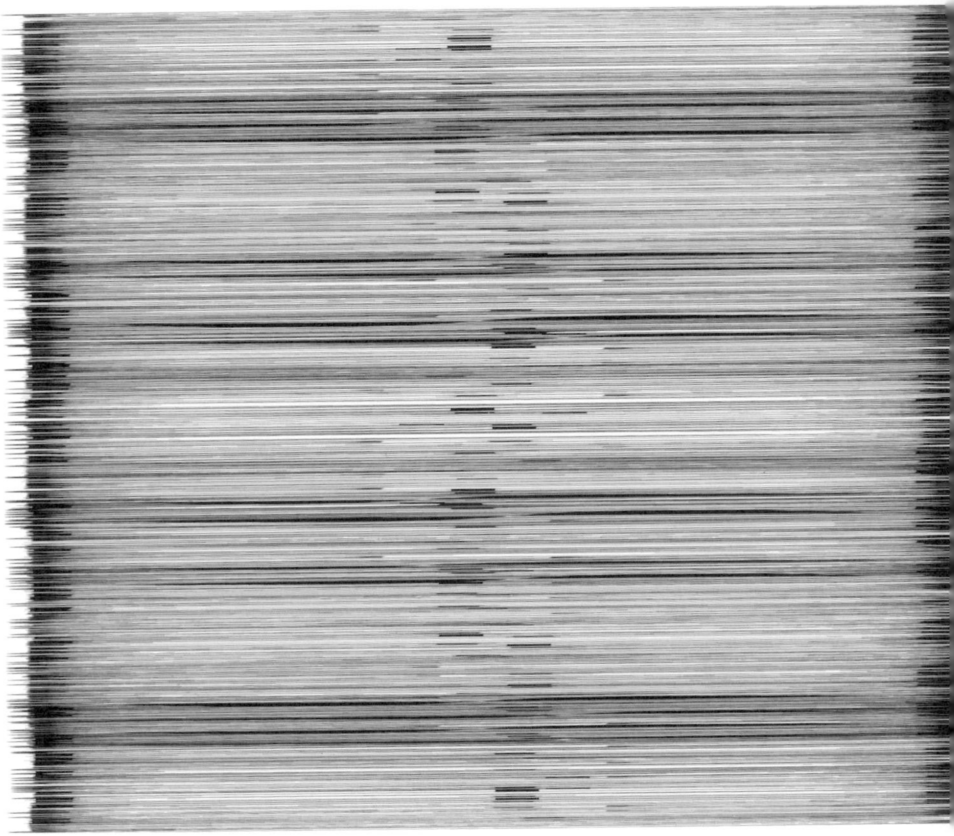

非虛構寫作指南

威廉·金瑟——著

William Zinsser

ON WRITING WELL

The Classic Guide to Writing Nonfiction

劉泗翰——譯

臉譜書房 FS0086X

非虛構寫作指南

從構思、下筆到寫出風格，橫跨兩世紀，影響百萬人的寫作聖經

On Writing Well: The Classic Guide to Writing Nonfiction

作　　者　威廉・金瑟（William Zinsser）
譯　　者　劉泗翰
編輯總監　劉麗真
總 編 輯　謝至平
責任編輯　謝至平（一版）、許舒涵（二版）
行銷企劃　陳彩玉、林詩玟
封面設計　陳恩安
內頁排版　莊恒蘭

發 行 人　涂玉雲
出　　版　臉譜出版
城邦文化事業股份有限公司
台北市民生東路二段141號5樓
電話：886-2-25007696　傳真：886-2-25001952
發　　行　英屬蓋曼群島商家庭傳媒股份有限公司城邦分公司
台北市中山區民生東路二段141號11樓
客服專線：02-25007718；25007719
24小時傳真專線：02-25001990；25001991
服務時間：週一至週五上午09:30-12:00；下午13:30-17:00
劃撥帳號：19863813　戶名：書虫股份有限公司
讀者服務信箱：service@readingclub.com.tw
城邦網址：http://www.cite.com.tw
香港發行所　城邦（香港）出版集團有限公司
香港灣仔駱克道193號東超商業中心1樓
電話：852-25086231　傳真：852-25789337
新馬發行所　城邦（馬新）出版集團
Cite（M）Sdn. Bhd.
41-3, Jalan Radin Anum, Bandar Baru Sri Petaling,
57000 Kuala Lumpur, Malaysia.
電話：603-90563833　傳真：603-90576622
電子信箱：services@cite.my
一版一刷　2018年5月
二版一刷　2023年8月

城邦讀書花園
www.cite.com.tw

ISBN 978-626-315-326-4

售價：NT$ 480
（本書如有缺頁、破損、倒裝，請寄回更換）

國家圖書館出版品預行編目資料

非虛構寫作指南：從構思、下筆到寫出風格，橫跨兩世紀，影響百萬人的寫作聖經/威廉.金瑟(William Zinsser)著；劉泗翰譯. -- 二版. -- 臺北市：臉譜出版，城邦文化事業股份有限公司出版：英屬蓋曼群島商家庭傳媒股份有限公司城邦分公司發行, 2023.08
面；　公分. -- (臉譜書房；FS0086X)
譯自：On writing well : the classic guide to writing nonfiction
ISBN 978-626-315-326-4(平裝)
1.CST: 寫作法
811.1　　112008435

導言

我在曼哈頓中城的辦公室裡掛了一些照片，其中一幅是作家E．B．懷特（E. B. White）的照片；那是懷特於七十七歲高齡時，在他位於緬因州北布魯克林的家中，由吉兒．克萊曼茲（Jill Krementz）拍攝的。一間小船屋內，一位白髮蒼蒼的老人，坐在一張不起眼的木凳上，一張不起眼的木桌旁——那種四根桌子腳上釘了三塊木板的桌子；窗外能看見河對岸的景色。懷特在一台機械式的打字機上打字，身邊除了菸灰缸跟一個原本裝鐵釘的桶子之外，旁無長物。那個桶子，我一看就知道是他的字紙簍。

來自我生活中各個層面的許多人——有作家和懷抱著作家夢的人，有我現在和以前的學生——都曾經看過那張照片。他們來跟我討論寫作上的問題，或是跟我報告他們生活的近況。可是通常要不了幾分鐘，他們的目光就會轉移到這個在打字機前工作的老人身上；吸引他們的，正是他寫作過程的簡單、樸素。懷特需要的東西都在照片裡了：一個寫作的工具、一張紙，和一個可以收納所有不如他意字句的容器。

後來，寫作變得電子化。電腦取代了打字機，刪除鍵取代了字紙簍，還有各式各樣的功能鍵可以插入、移動，甚至重新組合整段文字；可是沒有任何東西可以取代作家。他們仍然堅守著老本行，述說著其他人想要閱讀的故事。這正是那張照片的重點，也仍然是本書的重點——即使在相隔三十年後。

我最初寫《非虛構寫作指南》時，是在康乃狄克州一間加蓋的屋子裡，跟懷特的船屋一樣小，也一樣簡陋。我的工具是懸在頭頂上的一盞燈泡，一台Underwood標準型打字機，一令黃色打字紙和一個鐵絲編成的字紙簍。當時，我已經在耶魯大學教了五年的非虛構文類寫作課程，想要利用一九七五年的暑假，將課程內容寫成一本書。

那個時候，浮現在我腦海裡的影像，正好就是E·B·懷特。我一直視他為作家的典範榜樣，因為我想要迎頭趕上他那種看似舉重若輕、不費吹灰之力的風格——雖然我知道那可是千錘百鍊後的成果——所以每當我要展開新的寫作計畫時，都會先讀一些懷特的作品，讓我的耳朵熟悉他的文字節奏。不過當時我還有一點想在教學法上相互切磋較量的興趣：在我一心想要進入的競技場內，懷特正是現任冠軍。他所補充編修重新出版的《風格的要素》（*The Elements of Style*）——此書的原作者是他在康乃爾大學的英文教授小威廉·史傳克（William Strunk Jr.），是對他影響最深的一本書——在當時這本書幾乎是所有作家奉為圭臬的寫作指南，真的是誰與爭鋒啊！

於是我決定：不跟史傳克與懷特的書互別苗頭，而是與之互補。《風格的要素》是一本關於寫作要點與忠告的書：要怎麼寫，不要怎麼寫；但是書中並沒有講到要如何將這些原則應用到各種不同形式的非虛構文類與新聞寫作上，而這正是我在課堂上講授、也想要在書中教的內容：如何寫人物、地點、科技、歷史、醫學、商業、教育、運動、藝術，以及太陽底下所有等著被寫出來的新鮮事。

於是，《非虛構寫作指南》在一九七六年誕生了，現在已經傳到了第三代的讀者，銷售量高達百萬本以上。如今，我經常遇到一些年輕的報社記者，在剛入行時從聘用他們的編輯收到這本書，一如這些編輯在剛入行時也從資深編輯那兒收到過這本書。我也經常碰到一些頭髮花白的老婦人還記得她們在大學時，老師指定了這本書做為教材，並發現這本書不像她們預期的那樣如苦藥般難以下咽；有時候，她們還拿出早期的版本請我簽名，上面用黃色螢光筆畫滿了重點。她們因為把書畫得亂七八糟而跟我致歉，但是我卻喜歡這些亂七八糟的塗鴉。

三十年來，美國不斷發生變化，這本書也是如此。我總共修訂了六次，讓這本書得以跟上新的社會潮流（人們對回憶錄、商業、科學和運動愈來愈感興趣）、新的文學趨勢（愈來愈多的女性作家書寫非虛構類作品）、新的人口結構（更多來自其他文學傳統的作家）、新的科技（電腦），還有新字、新詞以及新的遣詞用句方式。同時我也在書中加入了我不斷跟寫作角力，藉由嘗試書寫過去從未接觸過的領域——如棒球、音樂、美國史——來磨練寫作技能，以及融會貫通後學到的新知識；其目的在於讓我自己更貼近讀者，讓自身的經驗得以為他人所用。如果讀者覺得可以跟我的書產生共鳴，並不是因為我是英文教授，而是因為我是實際從事寫作的作家。

我在教學時關注的重點也不太一樣了。我對那些有助於產生好文章的無形因素愈來愈感興趣——如：信心、樂趣、初衷、誠實——因此也替這些價值撰寫了新的章節。從一九九〇年代起，我也開始在紐約的新學院（New Sohool）開設成人班寫作課程，教學生如何寫回憶錄與家族史，我的學生有男有女，都是想藉由寫作來更進一步了解他們是誰以及他們與生俱來的傳統；多年來，他們的故事帶領我深入他們的生活，體會到他們想要為自己的所作所為、所思所感留下記錄的渴望。看起來，似乎有一半的美國人都想寫回憶錄。

不幸的是，其中大部分的人都被這份工作的龐雜驚呆了。面對記憶中模糊的人物、事件與情緒，他們要如何將這些蔓生的雜枝修剪成條理清晰又連貫的形狀呢？很多人都陷入了絕望。為了給他們一點幫助與安慰，我在二〇〇四年寫了一本《如何寫出好人生》（*Writing About Your Life*），這是一本記載我生命中諸多事件的回憶錄，同時也是一本教科書：在書中，我詳盡解釋了寫作時的每一個抉擇，這些抉擇都是每一位尋找自己過去的作家會遭遇的：如何選擇素材、如何刪節、如何組織、如何設定語氣。現在，在本書的第七版中，我將自己學到的經驗寫成了新的章節：「寫家族史與家族回憶錄」。

我剛開始寫《非虛構寫作指南》時，腦子裡想到的讀者只有一小群人：學生、作家、編輯、老師和想要學習寫作的人；當時完全沒有料想到電子奇蹟會如此神速地讓寫作發生革命性的變化。先是一九八〇年代問世的文字處理機，讓電腦成為每一個人日常生活中慣用的工具，即使是那些從未想過自己也能成為作家的人；然後是一九九〇年代的網際網路與電子郵件，讓這場革命延續下去。如今，世界上的每一個人都在寫點什麼東西給其他人，都可以跨越國界、跨越時區即時通訊；部落客更是遍及全球。

從某個角度來說，這股新的潮流是個好消息。任何一種新的發現，若是能夠減少對於寫作的恐懼，都跟冷氣與燈泡一樣值得稱道。但是跟所有的事情一樣，有利就有弊。沒有人跟這些利用電腦寫作的新作家說：寫作的本質就是改寫。能夠下筆如行雲流水，並不表示就一定寫得好。

這種情況在文字處理機問世時就已經出現了。那個時候發生了兩個極端：好的作家變得更好，而蹩腳的作家則變得更差勁。好的作家展開雙臂，歡迎這個可以讓他們不斷修改字句的禮物——不斷地剪裁、修改、調整——而不需要費力地重新打字謄稿；但是蹩腳的作家卻變得更囉嗦，下筆更冗長，因為寫作突然變得好簡單，而他們的文句在螢幕上看起來美得不得了。這麼美麗的字句怎麼可能不完美呢？

電子郵件更是一種適合即興創作的媒介，而不適合放慢速度或是回頭審視。若只是用來更新日常生活的紀錄，是很理想的工具，就算寫得雜亂無章，也無傷大雅；然而，世界上的商業往來也都是透過電子郵件來進行，每天有數以百萬計的電子郵件往返，傳遞人們工作所需要的訊息，一封寫得不好的訊息，很可能造成莫大的損害。寫得不好的網頁文章也是一樣。在這個新世紀，雖然有各種電子魔法幻術，但是歸根究柢，基本工夫仍然是寫作。

《非虛構寫作指南》是一本談寫作技巧的工具書，三十年前所寫的原則迄今依然相同。我不知道在未來的三十年間還會有什麼新奇蹟讓寫作變得加倍簡單，但是我確信那不會讓寫出來的文章變得加倍精采。要寫得好，仍然需要最不起眼又古老勤奮的思維——也就是E．B．懷特在小船屋裡所做的事情——以及文字這個不起眼又古老的工具。

——威廉・金瑟
二〇〇六年四月

第一部　原則

第一章　交流

康乃狄克州的一所學校曾經舉辦過一個「藝術日」的活動，問我可不可以去跟學生談一談專職寫作。我到了那裡之後才發現他們還邀了另外一名講者——我接下來會稱他為布洛克醫生——他是一名外科醫生，最近才剛開始寫作，賣了幾篇文章給雜誌社；他談的是兼職寫作。於是我們兩個人坐下來，面對一大群師生、父母，他們全都迫不及待地想要知道，在我們光鮮亮麗的工作背後有哪些不為人知的祕密。

布洛克醫生穿著鮮紅色的外套，看起來有點波西米亞風格，就像作家該有的樣子。第一個問題是問他的：當作家的感覺如何？

他說有趣得不得了。在醫院辛苦工作了一整天，一回到家，他就直奔到黃色稿紙前，寫掉一天的緊張情緒，文字就像泉湧般源源不絕，就是那麼簡單。我則說寫作一點也不簡單、也不有趣，反而是辛苦又孤獨的工作，文字也很少有如泉湧。

接下來，又有人問布洛克醫生：修改是否很重要？他說，絕對不重要，「順其自然就好了。」他跟我們說，不管寫出來的字句是什麼樣的形式，那都反映了作家最自然的一面。我則說修改是寫作的精髓，我指出：專職作家總是反覆地修改筆下的字句，然後將修改過的文字再重新改寫。

有人問布洛克醫生：「遇到寫作不順的時候，你會怎麼辦？」他說他就停下來不寫，暫時放到一邊，等感覺對了再寫。我則說專職作家必須訂定寫作日程，並且嚴格遵守；我說，寫作是一門技術，不是藝術，因為缺乏靈感就逃避技術的人只是在自欺欺人，也成不了氣候。

「如果你覺得沮喪或是不開心時，該怎麼辦？」有學生問道。「那不會影響到寫作嗎？」也許會吧，布洛克醫生答道，那就去釣魚、去散步。也許不會，我則如此回答，如果你的工作就是寫作，那麼你就要學會每天都寫，就跟做其他工作一樣。

又有學生問我們：跟文學界人士交往是否有用？布洛克醫生說，他非常喜歡身為文人的新生活，也講了一些故事，講到他的出版商與經紀人帶他到曼哈頓一些作家與編輯經常聚會的餐廳吃午餐。我則說專職作家做的是孤獨的苦工，很少跟其他作家往來。

「你寫作時是否使用象徵？」有學生問我。

「我盡量不用。」我答道。我是出了名地看不懂小說、戲劇或是電影裡的微言大義；至於舞蹈和啞劇，更是自始至終都不知道它們想傳達什麼意思。

「我超愛象徵的。」布洛克醫生驚嘆道，同時津津有味地形容他如何在作品中運用象徵的手法。

一個早上就這樣過去了，我們所有人都深受啟發。到了最後，布洛克醫生跟我說，他覺得我的回答好有趣——他從來沒有想過寫作會如此艱難；我則跟他說，我覺得他的回答也同樣有趣——因為我從來沒有想過寫作會如此簡單，也許我應該兼職做外科醫生。

至於在場的學生可能會覺得我們讓他們感到一頭霧水；不過事實上，比起只有其中一個人去演講，我們這對組合反而讓學生對於寫作的過程有了更寬廣的了解，因為像寫作這樣個人化的工作，並沒有任何「正確的」方式。世界上有各式各樣的作家，也有各式各樣的寫作方式；任何一種方式，只要能夠幫助你說出想說的話，就是適合你的方式。有人白天寫作，有人晚上寫作；有人寫作時需要安靜，有人則需要打開收音機；有人用筆寫，有人用電腦寫，也有人對著錄音機口述；有人一氣呵成寫就初稿然後再修改，也有人非得要字斟句酌，反覆修改，讓第一段至臻完美，才能開始寫第二段。

但是所有的作家都有弱點，也都會緊張；他們都受到一種難以抗拒的力量驅使，要把一部分的自己付諸筆端，寫在紙上。可是他們並不是只寫他們自然而然想到的事。他們是正襟危坐，全心投入這份文字的工作，但紙上呈現出的自我往往都比坐下來寫作的本人僵硬許多。要如何找到在緊張情緒背後那個真正的自己呢？

到頭來，任何一位作家出售的作品，都不是他們書寫的主題，而是他們自己。我經常發現自己讀著一個我從來就不覺得會感興趣的主題，卻讀得津津有味——比方說，某種科學的探索。讓我深受吸引的，其實是作者對那個領域的熱忱。他為什麼會受到這個主題的吸引？又有哪些情緒包袱？他的人生又因此出現了什麼樣的變化？我們不需要真的在華爾騰湖畔獨居一年，也能體會在那裡獨居一年的作者有什麼樣的心情。

這種個人化的交流，才是非虛構文類作品的核心。其中包含了兩個最重要、也是本書致力追求的特質：人味與溫度。好的寫作是有生氣的，可以讓讀者一段接著一段讀下去，重點絕對不在於作者「個人化」的寫作手法，而是在於如何利用文字語言把事情講得最清晰、最有力。

這樣的原則教得來嗎？也許不行。但是大部分都是學得來的。

第二章　精簡

累贅是美國人寫作的通病。這個社會充斥著不必要的贅詞、反覆的結構、浮誇的矯飾與毫無意義的術語。

誰能理解美國商業界日常使用的那堆亂糟糟的語言：備忘錄、公司報告、商務信函，以及銀行寄出來解釋最新一期「簡化」帳單的通知？有哪家保險公司或是健保計畫的從業人員能夠破解手冊上的謎團，清楚地解釋保單的成本效益？有哪個父母能夠根據包裝盒上的說明，組裝孩子的玩具？我們這個國家有個趨勢，就是膨風誇大，讓語言聽起來好像很重要的樣子。飛機機長宣布他目前預期會經歷一段相當大的降雨，卻不會說可能要下雨了——因為句子太精簡，聽起來一定有什麼問題。

然而，寫作的祕密就是剝除每一個句子裡的雜質，只留下最乾淨的元素。每一個沒有作用的文字、每一個可以用短詞取代的長詞，每一個在動詞裡已經包含同樣意義的副詞，每一個可能讓讀者搞不清楚是誰在做什麼的被動語態——這些成千上萬的雜質廢話，弱化了句子的力量；而且教育程度或是官階愈高的人，使用這些廢話的比例也隨之增加。

在一九六〇年代，我念的那所大學經歷過一段校園動亂，事後校長寫了一封信安撫校友。「你們可能已經知道，」他在信的開頭寫道，「我們經歷了一段以非常具有相當潛在爆炸性的方式表達的不滿，針對的是一些只有部分相關的事情。」他的意思是說：學生為了各種事情去找他們的麻煩。其實，比起對學生具有相當潛在爆炸性的表達方式，我對校長的文字更不滿。我還寧願見到校長採用小羅斯福總統將政府公告轉化成文字的做法，例如一九四二年簽發的燈光管制令：

> 必須做好以下的準備：在空襲期間，不論時間長短，所有聯邦政府建物以及聯邦政府使用的非聯邦政府建物都要完全遮蔽，不論室內室外都不准有燈光照明。

「去跟他們說，」小羅斯福說，「如果他們必須繼續工作，就把窗戶給遮起來。」

精簡，再精簡。梭羅這麼說，他也一再提醒我們，但是卻沒有一位美國作家能終身奉行他的教誨。翻開《湖濱散記》（*Walden*）的任何一頁，你都可以看到一個人用最淺白、最有條理的方式，述說他心裡的想法：

> 我走入森林，因為我想要認真地活，只面對生活的基本元素，然後看看我是否無法學習到生活的教誨，而不是在死前才發現自己未曾活過。

我們其他人要如何才能擁有這種令人艷羨的自由，不受累贅所困？答案是要先清理掉我們腦子裡的累贅。清理思想之後，才能清理寫作：二者相依相存，缺一不可。一個思想混沌的人是不可能寫出好文字的。或許寫個一、兩段還可能擺脫累贅的糾纏，但是讀者很快就會迷失，這可是滔天大罪，因為讀者走了，就不會那麼輕易地回頭。

那麼，這位讓人捉摸不定的讀者又是什麼人呢？讀者是一個注意力只有三十秒鐘的人——因為有太多事物追逐著他，爭取他的注意。過去，這些事物還算少：報紙、雜誌、廣播、配偶、孩子、寵物；但如今，還要加上一大堆娛樂與通訊的電子用品：電視、錄影機、DVD、CD、電子遊樂器、網際網路、電子郵件、行動電話、黑莓機、iPod等等——再加上運動健身課程、游泳池、草坪，以及最有權有勢的競爭者：睡眠。那些捧著雜誌或書本在椅子上打瞌睡的人，多半都是因為作者給他們太多不必要的麻煩。

說讀者太笨或是太懶，跟不上作者的思緒列車，這樣是不行的。如果讀者迷失，多半是因為作者不夠謹慎；這樣的粗心可能有好幾種形式：或許是句子裡的廢話太多，即使讀者披荊斬棘，砍掉冗詞贅字，依舊不知道是什麼意思；或許是句子結構太拙劣，讓讀者有好幾種不同的解讀方式；或許是作者在句子中間換了代名詞，或是換了時態，讓讀者一頭霧水，搞不清楚是誰在說話或是這件事在什麼時候發生；或許是A句後面接了B句，但是二者在邏輯上並不連貫，可能作者在腦子裡覺得他們關係很清楚，所以就沒有想到要提供必要的連結；或許作者根本就用錯字，也懶得去查字典。

面對這些障礙，讀者一開始還會堅持忍耐，甚至責備自己——他們顯然錯過了什麼，於是回過頭去，再讀一遍令人費解的句子，甚至整段重讀，就像破解古代北歐人使用的盧恩文一樣，邊猜邊讀，努力拼湊出其中的含義。但是這樣做的時間不會太長，因為作者讓他們太費力了，他們會去尋找另外一個技藝比較高超的作者。

因此作者必須不斷地自問：我到底想說什麼？令人意外的是，他們通常都不知道。然後，他們必須看著自己寫出來的文字，再問自己：我說了嗎？對第一次接觸這個主題的人來說，這樣說夠不夠清楚？如果不夠的話，那就表示有些模稜含糊滲入了這些文字裡。腦筋清楚的作家可以一眼就看穿這個問題：模稜含糊。

我倒不是說有些人一生下來腦筋就很清楚，是天生的作家，而有些人則天性糊塗，永遠都寫不好。清晰思考是一種有意識的行為，作家必須強迫自己這樣做，就如同他們在進行任何一項需要邏輯思考的事情一樣：像是擬購物清單或是解代數習題。好的寫作作品都不是從天而降的，雖然很多人似乎都這樣覺得。專職作家經常遭到別人挑釁，說他們也想「找個時間來嘗試寫作」，言下之意就是等他們從真正的專業退休之後——如保險業或房地產業，因為那才是困難的職業——或是說：「嗯，關於那個主題，我也寫得出來一本書來。」其實我很懷疑。

寫作是艱難的。寫出清晰的句子可不是意外。很少有句子在第一次下筆就十全十美，甚至改寫到第三次都還未必完美。在你感到沮喪的時候，請切記：如果你覺得寫作很難，那是因為寫作真的很難。

is too dumb or too lazy to keep pace with the ~~writer's~~ train of thought. My sympathies are ~~entirely~~ with him. ~~He's not so dumb.~~ If the reader is lost, it is generally because the writer ~~of the article~~ has not been careful enough to keep him on the ~~proper~~ path.

This carelessness can take any number of ~~different~~ forms. Perhaps a sentence is so excessively ~~long and~~ cluttered that the reader, hacking his way through ~~all~~ the verbiage, simply doesn't know what it ~~the writer~~ means. Perhaps a sentence has been so shoddily constructed that the reader could read it in any of several ~~two or three different~~ ways. ~~He thinks he knows what the writer is trying to say, but he's not sure.~~ Perhaps the writer has switched pronouns in mid-sentence, or ~~perhaps he~~ has switched tenses, so the reader loses track of who is talking ~~to whom~~ or ~~exactly~~ when the action took place. Perhaps Sentence B is not a logical sequel to Sentence A -- the writer, in whose head the connection is ~~perfectly~~ clear, has not bothered to provide ~~given enough thought to providing~~ the missing link. Perhaps the writer has used an important word incorrectly by not taking the trouble to look it up ~~and make sure~~. He may think that "sanguine" and "sanguinary" mean the same thing, but ~~I can assure you that~~ the difference is a bloody big one ~~to the reader~~. The reader ~~He~~ can only ~~try to~~ infer ~~[illegible]~~ (speaking of big differences) what the writer is trying to imply.

Faced with these ~~such a variety of~~ obstacles, the reader is at first a remarkably tenacious bird. He ~~tends to~~ blames himself. ~~He~~ obviously missed something, ~~he thinks,~~ and he goes back over the mystifying sentence, or over the whole paragraph,

6 --

piecing it out like an ancient rune, making guesses and moving on. But he won't do this for long. ~~He will soon run out of patience.~~ The writer is making him work too hard ~~—harder than he should have to work—~~ and the reader will look for ~~a writer~~ one who is better at his craft.

The writer must therefore constantly ask himself: What am I trying to say? ~~in this sentence?~~ Surprisingly often, he doesn't know. ~~And~~ Then he must look at what he has ~~just~~ written and ask: Have I said it? Is it clear to someone ~~who is coming upon~~ encountering the subject for the first time? If it's not, ~~clear,~~ it is because some fuzz has worked its way into the machinery. The clear writer is a person ~~who is~~ clear-headed enough to see this stuff for what it is: fuzz.

I don't mean ~~to suggest~~ that some people are born clear-headed and are therefore natural writers, whereas ~~other people~~ others are naturally fuzzy and will ~~therefore~~ never write well. Thinking clearly is ~~an entirely~~ a conscious act that the writer must ~~keep forcing~~ force upon himself, just as if he were ~~starting out~~ embarking on any other ~~kind of~~ project that ~~calls for~~ requires logic: adding up a laundry list or doing an algebra problem ~~or playing chess~~. Good writing doesn't ~~just~~ come naturally, though most people obviously think ~~it's as easy as walking.~~ it does. The professional

此為第一版《非虛構寫作指南》中本章最後手稿的其中兩頁。雖然看起來像是初稿，實際上已經重寫，又重新打字，謄稿了四、五遍—其他頁也幾乎都是如此。每次重寫，我都試著刪除無用的元素，讓原本的文字更緊湊、更有力、更精確；然後我會再重讀一遍，大聲地念出來，令人驚訝的是，我總能再找到一些可以刪除的贅字。（在新版本中，我刪除了用來表示「作者」和「讀者」卻帶有性別歧視的代名詞「他」。）

第三章　贅字

跟贅字奮戰，就像跟雜草奮戰一樣——作者永遠都落後一步。一夜之間，廢話又冒出新的品種，到了中午，就已經成為美國語言的一部分了。看看尼克森總統的助理約翰．狄恩（John Dean）在水門案電視聽證會中的成就吧！只經過短短一天，隔天全美國人都開始說「at this point in time」（在這個時間點上），而不用「now」（現在）了。

再看看那些掛在動詞後面的介系詞，其實這些動詞根本就不需要介系詞的幫助。我們不再「head」（領導）委員會，而是「head up」；我們不再「face」（面對）問題，而是在「free up a few minutes」（可以騰出幾分鐘的時間）時才「face up」問題。你們可能會說，這只是枝微末節——不值得小題大作。其實，此事非同小可，確實值得小題大作。因為寫作的好壞，跟我們能夠刪除的贅字數量恰好成正比。「可以騰出幾分鐘」，不應該再加上「的時間」。仔細檢查你寫的每一個字，你會發現：沒有任何作用的字多得讓人吃驚。

以形容詞「personal」（個人的／私人的）為例吧，「我私人的朋友」、「我個人的感覺」，還有「我私人的醫生」，這些字句裡都不需要「personal」這形容詞。這是數以百計可以刪除的典型贅字之一。語言中之所以會出現「個人的/私人的」朋友，是用以區別工作上結識的朋友，如此一來，不但貶抑了語言，也貶抑了友誼。某人的感覺，不用說，一定**就是**他「個人的」感覺——那正是代名詞「他的」的作用。至於「私人的」醫生，指的是被突然生病或受傷的女演員叫到化妝更衣室裡，專門替她看病的人，這樣一來，她就不必接受由劇院指派來替所有人看病的醫生診治；我倒是希望有朝一日，大家可以說這個人是「她的醫生」就好了。醫生就是醫生，朋友就是朋友，其他的都是贅字。

生硬拗口的字就是一種贅字，逐漸排擠掉了有同樣意思卻更簡短的字眼。甚至在約翰．狄恩之前，大家就已經不再使用「now」了。他們會用「currently」（目前）——例如：「所有的接線人員目前都在協助其他的客戶」——或是「at present time」（目前這個時候）、「presently」（其實這個字指的不是「現在」，是「不久後」）。然而，這些概念都可以用「now」來表示，例如：「我現在可以見他了」；或是用「today」（今天/現今）來表示歷史上的現在，例如：「現今的價格很高」；或是簡單地用動詞現在進行式就可以了，例如：「正在下雨」——沒有必要說：「在目前這個時候，我們正在經歷一段降雨。」

「experiencing」（經歷）也是一個很可怕的贅字，甚至連牙醫都會問你有沒有經歷任何疼痛。如果診療椅上坐的是他自己的小孩，那麼他可能會問：「痛不痛？」換言之，他就是他自己，不需要扮演其他角色；然而，當在他扮演專業的角色時，使用浮誇的字眼，不只讓他聽起來比較重要，同時也讓現實中的疼痛變得沒有那麼尖銳。而以下是空服員在做安全示範時所使用的語言，表示氧氣罩會在飛機缺氧的時候自動掉下來：「在幾乎不可能出現的情況下，飛機會遭遇這樣的緊急事件。」她會這樣說——這句話本身就足以吸走機艙內所有的氧氣，我們已經準備好要面對任何的災難了。

笨重的美化詞也是一種贅字，把「貧民窟」變成「社經地位低落的地區」、把「垃圾清潔工」變成「廢棄物環保清理人員」、把「垃圾掩埋場」變成「體積減量單位」。這讓我想到比爾·莫丁（Bill Mauldin）的漫畫，兩個遊民坐在一列貨車上，其中一個說：「我原本只是個流浪漢，現在卻成了道道地地的無業遊民。」贅字正是政治正確走偏鋒的結果。我曾經看過一個男孩夏令營的廣告，說他們提供「個人的關注給那些極少數與眾不同的孩子」。

企業用來文過飾非的官式語言也是贅字。當迪吉多公司（**編按：一間美國老牌電腦公司**）裁掉三千個職位時，他們的聲明絕口不提裁員，而是「非自願性離職方案」；當空軍的飛彈墜落，那只是「提早擊中地面」而已；當通用公司關閉旗下一間工廠時，那是「調整產量的計畫」；而公司破產則是「現金流出現負數的情況」。

國防部使用的語言也常用贅字，把「侵略」稱之為「強化防衛反應攻擊」，為他們龐大的預算辯護，說是因應「反擊嚇阻」的需要。喬治·歐威爾（George Orwell）在一九四六年寫過一篇文章〈政治與英語〉（Politics and the English），經常在柬埔寨、越南和伊拉克戰爭期間被人引用，其中說到：「政治性的語言和寫作主要是為了辯護那些無法辯護的事情……因此，政治性的語言必須包含很多美化委婉的用字，預設不應預設的前提，和雲山霧罩般的模糊。」歐威爾提出警訊，說贅字不只是討人厭，更是一種致命的工具，而這樣的預言，在美軍近幾十年來的冒險犯難中已然成為事實：正是在小布希總統的任內，伊拉克的「平民死傷」變成了「連帶損失」（collateral damage）。

語言的偽裝在亞歷山大・海格將軍擔任雷根總統國務卿職務期間達到新的巔峰。在海格之前，沒有人會想到使用「在時機成熟的關頭」（at this juncture of maturization）來表示「現在」；他告訴美國民眾說，可以用「有意義的制裁利齒」（meaningful sanctionary teeth）來對抗恐怖主義，還說中程核彈已經發展到「關鍵性的漩渦」（at the vortex of cruciality）。如果社會大眾還有任何的疑慮，他要傳達的訊息是「一切交給我吧」，但是實際上說的卻是：「我們必須降低社會大眾關注此事的分貝，我覺得在這個領域，無法獲得太多的學習曲線。」

我可以繼續引述來自不同領域的例子——各行各業都有持續滋生的專業術語彈藥庫，揚起灰塵，迷惑大眾的眼睛。但是要全部都列舉出來將非常瑣碎。我的重點是要提醒大家注意：贅字是我們的敵人，因此要留意那些不會比簡單短字更好的難字、長字：如「assistance」就是「help」（幫忙）、「numerous」就是「many」（很多的）、「facilitate」就是「ease」（簡化）、「individual」就是「man 或 woman」（人）、「remainder」就是「rest」（剩餘）、「initial」就是「first」（首先）、「implement」就是「do」（做）、「sufficient」就是「enough」（足夠的）、「attempt」就是「try」（試）、「referred to as」就是「called」（稱為）。還要注意那些定義不明確的流行語，例如：「paradigm」（典範）與「parameter」（參數）、「prioritize」（優化）與「potentialize」（潛化）等。這些都是阻礙你寫作的雜草。你可以跟別人「talk to」（講話），但是不要與他「dialogue」（對話），也不要跟任何人「interface」（透過介面連接）。

同樣陰險的，還有那些用來說明我們要如何解釋一件事的廢話與贅字：「I might add」（我或許可以多補充一句）、「It should be pointed out」（我應該要指出）、「It is interesting to note」（有人或許會有興趣去注意到）。如果你要補充什麼，你就補充；如果有哪一點應該要指出來，你就指出來；如果有什麼讓人感興趣的事，你就直接呈現它有趣的一面。我們聽到有人說「你或許會對這個感興趣」之後，不都會覺得不想聽他接下來要說些什麼了嗎？所以，沒有必要，就不必膨風：「除了可能的例外」（with the possible exception of）就是「除……外」（except）、「由於什麼樣的事實」（due to the fact that）就是「因為」（because）、「他完全缺乏做……的能力」（he totally lacked the ability to）就是「無法」（he couldn’t）、「直到……的時候」（until such time as）就是「直到」（until）、「為了……的目的」（for the purpose of）就是「為了」（for）。

有沒有什麼方法可以一眼就識破贅字呢？我在耶魯的學生覺得以下的建議還滿管用的。我會在一篇文章中，把每一個沒有用的元素都用括號標示出來，通常只標示一個字：像是跟在動詞後面沒有用的介系詞，如：「order “up”」（命令）；或是動詞已經有相同意思的副詞，如：「smile “happily”」（快樂地笑）；或是描述已知事實的形容詞，如：「“tall” skyscraper」（高的摩天大樓），有時我則會標示在一些小小的修飾語上，因為它們弱化了句子，如：「a bit」（有一點）與「sort of」（有幾分），或是像「in a sense」（在某種程度上）這類沒有任何意義的句子；有時候則會標示一整個句子——就是和前面一句話意思重覆，或是說一些讀者不需要知道或可以自己看得出來的訊息。大部分的初稿都可以刪掉一半，也不會減損任何訊息或是喪失作者的聲音。

我用括號標示出學生不必要的字詞而不是直接畫掉的原因，是為了避免冒犯他們神聖的文章。我希望保留完整的句子，讓他們自己去分析。我想說的是：「我不一定是對的，但是我覺得這個字可以刪掉，也不會影響句子的意思。但是由你來決定。去掉用括號標示的部分再讀一次，看看這樣行不行。」在學期初的那幾個星期，我還給學生的作業上滿滿都是括號，每一段都有；但是學生很快就學會在心裡替他們的贅字加上括號，到了學期末，他們交上來的作業就幾乎沒有贅字了。如今，這些學生當中有很多人都成了專職作家，他們跟我說：「我到現在都還會看到你的括號——這些括號會跟著我一輩子。」

你也可以鍛鍊出同樣的眼力，在寫作時找出贅字，然後毫不留情地裁剪。對那些可以捨棄的部分，你要心存感激；重新審視你所寫的每一句話：是不是每一個字都發揮了新的功能？有沒有任何想法可以用更精簡的方式表達？有沒有任何誇大、做作或是趕時髦的文字？你是否對某些沒有用的字句感到難以割捨，純粹只是因為你覺得自己寫得很美？

精簡、精簡、再精簡。

第四章　風格

作家一心想寫出乾淨的文句，卻有膨風怪獸藏身暗處等著突襲他們。對這隻怪獸，我們談了這麼多，也提出了預警。

「可是，」你們可能會問，「如果我刪掉所有你認為是贅字的文句，把每個句子都剔骨去肉，最後只剩下骨架，那還有什麼是可以留下來的？」這話也問得合情合理。精簡到了極致，似乎會只剩下類似「狄克愛珍妮」[1]、「我看小狗跑」之類的風格。

我先從木匠工藝的層次來回答這個問題，然後再來討論更大的問題，諸如：作者是何許人？要如何保留他們的特色？

很少人知道自己寫的文章有多差勁。沒有人告訴他們有多少冗詞贅字或是語意含糊混進了他們的風格，阻礙了他們想說的話。如果你給我一篇八頁的文章，我要你刪成四頁，你會哀嚎說：那怎麼可能？然後你回去，真的刪成了四頁，文章就變得好多了。接下來，就是困難的部分了：再刪成三頁。

重點是：你得先拆掉你寫的文字，然後才能重建。你必須知道有哪些基本的工具，還有這些工具有什麼功用。再回到剛剛那個木匠的譬喻：首先必須要學會乾淨俐落地鋸木頭、釘鐵釘，然後你才能按照自己的品味，把木頭邊緣刨成斜角或加上裝飾，但是你絕對不能忘記自己在練習一項具備某些基本原則的工藝。如果鐵釘不牢固，你蓋的房子就會倒塌；如果你的動詞太弱、句法會東倒西歪，你的句子也會四分五裂。

我必須承認，有些創作非虛構文類的作家，如：湯姆．伍爾夫[2]、諾曼．梅勒[3]等人，都曾經蓋過一些出色的房子；但是這些作家都花了很多年的時間磨鍊工藝，直到建成稀奇古怪的塔樓或空中花園，讓從來不曾想過會有這些花樣的我們感到驚愕不已。他們都很清楚自己在做什麼。沒有人能夠在一夜之間變成湯姆．伍爾夫，就連湯姆．伍爾夫本人也不行。

因此，你得先學會拿鐵鎚敲釘子；如果你搭出來的東西夠結實，也夠管用的話，不妨好好欣賞它的平凡與牢靠。

但是你會迫不及待地想要找到一個「風格」——用來修飾平凡的字句，讓讀者認為你與眾不同。你會找一些花俏華麗的比喻、華而不實的形容詞，彷彿「風格」是種可以在風格商店裡買來、隨便披掛在文字上的東西，把文字妝點得五顏六色（就像室內裝潢用的油漆一樣）。世界上沒有風格商店；

1 譯註：狄克與珍妮是美國從一九三〇到七〇年代流行的兒童閱讀教材裡的主要人物。

2 譯註：Tom Wolfe（1931-），美國作家、新聞記者，致力於新聞寫作，被譽為「新新聞主義之父」。他的作品文風潑辣大膽，擅長使用俚語、俗語和自己創造詞彙，曾獲美國國家圖書獎。

3 譯註：Norman Mailer（1923-2007），美國小說家、新聞記者、散文家、劇作家。曾經兩度獲得普立茲獎和國家圖書獎。

風格是寫作的人產生的一種有機體，就像頭髮一樣，是作者身上的一部分；或者如果他剛好禿頭，那麼就是他身上缺少的那個部分。而強加上去的風格，就像戴了一頂假髮；乍看之下，會覺得這個原本禿頭的人看起來年輕了幾歲，甚至變英俊了，但是再仔細一瞧——如果戴了假髮，別人肯定會多看兩眼——看起來就是不太對勁。問題不是他頭髮沒有梳理整齊；事實上，他梳理得很好，讓我們不得不讚嘆假髮工匠的技藝高超。重點是：他看起來不像他自己。

這正是作家刻意去裝飾文章的問題：你失去了讓你與眾不同的特點。讀者一眼就看出你在裝腔作勢；讀者要的是聽起來是真心在跟他們說話的人。因此，最基本的規則就是：做你自己。

然而，沒有比這條更難遵循的規則了。作家必須做到兩件事，雖然對人類的新陳代謝來說，都是不可能的：作家必須要放輕鬆，而且必須要有信心。

叫作家放輕鬆，就像要一個去檢查疝氣的男人放輕鬆一樣；至於信心，看看他們是如何僵硬地坐在電腦前面，盯著等候他輸入文字的螢幕；看看他們有多常起身去找吃的或是喝的，就略知一二了。作家總是千方百計地逃避寫作這件事。我可以拿自己在報社工作的經驗來佐證：我寫稿時，每個鐘頭站起來去飲水機喝水的次數，遠遠超過身體對液體的需求。

有什麼辦法可以讓作家脫離苦海呢？很不幸地，目前還沒有解藥。我只能安慰你：像這樣的人，不止你一個。有些日子比其他時候要好過一些，有些日子會讓你絕望到再也不想提筆寫作。我們都曾經有過那樣的日子，而且以後還會有更多。

不過，像這樣悲慘的日子，還是愈少愈好。這又回到我剛剛說的：試著放輕鬆。

假設你是作家，坐下來，想要寫作。你覺得自己的文章必須要有一定的篇幅，否則就好像不夠分量；你想著文章若是發表出來，會是多麼威嚴；你想著會有多少人看到你的大作；你想著這篇大作必須要擲地有聲；你想著文章的風格一定要炫目斐然——難怪你會緊張。你只顧著想像自己還沒開始寫的那篇文章肩負著怎麼樣的重責大任，根本沒時間動筆。可是，你又發誓要圓滿達成這項任務，於是努力尋找看似堂皇宏偉的字眼——那些你若不是刻意想要一鳴驚人根本就不會想到的字眼——然後一頭栽了進去。

第一段是個大災難——這些文字像是從機器製造出來般平淡無奇；絕對不可能是**人**寫出來的東西。第二段也好不到哪裡去。但是第三段開始有了一點人味，到了第四段，才開始像是你自己在說話。你開始放輕鬆了。聽起來令人詫異，但是編輯確實經常要丟掉一篇文章的前三、四段，甚至於前幾頁，直接從作者開始像自己在講話的那一段開始看起。前面那幾段不只是沒有人味又過度修飾，根本就什麼也沒說——無非是作者刻意地嘗試寫出一段花俏的前言罷了。身為一名編輯，我總是在尋覓像「我永遠不會忘記當我……的那一天」這類句子，一旦找到了，我就會想：「啊哈！終於像個人在說話了！」

作者以第一人稱寫作時，下筆無疑最自然。寫作是兩個人之間在紙上的親密交流，要保留人味才會順暢，因此我總是鼓勵大家以第一人稱來寫作：使用「我」和「我們」，但是大家都抗拒。

「我算老幾啊？怎麼能說我在想什麼，或是我有什麼感覺？」他們問道。

「你為什麼不能說你在想什麼？」我跟他們說，「全世界只有一個你，沒有其他人會跟你有完全一模一樣的想法或感覺。」

「可是沒有人想聽我的觀感啊！」他們說，「這樣讓我覺得好像太招搖了。」

「如果你說的是一些有趣的事情，人們就會想聽，」我說，「你還得用自然的語言來說。」

話雖如此，要讓作者使用第一人稱的「我」，終究還是一件難事。他們認為必須先爭取到透露自己情緒和想法的權利，否認就太自以為是，或是不夠莊重——這樣的恐懼深深苦惱著整個學術界。因此，在學術寫作上就出現了「one」（有人）一詞，例如：「有人發現自己不完全認同馬爾特比博士對人類處境的看法」；或使用無人稱代詞「it is」，例如：「希望費爾特教授的專書能夠理所當然地找到更廣泛的讀者」。我並不想見這個「有人」——這個人太無趣了；我想見到那個對自己寫作主題充滿熱情的教授，聽他跟我說這個主題為什麼會讓他著迷。

我也知道許多領域不允許使用第一人稱的「我」：報紙不許新聞報導中使用；許多雜誌不希望在文章中見到；企業和機構不希望這個字在他們送到美國家庭的大量報告中出現；大學不想看到學生交上來的期末報告或是學位論文中有這個字；英文老師也不鼓勵學生使用任何第一人稱的代名詞，除非真的是指「我們」（如：「我們看到梅爾維爾使用白鯨的象徵手法……」）。這些禁止都是合情合理的：報紙的文章應該客觀報導新聞；我也可以認同老師不願意輕易放行，讓學生在還沒有經過一番掙扎，學會以作品本身的內在價值與參考外部評論來批評作品之前，就任意發表高見，比如：「我認為哈姆雷特是個笨蛋。」使用第一人稱的「我」，有時候會變成自我感覺良好或是逃避的工具。

可是，我們已經變成一個害怕暴露自己的社會。那些希望爭取我們支持的機構，寄來的宣傳手冊看起來都相似得不得了，雖然我相信這些機構——無論是醫院、學校、圖書館、博物館或動物園——都是由懷抱著不同夢想和遠景的人所創立，也依然由他們在努力經營。這些人都到了哪裡去了呢？看著這些沒有人味的被動式文句——「行動已經在被進行中」或是「優先重點已經得到確定」——我們很難察覺他們的身影。

就算不能使用第一人稱的「我」，還是可以傳遞出「我」的意思。政論專欄作家詹姆斯·雷斯頓（James Reston）不會在專欄中使用「我」，不過我還是很清楚他是什麼樣的人，許多其他散文作家和記者也是如此。好作家即使藏身在文字後面，卻依然清晰可辨。如果你不能使用「我」，至少在寫作時要想著「我」，或是先用第一人稱寫個初稿，然後再把「我」拿掉。這樣能讓你沒有人味的風格多點溫度。

風格與心理息息相關，寫作也有很深的心理根源。我們為什麼以目前這樣的方式來表達自己，或是因為「寫作瓶頸」而無法表達自己？究其原因，有一部分跟潛意識有關。寫作瓶頸的種類很多，有多少作家就有多少種寫作瓶頸，我無力也無意一一解決，畢竟本書的篇幅有限，我也不叫做佛洛伊德。

不過我也發現一個避免使用「我」的新理由：美國人愈來愈不願意冒險了。一個世代以前，我們的領袖會明確地告知他們的立場和信念；如今的領袖則不辭辛勞地在語言上逃避這樣的命運。看看他們在電視訪談中是如何辛苦地避免承諾，便可見一斑。我記得福特總統曾經跟一群去拜訪他的企業家保證他的財政政策可行。他說：「我們每個月只會看到愈來愈明亮的雲層。」我猜：這表示雲層還是相當黯淡吧。福特的話模糊到什麼也沒說，卻仍然能夠安撫他的選民。

後繼的行政官員也好不到哪裡去。國防部長卡斯帕．韋恩柏格（Casper Weinberger）在一九八四年評估波蘭危機時，說：「我們有持續嚴重關切的餘地，而且情況仍然很嚴重；嚴重的情況持續愈久，我們嚴重關切的餘地就愈多。」老布希總統被問到他對攻擊性步槍的立場時，說：「有各種團體認為你可以禁絕某種槍枝，我倒沒有這樣的立場，我的立場是深表關切。」

但是規避冠軍則非艾略特．李察遜（Elliot Richardson）莫屬了。此人在一九七〇年代曾經在內閣中歷任四個重要職位，但是從他口中說出來的模稜兩可的陳述，多到不勝枚舉，我簡直不知要從哪裡選起，就看這一句吧：「然而，持平而論，正面的行動——我想——已經算是相當成功。」（And yet, on balance, affirmative action has, I think, been a qualified success.）只有短短十三個字的句子裡，就有五個避險的字眼，我封其為近代政治論述中最摻水、最空洞的冠軍；不過，跟這句話不分軒輊的，則是他在分析要如何解決生產線工人的無聊時所說的話：「所以，歸根究柢，我堅決相信，誠如我在一開始所說的，這個議題還很新，因此也還沒有最終的定論。」

這也算是「堅決相信」嗎？領袖人物若是像衰老的拳擊選手一樣，一直躲避對手的攻擊，將無法鼓舞人民——也不配鼓舞人民。作家也是一樣。推銷自己吧，然後你的主題自然就會產生吸引力。你要相信自己，相信你的觀點。寫作本來就是很炫耀自我的事，你不妨就承認吧。用這股能量，激勵自己向前走。

第五章　讀者

在面對要如何保有自己身分的問題之後，你不久就會遭遇另外一個問題：「我是為誰而寫呢？」

這是一個基本問題，也有一個基本答案：你是為你自己而寫。千萬別設想你有一群廣大的讀者，因為沒有這樣的一群讀者——每一個讀者都是不一樣的人。千萬別去猜編輯會出版什麼樣的內容，或是你覺得這個國家現在想要看什麼樣的書。編輯和讀者都是在看到後，才會知道自己想看什麼；更何況，他們永遠都在尋找新鮮的題材。

如果你心血來潮，突然幽默了一下，也千萬別擔心讀者「看不看得懂」，如果這個幽默能讓你在寫作過程中會心一笑，那就寫進去（反正以後還可以刪掉，但是能加進去的只有你）。基本上，寫作是為了自娛，如果你可以自娛，自然就可以娛人，取悅那些值得你費心去取悅的讀者；就算有些呆頭鵝不懂你的幽默，那也無妨，反正你本來就不需要他們。

這似乎有些自相矛盾。先前，我曾經警告你：讀者都是沒有耐性的鳥，棲息在分心與打盹的邊緣；現在我又說你必須為自己寫作，不要擔心是否會有讀者追隨，也不要為此所苦。

其實，我講的是兩回事。一個是指技藝，一個是指態度。前者是你能不能掌握確切技能的問題，而後者則是你要如何使用這些技能來表達自我的問題。

以技藝而言，因為手藝不精而失去讀者，那是無可原諒的；如果因為你疏忽了一些技藝上的細節，導致讀者在閱讀你的文章時看到一半打瞌睡，那絕對是你的錯。但是在更大層面的問題上，讀者喜不喜歡你，喜不喜歡你說的故事或表達方式，是否認同你的觀點，對你的幽默感和人生觀是否產生共鳴，那就不必擔心太多了。你就是你，他就是他，讀者與作家合則來，不合則去。

或許這樣說聽起來還是矛盾。你怎麼能夠一方面小心不要失去讀者，一方面又不在乎他們的想法呢？我跟你保證，這是兩個不同的過程。

首先，你要努力精通這些工具。精簡、修剪、力求條理。將這視為機械化的行動，不久，你的句子就會變得乾淨了。這些行動絕不會像刮鬍子或是洗頭髮一樣地機械化，因為你得要不斷思考這些工具的各種不同用法。但是至少你的句子會有扎實的基礎支撐，失去讀者的機率就會比較小。

接著，將「表達自我」視為創意的行動。放輕鬆，然後說出你想說的話。既然風格就是你，那麼你只要忠於自我就行了，然後看著風格從累積的贅字和瓦礫中慢慢地浮現，一天比一天更清晰可見。或許過了好多年，這個風格還無法固定成為**你的**風格、**你的**聲音；但是，誠如你必須花時間找到自我，才能成為你自己一樣，你也必須花時間去找到你的風格。即便你找到了自己的風格，它也會隨著歲月而改變。

但不管你的年齡老少，寫作永遠要忠於自我。很多老年人寫作時依然有二、三十歲時的熱情，顯然他們的思想還很年輕；也有老年人不知所云、不斷地重覆自己，而他們的風格也透露出他們喋喋不休、惹人厭煩的事實。許多大學生的文字像畢業三十年的糟老頭。記得，那些你平常說話時不會說的話，可千萬別寫出來；如果你平常不會說「indeed」（的確）或「moreover」（況且）或是用「individual」（個人）來稱呼某人——例如：「He's a fine individual」（他是個好人）——**那麼拜託你，千萬別寫出來。**

我們來看看一些作家是如何將他們的熱情與奇思幻想訴諸筆端，並且以此為樂，完全不在乎讀者是否有同感。第一個例子選自〈母雞（賞析）〉（The Hen (An Appreciation)），是E．B．懷特在一九四四年，二次大戰正打得如火如荼的時候寫的：

> 在都市人的心目中，雞並不是一直都享有崇高的地位，雖然我發現：雞蛋還是源源不絕地生產出來。現在，母雞卻很受寵。戰爭神化了她的地位，她不但是大後方的寶貝，會議餐桌上的佳餚，更受到每一輛冒著黑煙的汽車所讚美；她那女孩子氣的作風、對各種事物感到好奇的習慣，成為許許多多畜牧業者與奮討論的話題，而對這些人來說，母雞在昨天還只是一個既不受尊崇，又沒有魅力的陌生人。
>
> 我自己則是從一九〇七年就開始仰慕母雞，不論年頭好壞，我對她始終忠心不貳。我們之間倒也不是一直都維持很好的關係。起初，在小時候，我住在精心規畫的郊區，必須應付鄰居和警

察：因此我的雞必須像地下刊物一樣被嚴密守護。後來，長大之後，我搬到了鄉下，又必須應付都市裡的那些老朋友，他們大多認為母雞是雜耍劇團裡的喜劇道具……他們的不屑只是徒然增加了我對母雞的忠貞，就像男人對待他遭到家人公開嘲笑的新娘一樣，始終如一。如今，輪到我笑了。聽著那些都市人突然在社交場合談論起母雞，咯咯地叫著，高談闊論，熱烈的氣氛中洋溢著他們新發現的狂喜與知識，激辯著新罕布夏紅雞與黃金花邊雞哪一個比較迷人。聽到他們驚異讚美的緊張呼聲，你還以為母雞這種生物是昨天才在紐約郊區孵出來的，而不是來自遙遠過去的印度叢林。

對養母雞的人來說，所有關於禽類的知識與傳說都令人感到興奮，充滿了無窮的驚喜。每年春天，我都會拿起農場期刊，坐下來仔細拜讀古老的故事，說明要如何替抱蛋的母雞準備新窩，臉上掛著同樣痴迷的神情……

我對他寫作的主題一點興趣也沒有，但是我卻非常喜歡這篇文章。我喜歡他簡潔的風格，喜歡文字的節奏，喜歡那些意想不到卻令人耳目一新的用字（如：「神化」、「魅力」、「咯咯地叫著」），也喜歡一些特定的細節，如黃金花邊雞、抱蛋母雞的新窩等。然而，我最喜歡的，是一個人面無愧色地跟我訴說著他跟鳥禽之間那段可以追溯到一九〇七年的愛情故事，文章裡有人情趣味，也有溫暖；我看了三段之後，就差不多知道這位愛母雞的人大致上是個什麼樣的人了。

我再舉另外一個作家為例。以風格來說，他幾乎跟懷特完全相反；他喜歡用各種堂皇的字眼，嫌棄簡單的句子。然而，他們卻有志一同地堅信自己的觀點，說出心裡的想法。這位作者叫做H．L．孟肯（H. L. Mencken），以下是他報導惡名昭彰的「猴子審判案」的新聞節錄——在田納西州一個名叫約翰．史柯普（John Scopes）的老師在課堂上教了進化論，因此在一九二五年夏天被送上法庭受審：

他們在田納西州岱頓市審判離經叛道的史柯普時，天氣非常炎熱，但是我心甘情願地南下聽審，因為我很想看看基督教的福音教派持續活躍的情況。在共和黨把持的大都市，儘管有虔誠教徒的不懈努力，這個教派的發展仍像感染了消瘦症般奄奄一息；連主日學校的教長都偷偷地聽著收音機裡的爵士樂，要為宗教赴湯蹈火的腿也跟著音樂抖動；至於即將進入青春期的學童，則不再競相報名前往非洲傳道以消耗他們體內過剩的荷爾蒙，寧可摟摟抱抱、卿卿我我。即使在岱頓市，我發現：儘管那群烏合之眾算計著要將史柯普繩之以法，但是這裡仍然瀰漫著一股反道德的氛圍。村子裡的九間教堂，在星期天有一半是空的；教堂外的雜草讓庭院窒息。只有兩、三位牧師還能靠他們傳授的幽靈科學勉強維持生計，其他的只得轉行，接單製作長褲郵購，或是到附近的草莓園工作，我還聽說有一個改行去理頭髮……我到村子才整整十二分鐘，就被一名基督徒拉到康博蘭農場，去品嘗當地人最愛的調酒——一半玉米烈酒，一半可口可樂。我喝起來覺得是可怕的藥水，但是我發現：岱頓的教友們個個都一飲而盡，然後摸摸肚子，翻翻白眼。他們全都熱中「創世紀」，但是也喝得滿臉通紅，顯然不是禁酒主義的信徒。只要有漂亮女孩從大街上走過，他們就伸手摸著原本應該繫著領結的地方，擺出一副電影明星的萬人迷姿態。

這正是火力全開的典型孟肯風格，下筆毫不留情。翻開他寫的書，幾乎每一頁都會有些文字激怒他的同胞，諷刺他們自以為是的虔誠。美國人認為他們的英雄、教會和教化法條——尤其是禁酒令——都是神聖不可侵犯的，但是在孟肯眼中，卻是一口永不乾涸的偽善之井。他抨擊政治人物與總統的砲火特別猛烈——例如他所描繪的「大天使伍德羅」[1]，至今讀來，依然火藥味十足，炸得書頁燙手——至於基督徒和教會人士，在他筆下更是一群江湖術士與笨蛋傻瓜，毫無例外。

在一九二〇年代，英雄崇拜成了美國的宗教信仰，南部聖經帶[2]各州自以為正義之聲的怒潮從東岸襲捲到西岸，而孟肯這種異端邪說竟然沒有受到獵巫圍剿，實在是個奇蹟。他非但沒有受到圍剿，還成為那個世代中最受尊崇、也最有影響力的記者；他對後繼的非虛構文類作家所造成的衝擊無可估

1 譯註：指湯瑪斯．伍德羅．威爾遜（Thomas Woodrow Wilson, 1856-1924），曾任第二十八任美國總統（1913-1921）。他在任內推動民主改革，參與第一次世界大戰，並頒布禁酒令；他在戰後推動巴黎和會，擬定凡爾賽條約，籌建國際聯盟，並且因此在一九一九年獲頒諾貝爾和平獎。

2 譯註：聖經帶（Bible Belt）是指美國南部基督教福音派在社會文化中占主導地位的地區，也就是保守派的大本營。

量。即使到了現在，他針砭時事的文章讀來依然令人耳目一新，彷彿是昨天才寫的。

他能夠大受歡迎的祕密——除了他令人目炫的文字技巧之外——正是因為他只為了自己寫作，壓根就不管讀者怎麼想。你毋需認同他的偏見，也可以欣賞他如此歡樂、放縱地表達偏見的方式。孟肯從不膽怯，也從不閃避，他不會為了討好讀者而卑躬屈膝。要成為這樣的作家需要有無比的勇氣，也唯有這樣的勇氣，才能造就受人尊敬、有影響力的記者。

來到我們的年代，下一個例子選自《真實課堂》（*How to Survive in Your Native Land*），作者是詹姆士．荷頓（James Herndon），描述他在加州一所初中擔任教職的經驗。在美國，認真探討教育問題的著作如雨後春筍般地冒出來，但是在我看來，荷頓的書是最能掌握課堂真實情況的一本。他的風格不像任何人，但是他的聲音如此真實誠懇。以下是這本書的開頭：

> 我不如從皮斯頓開始說起吧。如果要描述他的話，他是一個紅髮、中等身材，有點圓滾滾的八年級學生；但是他最突出的特點，就是固執。長話短說，我很快就發現：只要皮斯頓不想做的事，他打死也不做；只要皮斯頓想要做的事，他無論如何都要做。
>
> 其實這也不是什麼大問題。皮斯頓主要只是想畫畫而已，畫一些怪獸，在空白的油印紙上畫些設計，然後再印出來，偶爾寫點恐怖故事——有些孩子稱他為「食屍鬼」——而當他不想做這些事的時候，他就在走廊上閒逛，（我們聽說）偶爾去調查一下女生廁所。

我們發生了一些小衝突。有一次，我要大家坐下來聽我說話——關於他們在走廊上的行為舉止。我讓他們在上課時間自由地進出教室，但是（我打算要說明這一點）要靠他們自動自發，不要在走廊上大聲喧嘩，以免引起其他老師的抱怨。問題出在坐下來這件事——我決定要大家先坐下來，然後才要開始說話。皮斯頓還是站著。我命令他坐下。他不理我。我說，我在跟他說話。他說，他聽到了。我說，那你為什麼不肯坐下來。他說，他不想坐下來。我說，我一定要他坐下來。他說，那跟他沒有關係。我說，不管有沒有關係，你坐下來就是了。他問我，為什麼？我說，因為我要你坐下來。他說，他不坐。我說，你聽好，我要你坐下來，好好聽我說話。他說，他**已經在**聽了。我會聽，但是我不想坐。

好吧，有時候，在學校裡就是會發生這種事情。身為老師的你突然對某些事情非常執著——其實我是受害者，總是給學生前所未聞的自由，而他們卻總是占盡便宜。下課時回到教師休息室喝杯咖啡，卻聽到某人在說：唉呀，**你**班上的那個誰跟誰，又**未經許可**在走廊上閒逛，對**我**班上的孩子**扮鬼臉**、**比中指**，而且是在我教到最**重要**的**埃及**的那個部分的時候——聽到這樣的抱怨，可甭是（ain't）什麼愉快的事，所以我應該有這個權利發表一下帶有偏見的宣傳演說，而大部分的人也會認同，乖乖地坐下來聽，但是偶爾就是會有人拒絕服從，讓你知道你的要求沒有必要……我們怎麼會鬧到這個地步呢？我們應該好好地問問自己。

任何作家若是在同一個句子裡既用俚俗的「ain't」來取代「be」動詞，又用到「帶有偏見的宣傳」（tendentious）這樣的字眼，或是在引用別人的話時沒有用括號，都應該知道自己在做什麼。這樣看似沒有藝術，卻又充滿藝術感的風格，正好符合荷頓的目的：一方面避免很多從事嚴肅工作的人在寫文章時會不自覺陷入的矯揉做作，一方面以幽默與常理豐富了文章肌理。荷頓聽起來是個好老師，是個我願意與之為伍的人。但是歸根究柢，他是為了自己寫作：就只為了他自己這個讀者。

「我是為誰而寫呢？」（Who am I writing for?）在本章開頭的這個問句惹惱了一些讀者，因為他們希望我用較正式的受詞「whom」，而不是較口語的主詞「who」，但是我說出不口。因為我真的不會這樣說。

第六章　文字

有一種寫作，或許可以稱之為「新聞體」（journalese）；任何人有這樣的風格，就表示新鮮感已經死了。那是在報紙或是像《時人》（*People*）這樣的雜誌上會出現的文體——一種摻雜了廉價文字、捏造語詞和陳詞濫調的綜合體，如今已然廣泛使用，讓作家不得不用。你對這樣的詞句，務必抵死不從，否則下筆就跟那些平庸的文人沒有兩樣。除非你能培養出對文字的尊重，並且對文字意義的幽微差異保持高度的好奇心，甚至到了執著的地步，否則就絕對無法成為出名的作家。世界上多得是有力又靈活的詞彙，花點心思與時間去搜索，找到你想用的字。

什麼叫做「新聞體」？那是用各種詞性的文字臨時拼湊出來的詞彙所補綴而成的一條被子。把形容詞當名詞用，如：「greats」（大人物）、「notables」（名流）；把名詞當動詞用，如：「to host」（接待／主持）；或是把名詞砍掉一部分再拿來當動詞用，如：「enthuse」（激發熱情）、「emote」（表現情感）；或是名詞後面加上綴詞，變成動詞，如：「beef up」（加強）、「put teeth into」（強制執行）等。在這個世界上，知名人士都是「有名的」（famed），他們的同事都是「員工」（staffers），未來總是「即將到來」（upcoming），而且總是有人不斷地「下條子」（firing off a note）。這些名詞串在一起，便成為這樣的句子：多年來，美國已經沒有人下條子、寄備忘錄或是發電報了。「有名的」外交官康朵麗莎．萊斯「接待」外國「名流」，「加強」國務院「員工」的士氣；她一坐下，就「下了很多的條子」，而且總是怒氣沖沖地坐著下。至於用了什麼武器，我則始終沒有看到（編按：原文「fire」也有發射彈藥之意）。

以下是從一份「有名的」新聞雜誌上節錄的文章，讀起來累人的程度，讓其他文章都望其項背：

去年二月，便衣員警法蘭克．賽皮科在布魯克林區敲了一名涉嫌販賣海洛因的毒販家門，門開了一條縫，賽皮科奮力一推，闖了進去，但是卻遭遇到一顆零點二二口徑的子彈貫穿面門。他僥倖活了下來，可是仍然有一些嗡嗡作響的子彈碎片殘留在他的頭顱內，導致暈眩和左耳永久性失聰。幾乎同樣痛苦的是，有人懷疑他是被其他警察設計陷害才遭到槍擊，因為現年三十五歲的賽皮科已經跟當地警察局習以為常的貪腐孤軍奮戰了四年，他跟其他人都聲稱這樣的貪腐已經蔓延到整個紐約市警察局。他的作為形成一股衝擊波，貫穿了紐約最菁英的階層……雖然還沒有感受到警察局即將到來的報告所造成的衝擊，但是賽皮科並沒有抱太大的希望……

還沒有感受到即將到來的報告，那是因為報告還沒有出爐；至於永久性失聰，也有點言之過早；還有，是什麼造成那些嗡嗡作響的子彈碎片嗡嗡作響呢？然而，除了這些邏輯上的偷懶之外，讓這篇文章讀起來累人的原因，是作者不夠認真，只用了手邊最方便的陳詞濫調。「奮力一推」（shouldered his way）、「遭遇到」（only to be met）、「貫穿面門」（crashing into his face）、「孤軍奮戰」（waging a lonely war）、「貪腐……蔓延」（corruption that is rife）、「形成一股衝擊波」（sending shock waves）、「紐約最菁英的」（New York's finest）——這些枯燥乏味的詞彙造就了平庸的文章。我們一看就知道沒有什麼好期待的；不會有什麼不尋常的字眼令我們眼睛為之一亮，怎麼看都平淡無奇。我們落入了平庸作家的陷阱，而且我們馬上就發現了這一點，不再往下看。

千萬別讓自己淪落至此。想要避免的唯一方法，就是深切關心文字。如果你發現自己寫出「某人最近受到病魔的侵襲」（Someone recently enjoyed a spell of illness）或是「生意一落千丈」（A business has been enjoying a slump）的字句，請問一問自己：他們真的「享受」（enjoy）了嗎？要留意其他作家在遣詞用字時的抉擇，你在從龐大的詞庫裡選擇用字時，也要格外挑剔。寫作這場競賽，比的不是速度，而是原創性。

要養成習慣，不只是閱讀當代的文章，也要多讀早年那些大師的作品。學習寫作必須靠模仿。如果有人問我如何學習寫作，我會說，我看了那些寫了很多**我**想要寫的類型的作家，閱讀他們的作品、看他們如何寫作。記得模仿必須要找最好的榜樣。別以為能夠登上報紙和雜誌的，就一定是好文章。在報社，編輯工作草率馬虎是司空見慣的事，通常是因為沒有時間，而那些慣用陳詞濫調的作者所遇到的編輯，也看了太多的陳詞濫調，多到讓他們再也分辨不出好壞了。

同時也要養成查字典的習慣。我手邊最喜歡用的字典是《韋伯新世界大辭典》（*Webster's New World Dictionary*）大學版第二版。不過我也跟所有的文字迷一樣，擁有更大部頭的字典，當我要找一些特殊的用字時，它們都讓我受益匪淺。如果你不確定某個字的意思，那麼就查查字典吧，學習這個字的字源，留意從原始根源所衍生出來的各種稀奇古怪的分岔，看看這個字有沒有你不知道的含義，掌握看似同義詞之間的各種幽微差異。「cajole」（誘騙）、「wheedle」（哄騙）、「blandish」（勸誘）、「coax」（欺瞞）之間有什麼不同？為你自己找一本同義字辭典吧。

可別嘲笑又厚重、又笨拙的《羅傑斯同義字辭典》（*Roget's Thesaurus*）。我們很容易就覺得這本書很可笑，比方說，去查一查「villain」（惡棍）的同義詞，你會被眾多與「rascality」（流氓）相關的詞彙給淹沒，只有編字典的學者才能從幾世紀的用字中召喚出這些字的靈魂，如：「iniquity」（邪惡）、「obliquity」（變態）、「depravity」（墮落）、「knavery」（無賴）、「profligacy」（放蕩）、「frailty」（軟弱）、「flagrancy」（惡名昭彰）、「infamy」（聲名狼藉）、「immorality」（道德淪喪）、「corruption」（腐敗）、「wickedness」（惡毒）、「wrongdoing」（作惡多端）、「backsliding」（自甘墮落）、「sin」（罪惡）等等；你還可以找到「ruffians」（地痞）與「riffraff」（流氓）、「miscreants」（歹徒）與「malefactors」（惡棍）、「reprobates」（鼠輩）與「rapscallions」（敗類）、「hooligans」（阿飛）與「hoodlums」（暴民）、「scamps」（無賴）與「scapegraces」（小人）、「scoundrels」（壞蛋）與「scalawags」（飯桶）、「jezebels」（騷貨）與「jades」（蕩婦）等；還可以替這群人找到適用的形容

詞，如「foul」（齷齪）與「fiendish」（殘暴）、「devilish」（窮凶惡極）與「diabolical」（陰險毒辣），以及各類副詞與動詞來形容這些惡人如何為非作歹；如果再與其他詞彙相互參照，更可以找出一大串其他跟「venality」（貪贓枉法）和「vice」（惡形惡狀）相關的字詞。總之，沒有比《羅傑斯同義字辭典》更好的朋友，可以就近刺激你的記憶了。它可以讓你節省很多時間，你不必搜刮大腦，在阡陌縱橫的溝槽之間尋找最適合的詞彙，那些就在嘴邊卻怎麼樣也想不起來的字眼——只到嘴邊是不夠的。作家需要一本《羅傑斯同義字辭典》，就如同寫歌的人需要一本韻腳辭典一樣，可以提醒你有哪些選擇，所以你應該心存感激地好好利用。如果你找到了「scalawags」（飯桶）和「scapegraces」（小人）這兩個字，卻不知道二者之間有什麼差別，那就再去查字典吧。

此外，當你在選擇用字，並且將詞彙串連起來時，要記得聽聽看他們讀出聲聽起來如何。這似乎有些荒謬，畢竟讀者是用眼睛在讀文字。然而，讀者在讀文字時，其實也用耳朵在聽，二者的關聯遠超出你的想像。因此，像韻律和押頭韻這些事情，對每個句子來說都至關重要。舉個典型的例子——也許不是最好，但肯定是最近的例子——就是前面一段提到的「ruffians」與「riffraff」、「hooligans」與「hoodlums」，顯然我很喜歡這樣特地的安排，而我的讀者也喜歡——比我只是提供一長串的詞彙要好得多。他們不但欣賞這樣的安排，也欣賞我特地盡心去娛樂他們。然而，他們不是用眼睛去欣賞，而是在他們的耳裡聽到這些文字的聲音。

E．B．懷特在《風格的要素》中提出了中肯的建議——在這本每位作家每年都應該讀一次的書中，他建議我們用那些經過一、兩百年仍然歷久不衰的文句，試著將句子裡的詞彙重新排列組合，比如湯瑪斯・潘恩那句「這是考驗人類靈魂的時代」：

像這樣的時代考驗人類的靈魂。
活在這樣的時候，是多麼大的考驗！
這是人類靈魂考驗的時代。
以靈魂來說，這是考驗的時代。

潘恩的句子讀起來像詩，其他四句則像燕麥粥——這正是創作過程非凡神祕之處。好的散文作家應該也是半個詩人，永遠都會聆聽自己所寫的文字。E・B・懷特是我最喜歡的風格家，因為我一直都感覺到身邊有個注重語言節奏與音韻的人；我（在耳朵裡）仔細品味他的文字落實成句子時的模式，試著揣想他是如何一再重寫這個句子，不斷重新組合，最後選了這個讓文字餘音繞樑的詞彙，或是他為了追求某種感情的重量，所以選了這個字，而不是另外一個字。比方說，「serene」（寧靜）與「tranquil」（平靜）之間的差異——一個聽起來如此輕柔，另外一個卻不可思議地讓人感到不安，全都是因為「n」和「q」這兩個不尋常的聲音。

你寫出的所有文字，都應該如此仔細地推敲聲音與韻律。如果你的句子步伐全都同樣遲緩，連你自己都感到死氣沉沉，卻不曉得該如何整治，那麼就大聲讀出來吧（我完全是靠耳朵寫作，所有的文字一定要大聲讀出來之後，才會公諸於世），這樣你就會聽出問題在哪裡。然後，再試著翻轉句子的順序、用個新鮮或奇特的字取代，或是修改文句的長度，這樣聽起來才不會像從同一台機器生產出來的——看看這麼做會不會有些變化。此外，偶爾來個短句會產生驚人的力量，在讀者的耳裡縈繞不止。

要記得：文字是你唯一的工具。要以原創性為前提，小心謹慎使用文字。也要記得：有人在聽喔！

第七章　用法

談了這麼多好字與壞字之後，就不得不談到一個很重要的灰色地帶：「用法」。什麼樣的用法是才是好的？什麼才是好的英文？用一些新詞是不是O. K.？又由誰來評斷？使用「O. K.」一詞，是不是O. K.？

先前我講過一個大學生「騷擾」（hassle）行政人員的事，上一章又說我自己是「文字迷」（word freak）。這裡就有兩個相當新的詞彙。「hassle」是動詞，也是名詞，意思是找別人麻煩，或是被別人找麻煩；任何一個因為沒有填好制式表格而被別人找麻煩的人，大概都會認同這個字聽起來就有這個意思。「freak」（迷）是指狂熱分子，凡是稱呼某人為「爵士迷」、「棋迷」、「太陽迷」，絕對都帶有一種著魔痴迷的氛圍；但是如果形容一個動不動就跑去看馬戲團表演的人為「怪胎迷」（freak freak）[1]，那可能就說不過去了。

總而言之，我非常樂於接受這兩個新詞。我不覺得這兩個字是俚語，也不會加上引號來表示我只不過在引用青年文化的暗語而其實知道不該用。它們都是好字，是我們需要的詞彙。然而，我卻無法接受「greats」（大人物）、「notables」（名流）、「upcoming」（即將到來）和許多其他的新字；這些字很低級，而且我們**並不需要**它們。

為什麼某個字是好字，另一個字就很低級？我無法回答這個問題，因為字詞的用法本來就沒有固定的界限。語言就像一塊每個星期都不一樣的布料，有時候這裡加一點新材質，有時候那裡又少一點，就連文字迷之間對於什麼字可以用也莫衷一是，通常都是憑著像「品味」這樣絕對主觀的看法來決定（比如「notables」就很低級）。這又出現了一個新的問題：誰來決定我們的品味？

一九六〇年代，一本全新辭典的編輯就遭遇了這個問題。為了編纂這部《美國傳統大辭典》（*The American Heritage Dictionary*），他們組成一個英語用法的諮詢顧問委員會，協助他們評估那些正在出現的新詞與可疑的句法結構。他們可以展開雙臂歡迎哪些字進門？哪些字又應該嚴拒於門外？這個委員會由一百零四人組成，大部分是作家、詩人、編輯和老師，都是關心語言，想好好使用語言的人。我也忝為其中一員，於是在接下來的幾年內不斷收到如下的問卷。我能不能接受「finalize」（完成）和「escalate」（升高）？我對「It's me」有什麼看法？我同不同意用「like」（像）來當做連接詞——像很多人一樣？還有，用「mighty」來表示「非常」可行嗎？例如：「mighty fine」（非常好）。

他們說，我們的意見會另外在詞條旁另外標示為「用法說明」，所以讀者可以看到我們投票的情

---

1 譯註：在英文的「freak」一詞也有畸型人的意思，早年的馬戲團表演也被稱為「怪胎秀」（freak show）。

況。如果委員有話不吐不快，問卷保留了讓我們表示意見的空間——委員們也熱切地抓住了這個機會，因為我們知道：一旦辭典出版之後，新聞界都會知道我們的看法，因此個個激情澎湃，士氣高昂。談到可不可以把名詞的「author」（作者）拿來當動詞用，表示寫作，芭芭拉．塔克曼[2]大喊道：「老天爺！不行，絕對不可以！」學術界沒有見識過語言純粹主義者看到垃圾字眼時的怒火，而我認同塔克曼的鄭重宣告，「author」絕對不能獲得「authorized」（認證）當動詞使用；正如同我也認同路易士．曼福德[3]的看法：把「good」拿來當副詞的用法，應該「留給海明威專用」。

但如果捍衛英文用法的人僅僅是避免讓語言變得懶散馬虎，他們的任務只算完成了一半而已。任何一個笨蛋都知道名詞加上字尾「-wise」的用法是笨蛋用法，如「healthwise」（有關健康），也知道「rather unique」（相當獨特）跟「rather pregnant」（相當身懷六甲）一樣不可能。他們還有另外一半的任務，就是要協助語言挑選可以帶來力量與色彩的生力軍，讓語言成長茁壯。因此，我很高興看到百分之九十七的委員投票贊成加入「dropout」（中輟生／社會邊緣人），因為這個字乾淨又生動；而只有百分之四十七的人可以接受「senior citizen」（資深公民）——這是典型的新入侵者，又矮又胖，從社會學的國度偷渡而來，在那裡，非法移民（illegal alien）稱作「未正式登記住民」（undocumented resident）。我也很高興我們接納了「escalate」（升高），我通常不喜歡這一類新奇的口語說法，但是越戰給了這個字精確的意義，而且又帶有鑄下大錯的弦外之音。

我很高興我們收容了所有各式各樣體格強健的字詞，那些被先前的辭典斥為「口語用法」的詞彙，如：形容詞「rambunctious」（喧囂）；動詞「trigger」（引發）和「rile」（激怒）；名詞「shambles」（蹣跚步履）、「tycoon」（大亨）、「trek」（艱途）等——最後這個字獲得了百分之七十八的委員支持認可，表示任何艱困的旅程，如「通勤族每天到曼哈頓的艱途」。這個字原本出自南非的荷蘭語，指波爾人坐在牛車上艱鉅費力的旅程，不過我們這些委員顯然覺得曼哈頓通勤族每天上下班的旅程也是一樣地艱苦卓絕。

不過，仍然有百分之二十二的人不願意讓「trek」進入一般的用法。這正是披露我們委員投票情況的好處——公開我們的意見，讓心存疑慮的作家自己據以考量。由是，我們有百分之九十五的人反對在以下的句子裡使用「myself」（我自己）這個字：「他邀請瑪麗和我自己去吃晚飯。」委員認為這個字太「拘泥」、「可怕」、「故作高雅」，應該要警告任何人如果不想太拘泥、太可怕、太故作高雅，就千萬別用。誠如雷德．史密斯[4]說的：「myself」只有白痴才會用，是因為他們早年接受的教育說「me」是個髒字，千萬別用，所以才去「myself」尋找庇護。

在另一方面，我們只有百分之六十六的委員拒絕曾經被視為低俗的動詞「to contact」（接觸／聯

2 譯註：Barbara W. Tuchman（1912-1989），美國歷史學家與作家，曾經兩度獲得普立茲獎。

3 譯註：Lewis Mumford（1895-1990），美國歷史學家、社會學家、科技哲學家、文學批評家。

4 譯註：Red Smith（1905-1982），美國記者、體育專欄作家，於一九七六年獲得普立茲獎。

繫），也只有一半的人反對分離的不定詞[5]和「to fault」（挑毛病）、「to bus」（搭乘巴士）這兩個動詞。因此，如果你決定主動打電話給學校的董事會，說你要讓你的小孩「搭乘巴士」（bus your children）去另外一個城鎮上課，也只有百分之五十的讀者可以「挑你的毛病」（fault you）；但是如果你是主動「聯繫」（contact）學校董事會，那麼你聲譽受損的風險又多了百分之十六。最明顯的基本原則，就是《謹慎的作家》（*The Careful Writer*）一書作者西奧多．伯恩斯坦（Theodore M. Bernstein）說的：「我們應該採用『便利性測試』：這個字是否滿足了某個真實需要？如果是，就授予使用權。」

說了這麼多，也只是確認了辭典學者早就知道的一件事：用法的規則都是相對的，訂定規則的人可以憑個人喜好任意變通。我們有位委員——凱瑟琳．安．波特[6]——就說「O. K.」一詞「粗鄙得令人生厭」，說她這輩子從來沒有說過這個字；我卻很大方地承認自己說過「O. K.」。至於「most everyone」（大多數人）裡的「most」一詞，被艾薩克．艾西莫夫[7]斥為「可愛的鄉巴佬用語」，但是維吉爾．湯瑪森[8]卻譽為「好的英文俚語」。委員會裡大多數人都贊成用「regime」（政權）來表示任何政府，如「杜魯門政權」，還有「dynasty」（朝代）也是一樣；可是卻惹惱了雅克．巴森[9]，他說：「這些都是專業術語，你們又不是該死的歷史學家！」對「regime」，或許我會說「O. K.」吧！巴森說這個字不夠精準，不過我倒覺得看起來像是新聞體。不過，有一個字，我當時倒是極力反對——就是「TV personality」（電視名人）裡的「personality」；可是現在我想：對那一大群只是因為出名而出名的人來說，會不會只有這個字可以形容他們？畢竟，像嘉寶姐妹[10]這樣的名人，她們究竟是**做**什麼的？

最後，又回到根本的問題：什麼才是「正確的」用法？我們沒有國王來制定「皇室英文」；我們最多只有「總統英文」——但是沒有人想要。長期捍衛這個信念的《韋伯辭典》在一九六一年出版了態度寬容的第三版，攪亂了一池春水；這一版認為：只要有人使用，幾乎怎麼用都可以，還說在美國大部分地區有很多有教養的人也會在口語上使用「ain't」（甭）一詞。

《韋伯辭典》說的這群有教養的人在哪裡？我是不確定啦。但是口語用法比書寫語言要寬鬆，倒

---

5 譯註：分離的不定詞（split infinitives）是指在「to」和動詞之間插入副詞或其他的詞彙，例如下文的「to voluntarily call」（主動打電話）。

6 譯註：Katherine Anne Porter（1890-1980），美國記者、散文家、小說家，曾獲普立茲獎、國家圖書獎、美國文藝學會獎，並三度提名諾貝爾文學獎。

7 譯註：Isaac Asimov（1920-1992），出生於俄羅斯的美籍小說家、生化教授，一生著作無數，尤以創作科幻小說聞名。

8 譯註：Virgil Thomson（1896-1989），美國作曲家、樂評家，長年在《紐約前鋒論壇報》（*New York Herald-Tribune*）撰寫樂評。

9 譯註：Jacques Barzun（1907-2012），美國歷史學家、作家，寫作範圍極廣，涵蓋棒球、小說、古典樂與哲學，曾獲美國總統自由勳章、國家圖書獎。

10 譯註：指 Magda Gabor（1915-1997）、Zsa Zsa Gabor（1917-2016）和 Eva Gabor（1919 -1995）三姐妹。她們是匈牙利裔的美國演員，不過卻是因為三姐妹不斷地結婚、離婚而出名。大姐 Magad 結過六次婚，二姐 Zsa Zsa 結了九次，最小的 Eva 也結過五次婚。

是不爭的事實。《美國傳統大辭典》寄問卷給我們的時候，當然也很周全，兩方面都問到了，通常我們在口語上接受的俚語用法，卻會反對其在印刷品上出現，因為實在太不正式了，然而我們也完全意識到塞繆爾．約翰生[11]所說的：「我筆終究必須寫我口」，而今日的口語垃圾，很可能成為明日的筆下黃金。現在有愈來愈多人接受分離的不定詞以及用介系詞結尾的句子，就證明了正式的句法無法——其實也不應該——永遠守住這個堡壘，因為講話的人總是希望用更舒服的方式講出同樣的意思。我想，用介系詞作結尾的句子也是不錯的吧？

我們的委員會也承認，即使是同一個字，在不同的情況下，也會有正確不正確的問題。我們投票堅決反對用「cohort」（同夥）做為「colleague」（同事）的同義詞——除非是用開玩笑的語氣說。因此，教授在開校務會議時，身邊的人不會是他的「同夥」；但是，在開大學同學會時，大夥兒戴著可笑的帽子，就是跟「同夥」一起，彼此取笑作樂。我們也拒絕使用「too」（太）做為「very」（非常）的同義詞，例如：「他的健康不是太好（not too good）。」誰的健康會太好？然而，我們卻贊成在冷嘲熱諷或是開玩笑時使用「too」來表示「very」，例如：「她不理他的時候，他不是太開心（not too happy）。」

這些差別看似微不足道，其實不然。因為它們在告訴讀者：你對文字用法的幽微差異是很敏感的。用「too」來取代「very」時，就成了贅字：「他不是太想去逛街。」但是上一段裡那個反諷的例子，就配得上林恩．萊德納[12]，因為那個「too」為文章增添了一絲原本沒有的挖苦嘲諷。

所幸，經過委員會的深思熟慮，還是逐漸看到一個可以遵循的模式，提供了到現在依然好用的準則。我們對於接受新字、新詞的態度比較開放包容，但是對文法卻相對保守。

若是拒絕使用像「dropout」這麼完美的新字，或是對每天跟著科技、商業、體育、社會變遷一起登堂入室，走進正確用法大門的新字新詞都視而不見，那也未免太愚蠢了。如：「outsource」（外包）、「blog」（部落格）、「laptop」（筆電）、「mousepad」（滑鼠墊）、「geek」（電腦玩家）、「boomer」（嬰兒潮）、「Google」（谷歌）、「iPod」、「hedge fund」（避險基金）、「24 / 7」（全年無休）、「multi-tasking」（多工的）、「slam dunk」（灌籃）等數以百計的新詞。我們也不應該忘記一九六〇年代反文化運動發明的那些短字，藉以衝撞體制內那些自以為是的構詞用字，如：「trip」（旅程／吸食迷幻藥所產生的幻覺）、「rap」（叩擊／饒舌）、「crash」（撞擊／昏睡）、「trash」（垃圾／廢物）、「funky」（古怪／節奏強烈）、「split」（撕裂／偷溜）、「rip-off」（剝削／騙人的玩意）、「vibes」（情境／感覺）、「downer」（鎮定劑／掃興的人或事）、「bummer」（令人不快的事物／吸食迷幻藥的反作用）等。如果簡短也有獎可以領的話，這些無疑都是得主。接受在一夜之間進入語言的

---

11 譯註：Samuel Johnson（1709-1784），英國歷史上最有名的文人之一，集文學批評家、詩人、散文家、傳記家於一身，常被稱為約翰生博士。

12 譯註：Ring Lardner（1885-1933），美國體育專欄作家、小說家，常以諷刺的筆調評論運動賽事、婚姻與劇場，與他同期的知名作家，如海明威、吳爾芙、費茲傑羅等人，都甚推崇他的作品。

新字詞，唯一的困擾就是它們通常也會很突然地消失。一九六〇年代流行一時的「happening」（流行），現在一點也不流行了，「out of sight」（了不起）現在也從我們的視線消失，甚至連「awesome」（令人讚嘆）也不再令人讚嘆。對用法小心翼翼的作家，務必要能分辨哪些字詞還活著，哪些已經進了墳墓。

至於在委員會相對保守的領域，我們則堅持大部分的傳統文法差異——例如：「can」（可以）和「may」（可能）、「fewer」（可數名詞的較少）和「less」（不可數名詞的較少）、「eldest」（排行最長的）和「oldest」（年紀最長的）——強力譴責常犯的錯誤，我們堅持「flout」（藐視）仍然不能表示「flaunt」（炫耀），不管有多少作家藉著「藐視」這個規則來「炫耀」他們的無知；我們堅持「fortuitous」（偶然的）依然表示「accidental」（意外的）、「disinterested」（公正無私的）依然表示「impartial」（中立的）、「infer」（推論）並不等同「imply」（暗示）。關於這一點，我們依然熱愛語言中美麗的精確，不為外界所動。文字的用法不正確，會讓你失去你最想要爭取的讀者。你必須能夠分辨「reference」（參照）和「allusion」（比喻）、「connive」（默許）和「conspire」（共謀）、「compare with」（相較於）和「compare to」（可比喻為）之間有什麼差別；如果你非用「comprise」（包括）不可，就一定要用得對，這個字是「include」（包含）的意思，例如：晚餐包括了肉、馬鈴薯、沙拉和甜點。

瑪莉安・摩爾[13]解釋說：「我總是選擇合乎文法的形式，除非句子聽起來不自然。」這也是我們委員會最終的立場。我們並不是食古不化的老學究，一天到晚「hung up」（心神不寧），擔心正確的用法遭到破壞，甚至不願意看到像「hung up」這樣的新詞加入語言，帶來一點新鮮感。然而，這並不表示我們對任何跌跌撞撞送上門來的俗物都來者不拒。

這場戰爭仍然持續不輟。直至今日，我還會收到《美國傳統大辭典》寄來的投票單，問我對一些新的慣用語有什麼意見：像「definitize」（決定立案）這樣的動詞（「國會決定讓這個提案立案」）、像「affordables」（買得起的東西）這樣的名詞、像「the bottom line」（最後底線）這樣的口語用法以及像「into」（熱中）這樣的迷途羔羊（「他熱中西洋棋，她熱中慢跑。」）。

我們不再需要專家組成委員會，也能注意到各種專業術語和行話已經淹沒了我們的日常生活和語言。卡特總統曾經簽署行政命令，要求聯邦政府的法規必須寫得「簡單、清楚」。柯林頓總統任命的司法部長珍奈特・雷諾也要求全國律師用「全民都能理解的簡單老字」——例如：「right」（對）和「wrong」（錯）、「justice」（公正）等——來取代「許多法律用語」。企業也聘請了顧問來修改他們的報告，讓報告看起來沒有那麼不透明；就連保險業也嘗試重擬保單，以比較沒有那麼糟糕的英文來告訴我們，萬一發生了什麼災禍，可以領到多少理賠。至於這些努力是否有效，我就不敢說了。不過，

---

13 譯註：Marianne Moore（1887-1972），美國現代詩人、文學批評家、翻譯家與編輯，曾經獲得普立茲獎、國家圖書獎、國家文藝獎章等。

看到這麼多的捍衛戰士，像克努特大帝[14]一樣站在沙灘上，力擋狂瀾，還是讓人感到一絲的安慰。這正是所有謹慎的作家必須要做的事——看看那些剛漂上岸的殘骸，問問自己：「我們需要嗎？」

我還記得第一次有人問我：「這如何衝擊（impact）到你？」在此之前，我一直以為「impact」是名詞——除了在看牙的時候。然後，我又開始碰到「de-impact」（解除衝擊），通常出現在一些解除天災人禍所造成之衝擊的計畫之中。於是，名詞在一夜之間變成了動詞。我們「target」（瞄準）目標；我們「access」（取得）事實；火車車長宣布我們不會「platform」（停靠月台）；機場有一扇門上的標示告訴我，這扇門是「alarmed」（安裝了警報器的）。這是為了維持企業成長「ongoing」（進行中）之計畫的一部分。「ongoing」一詞也是行話，主要的目的在於激勵士氣。如果老闆跟我們說這是一個「ongoing」的計畫，那麼我們每天做起事來會更有幹勁；如果機構將我們的錢「瞄準」「進行中」的需求，那麼我們會願意捐更多錢。反之，我們可能會「disincentivization」（失去動機）。

這樣的例子不勝枚舉，我能想到的例子足以寫成一本書，但是我絕對不希望有任何人看到這本書。講到這裡，還是有個問題沒有解決：什麼才是好的用法？其中一個頗有助益的方法，就是要區分「用語」（usage）和「術語」（jargon）。

比方說，我覺得「prioritize」（作優先排序）就是術語——這個浮誇的新字，聽起來好像比「rank」（排名）更重要——而「bottom line」（底線）就是用語，這個從會計帳本借來的比喻，帶有活靈活現的意象，我們都可以在腦子裡看到。就像每個生意人都知道的，「bottom line」指的是重要的事。如果有人說：「我們就是不能一起工作，這是底線。」那麼我們都知道他是什麼意思。我不是特別喜歡這個詞彙，但是「bottom line」這個詞已經被大多數人接受了。

新的政治事件總是會帶來新的用語。正如越戰給了我們「escalate」，水門案也提供了一整套意味著阻撓與欺騙的詞彙，包括：「deep-six」（銷毀／拋棄）、「launder」（洗）、「enemies list」（政敵清單），還有一長串以「-gate」（門）結尾的醜聞，如：「Irangate」（伊朗門）等等。說來諷刺，不過也相當合理，「launder」這個字就是在尼克森當政時變成一個髒字。今天，如果我們聽到某人透過什麼樣的途徑「洗」錢來掩飾資金來源，這個字就有精確的意義。這個字簡短、生動，我們也需要它，所以我接受「launder」和「stonewall」（阻礙議程），但我可不能接受「prioritize」和「disincentivization」。

我還要提出一個類似的準則來區分好的英文和技術性的英文，也就是「printout」（紙本）和「input」（輸入訊息）之間的差別。「printout」指的就是電腦列印出來的東西，在電腦問世之前，我們並不需要這個字，現在就需要了，但是這個字只留在該用的地方；然而，「input」就不是那麼一回事了。這個新創的詞彙原本是指我們輸入電腦的資訊，但是現在幾乎每個主題都會尋求我們的「input」

14 譯註：《新約外傳》中記載克努特大帝（King Canute）曾經在海邊將皇冠放在沙灘上，命令海水不可以漲上岸，濺濕他的腳和袍子，但是結果還是濺濕了。他藉此向群臣表示世俗的君權不可與上帝至高無上的神權相提並論。

（看法）——從飲食到哲學論述（像是「我希望聽聽你對上帝是否存在有什麼『input』」）。

我不想給別人我的「input」，然後得到他的「feedback」（反饋意見），不過我很樂意提供我的想法，同時聽聽他的看法。對我來說，好的用法包含好的用字，你幾乎永遠都能找到已經有這樣的字可以清楚地表達自己的看法，別人也可以輕易地理解。你可以說，我就是這樣以口語表述人際關係的[15]。

15 譯註：原文「it's how I verbalize the interpersonal」，其中「verbalize」一詞是一語雙關，既有「口語表述」的意思，也有「將 interpersonal 變成動詞」的含義，暗諷英文中各種詞性的動詞化。

第二部　方法

第八章　一致性

你必須從寫作中學習寫作。這是老生常談，也正是因為此話不假，所以才是老生常談。學習寫作的唯一途徑，就是強迫自己規律地寫出一定的字數。

如果你在報社工作，每天得寫出兩、三篇新聞，六個月後，你就會寫得更好；雖然未必會變成好作家，筆下也可能充斥著冗詞贅字和陳詞濫調，但是你至少練習了寫作的功力，漸漸有了自信，也開始發現一些最常見的問題。

所有的寫作到頭來都是一個問題：如何解決某個問題。也許是去哪裡尋找事實或是如何組織材料的問題；也許是角度和態度、語氣和風格的問題。然而，不管是什麼問題，我們都必須要面對、解決。有時候，你會因為找不到正確的解決方法、甚至找不到任何解決方法而感到沮喪；你會想：「就算我活到九十歲，也解決不了這個亂七八糟的問題。」我自己曾經常有這樣的想法。但是，當我終於解決這個問題時，那是因為我就像是開了五百次盲腸手術的外科醫生一樣——我曾經歷過這些過程。

好的寫作靠的是一致性。因此，你首先必須保持自己的一致性。一致性不僅可以避免讓讀者失去方向，也可以滿足讀者潛意識裡對於秩序的需求，保證一切都在掌握之中，讓他們感到心安。因此，你要在眾多變數之中選擇你的一致性，然後貫徹始終。

第一個選擇，就是人稱代名詞的一致性。你要以第一人稱的參與者發言？還是要以第三人稱的旁觀者敘述？甚或以第二人稱下筆？那可是迷戀海明威的那些體育記者的最愛（比如：「你知道這肯定是你從記者席上看過、最令人驚喜激動的一場巨人大戰，而你早就不是乳臭未乾的毛頭小子了」）。

時態的一致性則是另一個選擇。大部分的人都以過去式寫作（「我那天去了波士頓」），但是有些人一致使用現在式也很順暢（「我坐在洋基限定列車的餐車上，我們正在往波士頓去」）。如果時態變來換去，那就不順暢了。我倒不是說，你不能使用兩種以上的時態；時態的主要目的是讓作者可以處理從過去到假設未來各個階段的時間（「我從波士頓火車站打電話給我母親，這才發現：如果我事先寫信跟她說我要來，她就會等我」）。但是，你必須選擇跟讀者說話時的**主要**時態，不管你在文章中有多少次回顧過去或是展望未來。

還有一種選擇，就是語氣的一致性。你或許想用一種輕鬆的語氣跟讀者說話，這也是《紐約客》（*The New Yorker*）一直努力想要營造的氛圍；或者你想用某種正式的口吻跟讀者形容一件嚴肅的事件，或是報導一些重要的事實，二者皆可。事實上，**任何**語氣都可以，就是不要把兩、三種語氣混在一起。

一些還沒有學會如何控制的作家，就常犯這種語氣混亂的致命錯誤。旅遊寫作就是一個明顯的例子。「我太太安妮和我一直想去香港，」作者一開始這樣寫道，筆下充滿了憶往懷舊之情，「去年春天的某一天，我們看到一張航空公司的海報，於是我說：『我們走吧！』孩子都大了。」他接著描述了他跟太太兩人在夏威夷停留轉機的愉快細節，以及香港機場換錢時發生的趣事，最後終於到了他們的飯店。很好。他是一個真人，跟我們談論一趟真實的旅程，我們也都能夠認同他跟安妮。

突然間，他的筆鋒一轉，成了旅遊手冊：「對於好奇的觀光客來說，香港可以提供許多令人驚喜的經驗，」他寫道，「你可以從九龍搭乘別緻的渡輪，瞠目結舌地看著無數的舢板船在繁忙擁擠的海港內來回穿梭；或是花一天的時間，瀏覽澳門宛如寓言般的後街小巷，想像這裡曾經是走私密謀的巢穴，回想過去多姿多彩的歷史。你也會想要搭上古意盎然的纜車，爬上……」然後，我們又回到他跟安妮的身上，講到他們在中國餐廳吃飯時遭遇到的困難，這裡又沒有問題了。每個人都對吃的深感興趣，而且我們聽到的又是個人的冒險經歷。

可是過了一會兒，作者又寫起導覽手冊了：「入境香港，必須持有效的護照，但是不需要簽證。你絕對應該要注射肝炎疫苗，最好也詢問醫生，看看是否要接種傷寒疫苗。香港的氣候因季節變化，除了在七、八月時……」我們的作者不見了，安妮也不見了，於是，很快地我們也走了。

倒不是說作者不應該寫來回穿梭的舢板船和肝炎疫苗，讓人感到不悅的是：作者始終拿不定主意，無法決定他到底要寫什麼樣的文章，或是以什麼樣的語氣來跟我們說話。他以各種不同的裝扮出現在我們面前，端看他要提供什麼樣的素材，決定要戴哪一副面具。於是，他非但無法控制素材，反而為素材所制；如果他事先花一點時間來確認一致性的話，就不會發生這種事情。

因此，在你開始動筆之前，先問問自己一些基本的問題。比方說：「我要以什麼身分來面對讀者？」（記者？資訊提供者？還是一般人？）、「我要用什麼代名詞和時態？」、「要用什麼風格？」（客觀的報導體？帶有個人色彩卻正式？還是帶有個人色彩且隨興？）、「我要用什麼樣的態度來面對題材？」（親密？疏離？批判？反諷？有趣？）、「我要涵蓋的範圍有多大？」、「我最主要的重點是什麼？」。

最後兩個問題格外重要。大部分非虛構文類的作家都有一種「定論情結」（definitiveness complex）。他們覺得自己肩負著某種義務，必須在文章中提出某種定論——不論是對這個主題、對自己的榮譽，抑或是對寫作之神。這樣的衝動固然值得景仰，但是並沒有定論這回事。你早上認定的定論，可能在晚上就被推翻；那些執著於追求每一個最終事實的作家，到頭來可能發現自己永遠在追逐彩虹，始終無法安定下來寫作。沒有人能夠「針對」某件事情來寫一本書或是一篇文章；托爾斯泰無法「針對」戰爭與和平寫一本書，梅爾維爾也無法「針對」捕鯨寫一本書。他們無非是「針對」某一時間、地點裡的個別人物，做了某些刪減的決定——一個人追逐一隻鯨。每一個寫作計畫都得經過刪減才能開始動筆。

因此，「小」才是王道。先決定要解決主題的哪一個部分，對自己能夠處理的範圍要知足，適時停筆；這也關乎精力與士氣。一個龐大笨重的寫作任務，會榨乾你的熱情，而熱情才是驅使你不斷前進、不斷掌握讀者的動力。當你的熱情開始消褪，第一個知道的人就是讀者。

至於重點是什麼，每一篇成功的非虛構文類寫作都應該挑逗讀者去思考一個他們從來不曾想過的念頭；不是兩個或五個——只要一個。因此，要決定你想在讀者心中留下哪個重點；這不但可以讓你更清楚地看到自己該循什麼路徑前進，也可以讓你知道自己希望抵達的目的地在哪裡，因此也會影響到你對語氣和態度的抉擇。有些重點適合認真的語氣，有些得保守含蓄，有些則需要風趣幽默。

一旦你決定了一致性，就沒有什麼題材無法納入你的框架中了。如果那位去香港的觀光客決定單純用聊天式的風格談論他跟安妮做了些什麼事，那麼不管他想跟我們說九龍渡輪或是香港氣候任何資訊，他都可以找到最自然的方式融入他的論敘之中；他們的個人風格與目的因此得以保持完整，文章讀起來也就不會支離破碎。

不過，就算你事先做了決定，後來卻發現並不是正確的抉擇，這種事情也經常發生。你的題材可能將你引導至意想不到的方向，你發現用不同的語氣來寫作反而更自在。這是很自然的事——寫作本來就會產生一連串你意想不到的想法與回憶；如果感覺對了，也不必抗拒它。即使題材將你帶到一個你原本沒有打算去的地方，但是只要你能感受到共鳴，那麼就相信你的題材，據此調整你的風格，朝著目標繼續往前走——不管目標何在。不要成為預設計畫的囚犯，寫作本來就沒有什麼藍圖。

如果真的發生這種事，你文章的第二部分會跟第一部分脫節，但是至少你知道哪一個部分最貼近你的直覺；接下來，就只是修整的問題了。回到最前面，開始重寫，讓你的情緒與風格可以自始至終保持一致。

這樣的方法並沒有什麼好丟臉的。不論是實際上或者在電腦上，剪刀和漿糊都是受人敬重的作家常用的工具。只是要記得：所有的一致性都必須搭配你最後蓋起來的那棟雄偉豪宅，不管在組合時是多麼困難，否則大樓很快就會崩塌。

第九章　導言與結語

在任何文章中，最重要的句子就是第一句話。如果不能吸引讀者繼續看第二句，你的文章就宣告死亡了；如果第二句話無法吸引讀者繼續看第三句，你的文章也同樣宣告不治。像這樣的進展，一句一句牽引著讀者往下看，直到他上勾為止，正是作者必須建構的一個決定文章生死的單元——「導言」。

導言應該多長？要一段或兩段？四段或五段？這並沒有絕對的答案。有些導言只有一、兩個掛滿誘餌的句子，就足以吸引讀者上勾；其他導言則慢條斯里地鋪陳了好幾頁，緩慢而穩定吸引住讀者。每篇文章都有不同的問題，唯一有效的檢驗方式就是：有沒有用？你的導言未必是全世界寫得最好的，但是只要能夠完成它應該做好的工作，你就應該謝天謝地，繼續往下寫。

有時候，導言的長度取決於你的目標讀者。文學評論的讀者期待作者多一點東拉西扯，他們願意跟隨作者慢慢地兜圈子，慢慢地走向最終的目的地，一邊品味作者悠閒的腳步，看看他們什麼時候才會現身。然而，我並不鼓勵你們期望每位讀者都有這樣的耐心，因為讀者總是想要很快就知道你的文章有什麼看頭。

因此，你的導言必須立刻吸引住他們，然後逼著他們看下去。要哄騙讀者上勾，你的導言必須新鮮、新奇、矛盾、幽默、驚喜，或是提出不尋常的意見、有趣的事實或問題。什麼都可以，只要能夠勾起讀者的好奇心，拉住他們的袖子往前走就行了。

其次，導言必須發揮真正的功能，提供堅實的細節告訴讀者：你為什麼要寫這篇文章，他們又為什麼要看。你不必詳述理由，但要多哄讀者一點，保持他們的好奇心。

接著，開始構建文章。每一段都要增強前一段的內容，多花點心思去補充細節，不必老想著要如何迎合讀者；但是要特別注意每一段的最後一句，試著讓最後一句增添一絲幽默或驚喜，就像脫口秀必須不時抖個笑點一樣，讓讀者會心一笑，就至少能讓他們多看一段。

我們來看看幾個導言的例子，它們的節奏不同，但是都同樣維持緊迫盯人的壓力。我先舉自己寫的兩篇專欄文章為例，這兩篇文章最早分別刊登在《生活》（*Life*）和《展望》（*Look*）這兩份雜誌——根據讀者來函，雜誌的顧客主要都在理髮廳、美髮沙龍、飛機、診所候診區。（有份來函上寫：「那天我在剪頭髮的時候，看到你的大作。」）我之所以要提這一點，是為了提醒你們：有很多讀者都是在吹風機底下閱讀，而不是在檯燈底下，作者可沒有太多時間用來鬼扯。

第一段導言出自一篇名為〈封鎖雞肉香腸〉（Block That Chickenfurter）的文章：

我經常在想：熱狗裡到底有什麼東西？現在我知道了，但我寧可不知道。

兩個很短的句子，但是卻讓人忍不住想要往下看第二段。

我的困擾從農業部公布了熱狗的所有合法成分開始，他們這麼做是因為家禽業者要求農業部放寬規定，讓雞肉也可以加進熱狗中。換言之，雞肉香腸是否可以在豬肉香腸的國度裡過著幸福快樂的日子呢？

一句話說明寫這篇專欄的原因。然後就是一個笑點，回復原本輕鬆的語氣。

農業部針對此一問題發出了一千零六十六份問卷，結果大部分意見都是反對的。這麼看來，這樣的念頭連想都不該想。其中一名婦女的答案，最能完整表達社會大眾的情緒：「我絕對不吃任何有羽毛的肉！」

另外一個事實，另外一個笑點。如果你的運氣夠好，能夠找到跟這句話一樣好笑的話可以引用，那麼無論如何都要想辦法寫進文章中。接著，這篇文章再仔細說明農業部認定可以做成熱狗的材料——一長串的清單，包括「牛、羊、豬或山羊身上可食用的肌肉，可以取自橫隔膜、心臟或食道……〔但是不包括〕嘴唇、鼻子、耳朵上的肉。」

然後，文章開始描述——當然，讀者的食道肌肉難免也開始不由自主地反射動作——家禽業者與豬肉香腸業者之間的爭議，並且由此點出這篇文章的重點：任何東西，只要稍微像熱狗，美國人都願意吃；到最後才點出整篇文章最大的重點，就是暗示美國人從來就不知道——或者是不在乎——他們吃的食物裡究竟有什麼東西。整篇文章的風格維持輕鬆的語氣，偶爾帶有一點幽默；我用無厘頭的導言吸引讀者，結果內容比他們預期的要嚴肅得多。

節奏緩慢的導言必須靠維持讀者的好奇心來吸引他們，不能只靠幽默。下面介紹的導言出自一篇名為〈謝天謝地，還好有球迷〉（Thank God for Nuts）的文章。

從任何理性的標準來說，沒有人會想要對一片濕濕滑滑的榆樹皮多看兩眼——我們甚至連一眼都不想看。這片榆樹皮來自投手伯利．葛萊姆斯的出生地，威斯康辛州的澄清湖村，並且在紐約州古柏鎮的國家棒球博物館與名人堂中展示。誠如標籤上所說的，葛萊姆斯在比賽中就是嚼著這種樹皮，「增加唾液分液，以便投出口水球；當棒球沾上了口水之後，就會以欺敵的角度進入本壘板」。在今日的美國，這似乎是最無趣的事實之一。

但是棒球迷卻不能以理性的標準審度之。我們對於比賽的枝微末節感到如痴如醉；看過某些球員打球的記憶足以讓我們一輩子津津樂道。因此，只要能讓我們跟球員扯上一點點邊的細節，沒有什麼是微不足道的。我的年紀還剛好足以記得伯利．葛萊姆斯，還有他沾滿口水的球如何以欺敵的角度進入本壘板，因此，當我看到他的榆樹皮時，就專注地研究起來，彷彿看到羅塞塔石碑[1]似的。「原來他就是這樣做的呀，」我盯著那片奇特的植物遺跡，心裡想著。「濕滑的榆樹！真是讓人想不到啊！」

這只是我在博物館內徘徊時，與自己童年的數百次重逢之一。或許再也沒有其他的博物館能夠讓我們如此親密地像朝聖般回到自己的過往……

行文至此，已經安全地讓讀者上勾了。作家最艱困的工作也就告一段落。

引述這段文字的用意，在於提醒大家：作家的救星通常不是他們的風格，而是他們能夠發掘的一些奇特事實。我到古柏鎮去，花了一整個下午在博物館裡抄筆記；不管走到哪裡，都感受到一股懷舊之情推推攘攘而來。我帶著崇敬虔誠之心，看著盧．賈里格的衣櫃和布朗．湯姆森贏球的球棒；我坐在從馬球球場搬來的正面看台座位，用沒有鞋釘的鞋底磨蹭著從艾比斯球場搬來的本壘板[2]，並且盡責地抄下所有可能有用的標籤和說明文字。

「這是泰德跑完所有壘包，回到本壘板，結束棒球生涯時所穿的那雙鞋。」有個標籤註記著泰德．威廉斯在最後一次上場打擊，一棒轟出那支著名的全壘打時所穿的球鞋，這雙鞋比華特．強生的那雙要完整得多，後者的那雙鞋側面都爛掉了，不過說明文字卻提供了讓人心悅誠服的理由，正是棒球迷想要知道的資訊──「我站上投手板時，我的雙腳一定非常舒服。」偉大的華特如是說。

博物館在下午五點關門，我回到汽車旅館，對於自己的回憶和研究都感到很滿意。但是直覺卻叫我隔天早上再去一趟，而我正是在那個時候才看到伯利．葛萊姆斯那片濕滑的榆樹皮，讓我想到一個完美的導言。它到現在依然完美。

這個故事給我們的啟示是：你蒐集的資料永遠都要比實際用到的更多。每篇文章的好壞，跟你蒐集的資料中剩餘部分的多寡成正比；你從蒐集的資料中選擇一些最適合的部分寫入文章，剩得愈多，表示文章的底子愈堅實。但是你也不能永遠都在蒐集資料，總是必須在某一個時間點停止研究，開始動筆。

另外一個啟示則是：你必須到處尋找材料，而不只是閱讀那些顯而易見的資料來源、訪問那些顯而易見的人物。在美國的公路上，多看看路邊的標誌、廣告牌，看看上面寫的那些垃圾文字；看看包裹的標籤、玩具的使用說明書、藥品包裝上的聲明，甚至牆上的塗鴉；看看電力公司、電話公司、銀行每個月寄給你的帳單裡夾帶的那些誇口自負的廣告傳單；看看菜單、目錄、郵寄的印刷品；留意探

1 譯註：羅塞塔石碑（Rosetta Stone）是公元前一百九十六年刻有埃及國王托勒密五世詔書的一塊石碑。由於石碑上用希臘文、古埃及文和當時的通俗文字刻了同樣的內容，使得近代的考古學家得以有機會對照各語言版本的內容，解讀出已經失傳千餘年的埃及象形文之意義與結構，成為近代研究古埃及歷史的重要里程碑。

2 譯註：馬球球場（Polo Grounds）和艾比斯球場（Ebbets Field）都是紐約市已經廢棄拆除的棒球場，分別是前紐約巨人隊和布魯克林道奇隊的主場。

索報紙上不起眼的角落——你可以從大家需要什麼樣的陽台配件，看出這個社會的發展趨勢。我們每天看到的風景，都充滿了各種荒謬的訊息與徵兆；留意這些小細節，他們不止帶有社會意涵，也經常相當古怪，足以讓你寫成與眾不同的導言。

講到與眾不同的導言，倒是有許多種導言是我最好永遠別看到的。其中一種就是未來的考古學家：「如果未來的考古學家看到我們文明的遺跡，他們會認為投幣式的自動點唱機是什麼東西呢？」看到這裡，我就已經厭倦這個人了，而他甚至還沒有出現呢。另一個讓我感到厭煩的，則是火星來的訪客：「如果有火星上的生物降落我們這個星球，看到一群衣不蔽體的地球人躺在沙地上燒烤著自己的皮膚，一定會大吃一驚！」此外，我也對剛好在「不久之前的某一天」或是剛好在最近的某個週六午後發生的事情感到不耐煩：「不久之前的某一天，有個塌鼻子的小男孩帶著他名叫泰利的狗，在紐澤西州帕拉默市郊的田裡散步，突然看到一個很像氣球的怪東西從地面冒了出來。」還有，我也對那種誰跟誰有什麼共通之處的導言感到厭煩：「約瑟夫．史達林、道格拉斯．麥克阿瑟、盧德維克．維根斯坦、薛伍德．安德森、豪赫爾．路易斯．波赫士、黑澤明之間有什麼共通之處？他們都喜歡西部片。」讓未來的考古學家、火星人和塌鼻子男孩都三振出局吧。讓你的導言多一點新鮮的想法或是細節。

看看以下這段導言吧。這段導言出自瓊安．狄迪翁（Joan Didion）所寫的〈洛杉磯三十八區羅曼街七千號〉（7000 Romaine, Los Angeles 38）：

羅曼街七千號位在洛杉磯市區，瑞蒙・錢德勒和達許・漢密特[3]的仰慕者所熟悉的那個區域——在好萊塢的下方、落日大道的南邊、由「模型攝影棚」、倉庫和雙併平房所組成的中產階級貧民區。因為派拉蒙、哥倫比亞、德西露、山繆・戈德溫等電影公司的攝影棚都在附近，所以有很多住在這裡的人都跟電影業扯上了一點邊兒。比方說，他們可能曾經替影迷沖洗過照片、或是認識替珍・哈露修指甲的師父。羅曼街七千號本身看起來就像是落寞的電影外景場地，淡粉色的外牆有現代藝術的裝飾，不過都已經斑駁剝離；窗戶不是釘上了木板就是加裝了細鐵絲網；大門外，在蒙塵的夾竹桃之間，放了一塊腳踏墊，上面寫著：「歡迎光臨」。

事實上，這裡並不歡迎任何人，因為羅曼街七千號現在的主人是霍華・休斯，大門緊閉。霍華・休斯的「傳播中心」就座落在這個錢德勒—漢密特國度的黯淡陽光裡，此事本身就坐實了我們的質疑：現實人生的確就像一部電影劇本，在我們那個年代，休斯帝國是全世界唯一的工業綜合事業體——多年來，跨足機械製造、海外石油鑽探的子公司、釀酒廠、兩家航空公司、龐大的房地產控股公司、一家電影公司，還有電子與飛彈企業——全都由一個人負責營運，而他的工作模式像極了電影《夜長夢多》（*The Big Sleep*）裡的人物。

3 譯註：Raymond Chandler（1888-1959）和 Dashiell Hammett（1894-1961）都是美國推理小說家，以冷硬派的推理小說著稱。

我剛好住在離羅曼街七千號不遠的地方，因此我不時就開著車特地從門口經過，就如同研究亞瑟王的學者去康瓦耳的海岸朝聖的意思一樣吧。我被霍華．休斯的傳說深深吸引著……

這篇文章引人入勝之處——我們也都希望能夠瞥見休斯的營運手法，得到解開人面獅身謎題的一點暗示——在於穩定地堆砌出帶有一點淡淡哀傷與昔日光彩的事實。認識珍．哈露的美甲師是我們跟名人之間多麼微不足道的聯繫，而一塊不歡迎人的「歡迎光臨」腳踏墊，則彷彿是從黃金年代留下來的遺跡：在那個年代，好萊塢的窗戶不會加裝鐵絲，好萊塢仍然由梅爾、狄米爾、賽努克等電影大亨主導，大家可以看到他們如假包換地施展他們的魄力。我們想要知道更多，所以我們繼續往下讀。

另外一種方法，就是好好地講個故事。這個方式太簡單、太直白也太樸素，讓我們經常忘了還有這個方法可以用。然而，平鋪直述的敘事方法，是吸引別人注意力最古老、也最有效的一種方式；因此，永遠都要想辦法，以敘事的形式來傳達你的資訊。以下這段導言出自艾德蒙．威爾遜（Edmund Wilson）記載發現「死海古卷」（the Dead Sea Scrolls）過程的文章——這是近代最令人震驚的出土古物之一。威爾遜並沒有花太多時間描述背景，他可不是初出茅蘆的作家，當然不會用那種「從早上起床到晚上睡覺」的敘事形式，像寫一篇去釣魚的文章要一定要從早上天還沒亮、鬧鐘就響了開始寫起。威爾遜開門見山，單刀直入——啪！我們就上勾了！

一九四七年初春的某一天，一個名叫「小狼　穆罕默德」的貝都因男孩在死海西岸的一座懸崖附近牧羊；他為了追逐一隻走失的山羊，爬上了懸崖，發現了一個沒有看過的洞穴。他隨手拿起石頭往裡面一扔，裡面傳來打破東西的怪聲，男孩嚇了一跳，轉身就跑。但是後來，他又跟另外一個男孩回來，到洞穴裡探險。洞穴裡有好幾個高高的陶罐，旁邊還有其他陶罐的碎片。他們打開碗狀的罐蓋，有惡臭從罐子裡冒出來，原來是每個罐子裡都有的深色長形包裹發出的味道。他們將這些包裹從洞穴裡拿出來，這才發現是用麻布條包裹，外面還塗了一層看似瀝青或臘的黑色物質。他們打開包裹，發現裡面是長長的手稿，兩行平行的文字抄寫在薄紙上，再縫合起來；雖然手稿有些地方已經褪色、破損，但是大致上仍然清晰可辨。他們還發現，上面的文字不是阿拉伯文。他們感到很驚奇，於是就把手卷保留下來，帶著手卷一起遷徙。

這兩個貝都因男孩隸屬同一個走私集團，他們專門從外約旦地區走私山羊和其他物品到巴勒斯坦。他們往南繞路而行，避開了海關官員持槍看守的約旦橋梁，同時將他們的貨物用船運過河。此刻，他們正往貝利恆前進，準備到黑市去販賣他們的商品……

話說回來，並沒有明確的規則規定導言該怎麼寫，只有一個大原則，就是別讓讀者跑了。在這個大原則之下，所有的作家都必須以適合主題和個人風格且最自然的方式下筆。有時候，你也可以在第一句話就把整個故事都講完。以下是七本令人難忘的非虛構類書籍的第一句話：

宇宙初始，上帝創造了天地。

——《聖經》

羅馬曆六九九年夏天，也就是現在所說的耶穌誕生前五十五年，高盧地方的總管蓋烏斯·朱利斯·凱撒注意到了不列顛。

——溫士頓·邱吉爾（Winston Churchill）《英語民族史》（*A History of English-Speaking Peoples*）

完成這個拼圖後，你會發現牛奶、起司和蛋、肉、魚、豆類和穀類、青菜、水果和根莖蔬菜——這些構成了我們每天基本所需的食物。

——厄爾瑪·隆鮑爾（Irma S. Rombauer）《廚藝之樂》（*Joy of Cooking*）

對馬努斯原住民來說，世界就是一個四周向上捲起的大盤子，放在他們那個平坦的潟湖村落裡，高腳棚屋像長腳鳥一樣，平靜地站在村子裡，不受潮汐干擾。

——瑪格麗特·米德（Margaret Mead）《新幾內亞人的成長》（*Growing up in New Guinea*）

多年來，這個問題深埋在美國女人的心裡，沒有人提起。

——貝蒂．傅瑞丹（Betty Friedan）《女性的奧祕》（*Feminine Mystique*）

最多不超過五分鐘，其他三個人都打電話給她，問她有沒有聽說那裡發生了什麼事。

——湯姆．伍爾夫（Tom Wolfe）《太空先鋒》（*The Right Stuff*）

你知道的比你自以為的要多。

——班傑明．斯波克（Benjamin Spock）《全方位育兒教養聖經》（*Baby and Child Care*）

前面是一些關於如何起頭的建議。現在，我要告訴你該如何結束。知道一篇文章什麼時候該結束，遠比大部分作家認為的更重要得多。你在選擇最後一句話時花費的心思，應該跟選擇第一句一樣多——呃，好吧，至少要幾乎一樣多。

這話聽起來或許有點令人難以置信。你以為讀者從一開始就跟著你，繞過死角，穿越顛簸的地形，眼看著終點就在前面，他們絕不會棄你而去。錯了！他們當然會棄你而去，因為眼前看到的終點到頭來只是一個幻影。一篇文章若是在該停的地方不停，就會像不斷堆砌結論卻始終沒有結束的牧師布道一樣，變得拖泥帶水，最後一敗塗地。

大多數人都堅守著小時候作文老師教我們的規則，成了教條的囚犯：每篇故事都要有頭、有尾、有中間。我們還可以在腦海裡勾勒出整篇文章的輪廓，用羅馬數字（I、II、III…）標示段落，像路標一樣，指出我們必須如實走過的途徑；而次一級的數字（如：IIa、IIb…）則代表次要的小路，只要短暫地走一趟即可。但是我們始終堅持會回到「III」，最後結束這趟旅程。

這種做法對不確定該怎麼走的中小學生來說還算適用，因為可以強迫他們學習到每篇文章都應該要有合乎邏輯的理路設計，不管是什麼年紀的人，這都是一門值得學習的課程——即使專業作家也經常漫無目的地、不知所云，只是他們自己不承認而已。然而，如果你想寫出一篇好的非虛構類作品，就必須設法擺脫這個「III」的魔咒。

你怎麼知道已經走到「III」了呢？那就是當你在螢幕上看到以這樣的字眼開始的句子：「總而言之，我們可以發現……」或是像這樣的問題：「那麼，我們可以從中得到什麼樣的啟示呢？……」這些都是警訊，暗示你即將以濃縮的方式重複先前已經詳細說明過的事情；讀者開始失去興趣，你一路營造的張力也開始萎縮。然而，你還是宣誓要效忠小學老師，堅持按照神聖不可侵犯的大綱前進，再一次告訴讀者：「總而言之，我們可以發現」什麼，或是再一次指出你已經說過的「啟示」。

但是讀者會聽到你費力拖著腳步的聲音；他們會注意到你變不出新把戲，還有連你自己都感到多無聊；他們心裡開始滋生一絲絲的厭倦。你為什麼不多花點心思想想要如何收尾呢？還是因為你覺得他們太笨，抓不到重點，所以最後必須再總結一次？無論如何，你還是繼續拖著腳步；但是讀者還有其他的選擇：他們選擇離開。

這是反面理由，要你牢記結語的重要性。如果不能發現結語該在哪裡出現，可能會毀掉整篇文章——不論在此之前，這篇文章的結構是多麼精練完整。而必須寫好結語的正面理由是：最後一個好的句子或是段落本身就是一件賞心樂事，讓讀者在文章結束後依然回味無窮。

完美的結語必須讓你的讀者感到有點驚訝，但是又似乎合情合理。他們沒有預期文章會這麼快或這麼突然地結束，或者沒有想到會以這句話作結；但是只要他們看到，就會知道這是好的結語。好的結語，就和好的導言同樣有效。就如同喜劇落幕前的最後一句台詞，我們都是戲中人（至少我自以為是啦），其中有位演員突然講了一句好笑或駭人聽聞的話，或是什麼警世名言，然後舞台燈光就熄了！我們這才驚覺：這場戲已經結束了！但是再回頭想想，這樣結束再合適不過了，心裡也不覺莞爾。讓我們開心的是劇作家完美的掌控能力。

對非虛構文類的作家來說，最簡單的原則就是：當你準備要停筆時，就停筆吧！如果你已經說明了所有的事實，講完了所有的重點，那麼趕快找到最近的出口，下台一鞠躬。

一篇文章通常只要幾個句子就能結束。理想上這些句子會概括說明整篇文章的重點，最後以一個貼切或令人意想不到的句子結束，讓我們措手不及。以下的例子就是孟肯如何結束他評論卡爾文・柯立芝（Calvin Coolidge）總統的文章；這位總統讓「顧客」最滿意的地方，就是他的「政府幾乎不管事；因此傑佛遜的理念終於得以落實，而信奉傑佛遜主義的人也都很開心」：

我們最受苦的時候，不是當白宮像學生宿舍一樣平靜的時候，而是當（有個）微不足道的保羅在屋頂上咆哮。除了無足輕重的哈定之外，柯立芝博士前面有個世界救星，後面又有兩個。開明的美國人必須從這幾位與另外一個柯立芝之間選擇，誰還會有一絲猶豫呢？他在位時沒有什麼驚天動地之舉，卻也沒有讓人頭痛的事發生。他沒有什麼理念，卻也不討人厭。

短短五句話就匆匆告別讀者，還留下讓他們回味省思的想法。說柯立芝沒有理念，卻也不討人厭，留下了讓讀者不由得反覆沉吟、不覺莞爾的餘味。這個結語無疑是有效的。

我在寫作時經常使用的一個手法，就是把故事帶回原點——在結語呼應文章在一開始敲響的音符；這完成了我個人喜歡的對稱感，也取悅了讀者，讓他們產生共鳴，並結束這段我們一起開始的旅程。

通常最有用的作法就是引述一段話。回頭去翻翻你的筆記，看看有沒有人說過那種具有決定性的話，或是什麼有趣的話，或是什麼可以在結語增添一絲意外驚喜的細節。有時候，這句話會在你採訪時跳出來——我就經常想：「啊！這句話就是我的結尾！」——或是在寫作過程中蹦出來。一九六〇年代中期，伍迪．艾倫（Woody Allen）才剛出道不久，還在夜總會表演單人脫口秀，也才剛被認定是個神經兮兮的美國藝人；當時我就注意到他，並且在雜誌上寫過一篇長文介紹他。這篇文章的結語如下：

「如果大家看完表演之後，跟我這個人有共鳴，而不只是喜歡我講的笑話；」艾倫說，「如果表演結束之後，他們還想要聽我說話，而且不管我說什麼，那麼我就算是成功了。」從回頭客的人數看來，他確實已經成功了。伍迪．艾倫就是「共鳴先生」，而且看似會有很多年都繼續占用這個頭銜。

然而，他也有一個他自己的問題，無法跟其他的美國人分享，產生共鳴。「有件事一直讓我感到苦惱，」他說，「就是我母親長得真的很像格魯喬．馬克思[4]。」

這句話就像從左外野來的高飛球，沒有人料想到會天外飛來一球，然而造成的驚喜卻無可比擬。

4 譯註：Groucho Marx（1890-1977），美國的喜劇演員與電影明星，以機智問答及比喻聞名。他有十分顯著的特色，就是顯眼的鬍鬚、眉毛以及眼鏡。

這怎麼不是一個完美的結語呢？在非虛構文類的寫作中，驚喜是最令人耳目一新的元素。如果有什麼事情讓你感到驚喜，那麼也一定會讓你的讀者感到驚奇或喜悅——尤其在你的故事即將結束，就要跟他們告別之際。

第十章　零星建議

這章有些零星的建議，我將針對各種面向提出的一些小忠告，全都蒐羅在這裡。

動詞

儘管使用主動語態的動詞，除非找不到自然的方式，非要被動語態不可。主動語態動詞與被動語態動詞的差別——以清晰度與力道來說——正是決定作家是生是死的關鍵。

「喬看到他。」這樣的句子力道強，「他被喬看到。」這樣的句子力道弱。前面一句話簡短、精準，不會讓人懷疑誰做了什麼；後面一句話則沒有必要地冗長，而且有一種淡而無味的特質：某件事情被某人對另外一個某人做了。這句話也模稜兩可：他多常被喬看見？只有一次？每天？每星期一次？使用被動句型的風格會耗損讀者的元氣，沒有人真的明白什麼事情被誰在誰的身上進行（perpetrated）了。

我特別用「perpetrated」這個字，因為被動語態作家就是喜歡這一類的字眼。他們偏好拉丁字源的長字，不喜歡簡短的盎格魯—撒克遜字——這更加重了他們的毛病，讓句子變得更拖沓。短字比長字好。在林肯總統第二次就職演說的七百零一個字裡（演說本身就精簡得驚人）有五百零五個單音節的字，雙音節的字也有一百二十二個。

動詞是你最重要的工具。它們推動句子前進，增加句子的動力。主動語態推動的力道強，被動語態則拖拖拉拉；主動語態動詞讓我們看到動作，因為主動語態需要代名詞（「他」）、名詞（「那個男孩」）或一個人（「史考特夫人」）來推動這個動作。很多動詞本身也都帶有意象或聲音足以傳達字義，例如：「glitter」（發光）、「dazzle」（眩惑）、「twirl」（旋轉）、「beguile」（欺瞞）、「scatter」（撒、散播）、「swagger」（威嚇）、「poke」（戳）、「pamper」（縱容、姑息）、「vex」（煩惱）等。或許找不到其他語言有如此多彩多姿又豐富的動詞庫，所以，千萬不要選擇枯燥無味或是僅僅堪用的動詞。讓主動語態動詞活化你的句子，避免使用那種必須帶著拖油瓶介詞才能完成工作的動詞片語。要創業時，如果可以「start」或「launch」你的事業，就不要「set up a business」。不要說某公司的總裁「step down」（下台）；他是辭職了嗎？還是退休？或是被炒了魷魚？要精確，只使用精確的動詞。

如果你想看看主動語態動詞如何讓筆下的文字增添活力，不要光是看海明威、瑟伯[1]或梭羅；我推薦英王詹姆斯一世版的《聖經》和《莎士比亞》。

副詞

大部分的副詞都是畫蛇添足。如果你選擇了本身有特定意義的動詞，卻又加上帶有相同意義的副詞，會讓句子變得累贅，也讓讀者不開心。不要告訴我們收音機正「blared loudly」（大聲咆哮），因為「blare」本身就有大聲的含義；不要寫某人「clenched his teeth tightly」（咬牙咬得很緊），因為咬牙沒有不緊的。在草率的寫作中，累贅的副詞一而再、再而三地弱化了原本強而有力的動詞；對形容詞和其他詞性也是如此：例如：「effortlessly easy」（毫不費力地輕鬆）、「slightly spartan」（有一點點簡樸）、「totally flabbergasted」（完全目瞪口呆）。「flabbergasted」的美妙之處，就在於隱含了一種完全驚訝的意思：我們想不出有什麼人只有部分目瞪口呆；如果某件事情簡單到「毫不費力」，那用「毫不費力」就行了；至於「有一點點簡樸」，那究竟是什麼意思啊？大概是指一個鋪滿地毯的僧侶修道院房吧。除非副詞真的有發揮功能，否則就不要用。不要再寫獲勝的運動員「grinned widely」（咧著大嘴笑）的新聞了，饒了我們吧！

1 譯註：James Grover Thurber (1894-1961)，美國漫畫家、作家、記者、劇作家，以詼諧幽默的筆觸著稱，作品常見於《紐約客》雜誌。

既然講到了這個話題，拜託也讓「decidedly」（有決定性地）及其眾多定義不明確的表兄弟一起退休吧。我每天都在報紙上看到某些情況「decidedly better」（有決定性地好轉），其他情況則是「decidedly worse」（有決定性地惡化），卻始終不明白好轉的情況是多有決定性？又是誰在決定？就像我永遠都搞不清楚某個「eminently fair」（特別公平）的結果是有多特別，或是該不該相信某個「arguably true」（可以說是真）的事實。「他可以說是大都會球隊裡最好的投手」——洋洋自得的體育作家如是寫道，他一心想要攀登雷德．史密斯已經登頂的文壇巔峰，卻不知雷德從來不用像「arguably」（可以說）這樣的字眼。這名投手究竟是不是隊上最好的投手？這可以透過論辯證實。如果是，那麼就省略「arguably」；或者說他**也許**是最好的投手？——這個看法可以公開論辯。老實說，我也不知道，機率是一半一半。

形容詞

大部分的形容詞也同樣是畫蛇添足。他們跟副詞一樣，都是因為作者沒有想到名詞已經包含了這個意思，所以才散落到句子裡。這一類的文章裡，充斥著「懸崖峭壁的斷崖」和「網狀的蜘蛛網」之類的文字，或是用形容詞來說明已經知道顏色的物件是什麼顏色，比方說：「黃色的水仙」或「褐色的泥土」。如果你想評價水仙，那麼應該選擇像「garnish」（艷麗）這樣的形容詞；如果在你住的那個地方，泥土都是紅色的，那麼大可以用「紅色」來形容泥土。像這些形容詞才具備名詞本身沒有的功能。

大部分的作家幾乎是無意識地在文章的土壤中撒下形容詞，希望讓文字看起來更茂密、美麗；然而，當句子裡充斥著雄偉的榆樹、活潑的小貓、頑強的警探、沉睡的潟湖等等，就會變得愈來愈長。使用這些形容詞都是習慣使然，你應該戒除這樣的壞習慣。不是每一棵橡樹都長滿了節瘤。這種純裝飾用的形容詞都是作者自我放縱的結果，最後成了讀者的負擔。

同樣地，原則就是這麼簡單：讓形容詞發揮它應有的功用。「他看到灰色的天空和黑色的雲，決定駛回港口。」天空和雲的灰暗顏色是他下決定的原因。如果有必要告訴讀者房子是黃色的、女孩長得很漂亮，那麼沒有問題，請盡量用「黃色的」、「漂亮的」這樣的形容詞——它們會發揮適當的功能，因為你已經學會了如何節制地使用形容詞。

修飾語

用來形容你感覺如何、你怎麼想或是你看到什麼的字詞，也應該修剪一番，比方說：「a bit」（有點兒）、「a little」（有一些）、「sort of」（有點）、「kind of」（有幾分）、「rather」（頗為）、「quite」（相當）、「very」（非常）、「too」（太）、「pretty much」（相當多）、「in a sense」（某種程度

上）和其他十幾個族繁不及備載的用語。他們會稀釋你的風格與說服力。

不要說你「a bit confused」（有點兒困惑）、「sort of tired」（有點累）、「a little depressed」（有一些沮喪）、「somewhat annoyed」（有些憤怒）。困惑就困惑、累就累、沮喪就沮喪、生氣就生氣。不要因為膽怯讓你的文章變得投機取巧。好的文章都是精簡有力，充滿自信的。

不要說因為飯店相當貴，所以你不是很高興；就說你不高興，因為飯店貴。不要跟我們說你相當幸運，那究竟是多幸運呢？不要形容一個活動「rather spectacular」（頗為壯觀）或是「very awe」（非常了不起），因為像「spectacular」和「awe」都是無可估量的。「非常」是個很有用的字，可以用來強調，但是卻常被濫用，反成了贅詞。不需要說某人非常有條不紊；他要不就是有條不紊，要不就不是，非常簡單。

這裡牽涉到一個更大的問題，就是權威性。每一個小小的修飾語，都讓讀者的信心削弱了幾分。讀者希望看到一個對自己有把握的作者，相信自己所說的話，所以不要滅了自信。不要只有一點大膽；大膽去做就對了。

標點符號

以下只是我對標點符號用法的一些粗略想法，絕對不是教科書；如果你不知道該如何使用標點符號——很多大學生仍然不知道——就去買一本文法書吧。

句號

句號沒有什麼好說的，只是大部分作家都無法早一點用到。如果你發現自己身陷長句的泥淖，那多半是因為你想讓句子做的事情已經超過合理的範圍——比方說：或許你想在同一個句子裡表達兩種不同的想法。要脫離泥淖，最快的方法就是把句子拆成兩句甚至三句。在上帝眼中，句子的長度沒有最低標準。在好作家裡，短句才是主流；別跟我說諾曼·梅勒（Norman Mailer）——人家是天才。如果你也想寫長句子，那也得有那樣的天分才行。至少，你得確保不論從句法或標點符號來說，句子從頭到尾都沒有失控，這樣讀者在蜿蜒的小徑上走的每一步路，都會知道自己身在何方。

驚嘆號

除非你想達到某種效果，否則別用。驚嘆號有一種裝腔作勢的氛圍，像是初入社交圈的少女興奮得喘不過氣來，述說一件只有她自己一個人感到興奮的事情：「爸爸說我一定是喝了太多香檳！」「可是老實說，我可以跳一整個晚上！」這些句子給我們吃的苦頭已經太多了；用驚嘆號來表示一件事情多可愛或是多美好，只會驚得人們頭昏眼花。反之，你應該用心安排句法與用字的順序，讓重點落在你想要的地方；此外，也要抗拒使用驚嘆號來告訴讀者你在說笑話或是諷刺。「我從未想過水槍可能上了膛！」你費心提醒讀者這個喜劇效果，反而惹惱了他們；同時你也剝奪了他們自己發掘笑點的樂趣。低調委婉是達到幽默效果的最佳手段，而驚嘆號是沒有什麼委婉可言的。

分號

分號散發著一股十九世紀的陳腐味，總是讓我們聯想起四平八穩的對稱句型，像康拉德、薩克萊、哈代筆下那種「一方面」如何、「另一方面」又如何的審慎權衡。因此，現代的非虛構文類作家應該少用為妙。話雖如此，我倒是發現：我在本書中引用的段落經常出現分號，而且我自己也常用——通常是在句子的第一部分後面加上相關的想法。不過，分號就算沒有讓讀者完全停住腳步，至少也讓他們暫時停頓下來，因此使用上要格外謹慎。要切記：分號會讓你想要達成的二十一世紀初的動感緩慢下來，變成維多利亞時代的步伐，最好用句號與破折號來取代。

破折號

不知道什麼原因，這個無價的工具廣受負評，被視為不合時宜——像是好英文俱樂部裡一群溫文儒雅的紳士間突然闖進了鄉巴佬。然而，破折號可是不折不扣的會員，而且可以擔當救火隊，協助你脫離困境。破折號有兩種用法：其一是在句子的第二部分說明你在第一部分提出來的想法，或是提出正當的理由。「我們決定繼續往下走——只剩下一百多哩路，我們到那裡還趕得上晚餐。」破折號本身的形狀就推動句子繼續往下，說明他們為什麼要繼續走的原因。其二則是用到兩個破折號，在長句子中間插入新的想法。「她叫我上車——一整個夏天，她都在逼我去剪頭髮——然後我們就默默地開到鎮上去了。」非常簡潔地帶過了一個說明的小細節，如果不用破折號，可能就得用到另外一個句子了。

冒號

冒號開始看起來比分號還要更古意盎然，而且有許多功能都已經被破折號取代。不過，它依然能夠稱職地扮演單純的角色，讓你的句子暫停一下，然後再列舉一連串的項目。「手冊上說這艘船會在以下港口停泊：瓦赫蘭、阿爾及爾、那不勒斯、布林迪西、比雷埃夫斯、伊斯坦堡、貝魯特。」在這裡，沒有別的標點符號比冒號更好用。

情緒轉折詞

如果文章的情緒跟前面一句有任何變化，要學會盡早警告讀者。至少有十幾個字可以完成這個任務，比方說：「but」（但是）、「yet」（可是）、「however」（然而）、「nevertheless」（然而）、「still」（不過）、「instead」（反之）、「thus」（因此）、「therefore」（所以）、「meanwhile」（在此同時）、

「now」（現在）、「later」（後來）、「today」（當今）、「subsequently」（隨後）等等。當你的敘事方向有所轉變時，若是讓句子以「but」開始的話，讀者會容易理解得多；反之，如果讓他們等到最後才發現原來你的方向已經變了，他們就會很難理解。我說的一點也不誇張。

我們有很多人都學過：不要用「but」放在句首；如果老師這樣教你，你最好趕快忘掉——放在句首，沒有別的字會比「but」更有力了。它宣布接下來要說的事情，跟前面完全相反，所以讀者就有心理準備。如果你有太多句子都是以「but」開始，需要喘一口氣，那麼可以改用「however」。然而，「however」的語氣比較弱，而且放的位置需要很小心。不要在句首用「however」——它懸在那裡看起來像塊濕抹布；也不要在句尾用「however」——因為到了那裡，就已經失去了「however」原本的作用。在合理的範圍內，這個字愈早出現愈好，就像我在三個句子前的用法那樣，製造一點突兀的效果，也成了優點。

「yet」的功能跟「but」幾乎一樣，不過在意義上比較接近「however」。這些字放在句首——「Yet（可是），他還是決定要去」或「Nevertheless（然而），他還是決定要去」——都可以取代一整個長句子，總結讀者已經知道的訊息：「**儘管大家都已經向他說明了所有的危險**，他還是決定要去。」在文章中到處找一找，看看有沒有可以用一個短字來表達跟長句或沉悶子句相同意思的地方。「Instead（反之），我搭了火車。」「Still（不過），我還是崇拜他。」「Thus（因此），我學會抽菸。」「Therefore（所以），見他變得容易了。」「Meanwhile（在此同時），我也跟約翰談過。」這些關鍵字省掉了多少唇舌啊！（這裡的驚嘆號是真的有驚嘆的意思。）

至於「meanwhile」、「now」、「today」、「later」等字，也解決了許多困惑，因為粗心的作者經常忘了通知讀者他們改變時間了。「Now（現在），我比較清楚了。」「Today（當今），你找不到這樣的東西了。」「Later（隨後），我發現了原因。」始終要確認別讓讀者迷失方向。始終要問自己：你在前一個句子把他們丟在哪裡？

縮寫

使用「I'll」（我將）、「won't」（不會）、「can't」（不能）這樣的縮寫——如果可以很自然地融入寫作主題的話——你的風格會更有溫度，也更貼近你的個性。「我將（I'll）樂於跟他們見面，如果他們不（don't）發脾氣的話。」就不像「我將會（I will）樂於跟他們見面，如果他們不要（do not）發脾氣的話。」聽起來那麼僵硬。（大聲念出來，你就會發現後者有多做作。）沒有什麼規定反對這種不正式的用法——相信你的耳朵與直覺。我唯一的建議就是避免「I'd」、「he'd」、「we'd」這種形式的用法，因為「I'd」可能表示「I had」或「I would」，讀者還搞不清楚作者講的是哪一個意思，就已經看完大半個句子，結果他們通常都猜錯。還有，千萬別自己發明像「could've」之類的縮寫，這會讓你的風格看起來很不入流，還是用那些在字典裡找得到的詞彙就好了。

「THAT」和「WHICH」

任何人想要在不到一個鐘頭內解釋「that」和「which」的差別，都是自找麻煩。福勒在《當代英語用法》（*Modern English Usage*）花了二十五欄的篇幅，我卻將只花兩分鐘，大概是世界紀錄了。你需要記住的地方就只有以下這麼多（我希望）：

永遠使用「that」，除非這會導致你的語意含糊。要知道在一些編輯嚴謹的雜誌裡，如《紐約客》，使用「that」的情況顯然多出很多。我會特別提出這一點，是因為到現在大家仍然廣泛相信——學校教育的遺毒——「which」才是比較正確、比較廣為接受、也比較文學的用法，其實不然。在大多數情況下，你在口語中會比較自然地說「that」，所以筆下也應該寫「that」。

如果你的句子裡需要用到逗號來表達精確的含義，這時候或許就需要「which」了。「which」有一種特定指涉的功能，是它跟「that」的不同之處。例如：（A）「Take the shoes that are in the closet.」這句話的意思是說：去拿櫃子裡的鞋，而不是床底下的鞋。（B）「Take the shoes, which are in the closet.」我們現在討論的就只有一雙鞋，而「which」的用法是告訴你那雙鞋在哪裡。請注意：在（B）句裡需要一個逗號，而（A）句中不需要。

在「which」的用法中，有很高的比例是在嚴密地形容、指認、解釋或是修飾在逗號之前的短句，或者是為其設定範圍。

「The house, which has a red roof,」（有紅屋頂的那棟屋子——形容）
「The store, which is called Bob's Hardware,」（叫做鮑伯五金行的那家店——指認）
「The Rhine, which is in Germany,」（在德國的萊茵河——解釋）
「The monsoon, which is a seasonal wind,」（季風就是季節性的風——限定範圍）
「The moon, which I saw from the porch,」（我從陽台看到的月亮——修飾）

我就只說到這裡，因為我認為要寫好非虛構文類的作品，一開始知道這些就夠了，因為這個文類的要求就是非常明確地安排資訊。

概念性名詞

在差勁的文章中經常使用名詞來表達概念，而不是使用動詞來說明誰做了什麼事。以下是三個典型沒有生命的句子：

「The common reaction is incredulous laughter.」（常見的反應是質疑的笑聲。）

「Bemused cynicism isn't the only response to the old system.」（茫然的譏諷並不是對老舊系統的唯一反應。）

「The current campus hostility is a symptom of the change.」（現在的校園敵意是一種改變的徵兆。）

這些句子令人毛骨悚然的地方在於它們都沒有人，也都沒有「在做事情的」動詞——只有「**is**」（是）或「**isn't**」（不是）；讀者看不到任何人做任何事，所有的意義都寄托在沒有人味的名詞上，表達一些模糊的概念：「**reaction**」（反應）、「**cynicism**」（譏諷）、「**response**」（反應）、「**hostility**」（敵意）等。丟掉這些冷冰冰的句子，換人來做事吧：

「Most people just laugh with disbelief.」（大部分的人都只是不可置信地笑。）

「Some people respond to the old system by turning cynical; others say…」（有些人對老舊系統報以譏諷，其他人則說……。）

「It's easy to notice the change–you can see how angry all the students are.」（這樣的改變顯而易見——你可以看到學生們有多憤怒。）

我修改過的句子未必全然生龍活虎，有一部分原因是我想揉出形狀的材料，本身就是不成形的麵糰；但是他們至少都有真的人，也有真的動詞。別讓讀者逮到你一手都是抽象名詞，否則你可能就此沉屍湖底，永世不得超生。

蔓生的名詞病

這是美國人的新毛病，將兩、三個名詞串在一起使用，而實際上只要一個名詞就夠了——甚至只要一個動詞，那會更好。現在沒有人破產（broke），我們只是有些地方出了金錢的問題（money problem areas）；現在不再是下雨（rains），而是我們有了一個降水的動作（precipitation activity）或是有雷暴風可能性的情況（thunderstorm probability situation）。拜託，就讓老天爺下雨吧。

現在，最多有四、五個概念性名詞可以串連在一起，就像生物的分子鏈一樣。我最近就發現了一個新物種：「溝通促進技能發展干預」（communication facilitation skills development intervention）——這一連串名詞中看不到任何人，也沒有真正做事情的動詞。我想，這可能是一個幫助學生寫得更好的課程吧。

言過其詞

「客廳看起來像是原子彈在這裡爆炸過似的。」這是一個新手作家形容派對失控之後，在星期天早上起床時看到的景象。好吧，我們都知道他在誇大其詞，強調重點，但是我們也都知道並**沒有**原子彈或任何其他形式的炸彈在那裡爆炸——也許除了水球彈之外。「我覺得好像有十架七四七噴射機從我的腦子裡飛過去，」他寫道，「我真的考慮要從窗戶跳下去自殺算了。」這些口語上的吹牛誇大能夠達到的效果有限——這位作家也早就超過了極限——讀者很快就會抵擋不住強烈的睡意，好像跟一個不停複誦打油詩的人困在同一間牢房裡。不要誇大其詞。你並不是真的想從窗戶跳下去。生活中有很多真正好笑的情境，夠你寫的。讓幽默悄悄地走進來，讓我們幾乎聽不到它的腳步聲。

可信度

作家的可信度跟總統的可信度一樣脆弱。不要言過其實，把一件事吹捧得比實際上稀奇古怪。只要被讀者逮到你有一次以假亂真，即便只有那麼一次，此後你寫的每一件事都會引人質疑。這個風險太高，不值得冒這個險。

口述

在美國，有很多人以口述的方式「寫作」。行政官員、高階主管、經理、教育家和其他官員，每天都想著如何更有效地運用時間，他們覺得要把什麼東西「寫」下來，最快的方式就是口述給祕書，然後就再也不必看了。這是假節約——他們省下了幾個鐘頭，卻毀了一生的人格。口述的句子浮誇、草率又累贅。公事繁忙的主管就算非得口述不可，至少也應該花點時間編輯自己口述的內容，在文字上略做增刪，確保最後寫出來的東西真實反應出他們這個人。尤其是如果這份文件最後會送到客戶的手上，而客戶又會以他們的風格來評價他們的人格與公司時，更要特別留意。

寫作並非競賽

每位作家都從不同的起跑點開始，也都跑向不同的終點。然而，有許多作家卻覺得他們是在跟每一個也在寫作的人比賽，而且覺得其他人都寫得比較好，結果搞得自己不知所措。這種情況經常發生在寫作課上。沒有經驗的學生發現自己跟那些名字已經出現在校園刊物上的同學在同一個班級上課，就開始惶惶不安。可是替校園刊物寫稿，稱不上什麼太了不起的資歷：我經常發現那些辛勤磨鍊寫作技巧、孜孜不倦朝著目標前進的烏龜，往往都會超越那些替校園刊物寫稿的兔子。同樣的恐懼也會困住那些自由作家，尤其是當他們看到其他作家的作品都已經刊登在雜誌上，而他的文章卻一直被退回信箱。忘了這些競爭吧，按照自己的步調前進。你唯一的競爭對手，就是你自己。

潛意識

你的潛意識對於寫作的影響，比你想像的要多。你常常會覺得自己被困在文字的叢林裡，花一整天的時間都逃不出來，好像沒救了；但是通常到了第二天早上，當你又一頭鑽進去時，問題就會迎刃而解。你在睡覺時，作家的腦子並沒有閒著。作家永遠都在工作，所以要對週遭的事物保持警覺，因為你的所見所聞，會日復一日、月復一月，甚至年復一年地滲透進你的潛意識，然後就在你的意識辛勤寫作時，在你最需要的時候，靈光乍現。

應急之道

一個句子裡的難題，通常只要把句子刪掉就可以解決了，想不到吧？可惜，陷在困境中的作家常常最後才會想到這個辦法。他們多半會先費盡心思來調整這個有問題的詞組——搬到句子的其他地方、試著重新組合、加入新字詞來澄清思緒或是替卡住的地方上油。但是這番功夫只是讓問題雪上加霜，於是作家得到一個結論：這個問題**無法**解決——這可不是什麼令人感到欣慰的想法。如果你發現自己走進這樣的死胡同，先看看出問題的詞組，然後問自己：「我真的需要它嗎？」或許你不需要，因為它可能從一開始就是多餘的——所以才會造成你這麼多的麻煩。刪掉這個詞組，就會看到生病的句子起死回生、恢復正常呼吸了。這是最快的藥方，通常也是最好的。

段落

段落要簡短。寫作是講究視覺的——文章得先抓住讀者的眼睛，才有機會抓住他們的大腦。段落短，文章的呼吸的空間就大，看起來比較吸引人；反之，一大段又臭又長的文字，會讓讀者望之卻步，甚至不想開始讀。

報紙上的一個段落應該只有兩、三句話；報紙的印刷格式欄寬狹窄，因此行數增加得很快。你可能會以為分段頻繁會傷害到行文論述的發展。《紐約客》顯然就執著於這樣的顧忌——讀者一口氣得看好幾哩，沒有喘息的機會。別擔心，頻繁分段的利終究還是大於弊。

但是也不要發了瘋似地分段。連續的超短段落跟太長的段落一樣惹人厭。我想到的是當代記者寫的那些超迷你段落——沒有動詞的奇觀——希望讓他們的文章讀起來「快而易懂」；事實上，你切斷了自然的思路，反而增加了閱讀上的困難。試著比較同一篇文章的兩種編排方式——比較乍看之下的第一印象以及閱讀起來的順暢程度：

白宮的二號律師在星期二提早下班，開車到一個可以俯瞰波多馬克河的偏僻公園自殺了。
他手裡握著左輪手槍，癱臥在內戰時代遺留下來的大砲上，沒有留下遺書，也沒有任何解釋。
只有震驚、悲慟的朋友、家人與同僚。
還有到星期二為止，看起來像是每個人都夢寐以求的人生。

白宮的二號律師在星期二提早下班，開車到一個可以俯瞰波多馬克河的偏僻公園自殺了。他手裡握著左輪手槍，癱臥在內戰時代遺留下來的大砲上，沒有留下遺書，也沒有任何解釋——只有震驚、悲慟的朋友、家人與同僚。他還留下了到星期二為止，看起來像是每個人都夢寐以求的人生。

上面是美聯社的版本，分段頻繁，第三、四段裡沒有動詞，讀起來鬆散，而且有一點紆尊降貴的驕傲姿態，那記者彷彿在跟讀者吆喝著：「唷嗬！你們看看，我替你們把文章寫得多簡單！」下面是我的版本，還給記者可以寫出好文字的尊嚴，而且將三個句子組合成一個合乎邏輯的單元。

在撰寫非虛構文類的文章和書籍時，分段是一個微妙且重要的元素——就像一張地圖，不斷地提醒讀者你如何組織你的思緒。仔細研究好的非虛構文類作家，看看他們是如何分段的，你會發現：他們的思考幾乎全都以段落為單位，而不是以句子為單位。每一個段落都有完整的內容與結構。

性別歧視

讓作家最感到困惑的一個新問題，就是處理有性別歧視的用語，尤其是有性別之分的代名詞「he」（他）和「she」（她）。女性主義者幫助我們了解到有多少性別歧視潛伏在我們的語言中，不只是討人厭的「他」，還有其他數以百計的用詞，都帶有令人不悅的意涵或是有價值判斷的弦外之音；這些字眼，有些是紆尊降貴，如：「gal」（小女生）；有些則隱含次等地位或次等角色的意味，如「poetess」（女詩人）、「housewife」（家庭主婦）；或是暗示無腦的「the girls」（小妞兒）；或是貶抑做同樣工作的女性，如：「lady lawyer」（穿裙子的律師）；或是刻意加上一點窺淫色彩，如：「divorcée」（失婚婦女）、「coed」（男女合宿）、「blonde」（金髮女郎）——全都很少用在男性的身上。男人被搶了也被只是男人被搶了；女人被搶了，就是身材玲瓏有致的空中小姐或是時髦的褐髮女郎被搶。

更傷人的——毋寧說是更幽微的——則是將女性視為家族男性附屬品的種種用語，不把女性視為在家族中有自我身分認同、也扮演同等重要角色的人。「早期拓荒客帶著他們的妻小向西部推進。」應該要將拓荒客改成拓荒家族，或是帶著兒女到西部去的拓荒夫妻，或是到西部定居的男男女女。今天，已經沒有什麼角色是不對男女兩性開放的。所以，不要再用那些暗示只有男人才能成為拓荒客、農民、警察或消防員的用法了。

另外一個讓女性主義者感到不滿的棘手問題，則是以「man」（男人）結尾的字眼，如：「chairman」（主席）、「spokesman」（發言人）。她們認為：女人也跟男人一樣，可以主持會議，也可以發言。於是，一些不帶性別色彩的字眼，如「chairperson」、「spokesperson」，就在慌亂中應運而生。這些在一九六〇年代急就章湊出來的字眼固然提高了我們對性別歧視的意識——不只在文字上，更在態度上——但是歸根究柢，終究還是權宜的替代品，有時候非但無助於整體目標，反而造成傷害。因此，解決之道就是用另外一個詞來取代，例如：用「chair」來取代「chairman」，用「company representative」（公司代表）來取代「spokesman」；或者也可以改用動詞：「瓊斯小姐代表公司發言，說……」至於那些本來就有分陰陽性的職業，就找一個總稱的名詞來代替，例如：「actor」（男演員）和「actress」（女演員）都可以統稱為「performer」（演員）。

不過，那個棘手的代名詞問題仍然沒有解決。主格的「he」、受格的「him」、所有格的「his」，依然令人憤恨難平。「每位員工都應該要決定怎麼樣做才對他自己和他的眷屬最有利。」這些數不清的句子，要怎麼辦？一個解決之道就是改成複數形：「所有員工都應該要決定怎麼樣做才對他們自己和他們的眷屬最有利。」但是也只有一小部分的情況適合這樣的用法，如果把所有的單數「he」全都變成「they」（他們），這樣的風格很快就會變成一團漿糊。

另外一個常見的解決方法是使用「or」（或）。「每位員工都應該要決定怎麼樣做才對他或她自己最有利。」可是，這樣的用法也同樣應該少用。作家常常會發現在文章中只有幾個地方可以讓他或她很自然地使用「he or she」或是「him or her」；而我所謂的自然，是指作者刻意要指出他（或她）注意到這個問題，也盡他（或她）所能地在合理的範圍內予以解決。但是我們不得不面對現實：英文就是困在陽性的通用語上，例如：「人（man）不能只靠麵包過活。」如果把每一個「他」都變成「他或她」，每一個「他的」都變成「他的或她的」，那會堵塞住整個語言。

在《非虛構寫作指南》的早期版本，我都用「he」和「him」來代表「讀者」、「作者」、「批評家」、「幽默作家」等等。我覺得如果每一次提到代名詞都要用「他或她」的話，這本書讀起來會很辛苦（我全然拒絕使用「他／她」的用法，因為斜線在好的文章裡是沒有立足之地的）。然而，這些年來，有許多女性寫信來提醒我，說她們身為作家與讀者，最痛恨一講到寫作、閱讀，就只看到男人在寫作、閱讀——她們說得沒錯，我也欣然接受她們的提醒。這促使我在很多情況下使用複數形：用「讀者們」和「作家們」，然後再使用複數的代名詞「他們」。我不喜歡複數形：複數會弱化文章的力道，因為他們不像單數那麼明確具體，也比較難以視覺化。我希望每位作家在寫作時都會想像著**一位**讀者努力地閱讀他或她所寫的東西。然而，我發現書中有三、四百處可以刪除「he」、「him」、 「his」、「himself」或是「man」，然後直接換成複數形，也不會有任何影響；天也沒有塌下來。至於在這個版本中還殘存的陽性代名詞，則是因為我覺得這樣做是唯一不麻煩的解決辦法。

最好的解決方法，就是刪掉所有的「he」和帶有陽性所有格意涵的用法，以其他的代名詞取代，或是更換句子裡的其他元素。比方說：用「我們」來取代「他」就很方便；「我們的」或是定冠詞「the」也可以輕易地取代「他的」。（A）「首先，**他**發現了**他的**孩子發生了什麼事，然後他就怪罪**他的**鄰居。」（B）「首先，**我們**發現了**我們的**孩子發生了什麼事，然後我們就怪罪鄰居。」也可以用一般名詞來取代特定名詞。（A）「醫生經常會忽略了他們的妻子和孩子。」（B）「醫生經常會忽略了他們的家人。」小小的改變，就可以消弭無數的罪惡。

另外一個有助於我們修補的代名詞，就是「你」。不說「作家」做了什麼事，讓「他」惹上什麼麻煩，我發現在很多地方都可以直接對作家說話（「你常會發現……」）。不是每一種類型的寫作都適用，但是對寫指南工具或自助書籍的人來說，這可是天上掉下來的禮物。斯波克醫生對著小孩發燒的母親講話，茱莉亞·柴爾德對著做菜做到一半不知該如何是好的廚師說話，這些都是讀者希望聽到、而且能讓他們安心的聲音。

寫作時，永遠要設法讓自己貼近你想找到的讀者。

改寫

改寫是寫好文章的基本要素，也是輸贏的關鍵。這個想法令人難以接受。我們都在初稿中投注了相當多的感情，很難相信這不是下筆成章的完美作品。然而，我可以跟你打賭，初稿不完美的可能性接近百分之百。大部分的作家都無法從一開始就講出自己想講的話或是講得夠好；剛出爐的句子總是有些問題：不夠清晰、沒有邏輯、冗長、笨重、裝腔作勢、無趣又贅字連篇、充滿陳詞濫調、缺乏韻律感、可能有好幾種不同的解讀方式、跟前一個句子不連貫……結論是：清晰的文章都是不斷推敲後的成果。

很多人以為專業作家不需要改寫，文字自然到位。事實正好相反，謹慎的作家總是不斷地修修改改。我從不覺得改寫是不必要的負擔；反而感激每一個讓我修改作品的機會。寫作就像一只好錶——應該運作順暢，沒有多餘的零件。學生倒不像我這麼熱愛改寫；他們認為那是一種懲罰，是額外的作業或是額外的課堂練習。拜託你——如果你是這樣的學生——請將改寫當做一份禮物。除非你能充分理解寫作是個不斷進化的**過程**，而不是最終的**產品**，否則你永遠都寫不好。沒有人期望你第一次，甚至第二次，就寫得很好。

我所謂的「改寫」指的是什麼呢？我說的改寫不是指寫一份初稿，然後再寫一份不一樣的第二稿，然後再寫第三稿。大部分的改寫都只是根據你第一次寫出來的材料，再加以重整、精煉，使其更緊湊；改寫的過程大半是確認你給讀者的敘事流程是否順暢，讓他們可以從頭到尾讀完，沒有任何問題。始終站在讀者的角度看事情。句子裡是不是有什麼事情應該讓他們先知道，而你卻放在句末？當他開始讀第二句時，知不知道你已經改變了主題、時態、語氣、重點，跟第一句不一樣？

我們來看一個典型的段落，想像這是作家的初稿。其實沒有什麼問題：理路清晰，也沒有文法錯誤，但是卻充滿參差不平的稜角：作家忘了提醒讀者關於時間、地點、情緒的改變，或是沒能適時變換寫作風格，讓文章更有生氣。我的作法是在每個句子後面以括號加註，說明編輯在第一次看到文稿時可能會有的想法。下面是我加入這些修改建議後重新改寫過的段落。

曾經有過那麼一段時間，當鄰居還會彼此關照的時候，他還記得。（將「他還記得」放在句首，塑造一種回憶的語調。）現在似乎已經不再是這樣了，然而。（由「然而」〔however〕一詞提供的對比感應該放在句首，也可以用「但是」〔but〕，塑造一種美國的在地感。）他心想，是不是因為現代世界每一個人都太忙碌了。（這些句子的長度都一樣，造成一種催眠的節奏；把這一句改成問句？）他想到，現在的人有太多事情要做，所以沒有時間發展老套的友誼。（這一句基本上重覆了上一句；刪掉，或是用特定的細節給它一點溫暖。）美國並不是這個樣子，在過去的世代。（讀者還在現代；倒裝句子，先告訴讀者現在已經回到過去。如果前面已經出現過「美國」的話，這裡就不需要了。）他知道在其他國家情況是非常不同的，因為他回想起在西班牙與義大利的小村落住過的那些年。（讀者還在美國。使用負面的轉折語，送他們到歐洲。句子也太鬆散。不如拆成兩句？）在他看來，幾乎是人們愈富有，蓋起來的房子就離彼此更遠，也更遠離生命的本質。（反諷推遲得太久了。反諷要早一點進來。讓財富的矛盾更尖銳。）還有另外一個想法，讓他備受困擾。（這是本段的真正重點；要提醒讀者，這一點很重要。避免使用虛弱的「還有」〔there was〕句型。）他的朋友在他最需要他們的時候拋棄了他，在他最近生病的時候。（重新調整句子結構，以「最需要」那段結尾；句子的最後會在讀者的耳朵裡迴響，是句子的力量所在。把生病留到下一句再說；那是另外一件事。）幾乎就像是他們發現了他犯了罪，做了什麼丟臉的事。（在這裡再提起生病一事，這是犯罪的理由。省略「就像犯了罪」，這個意思已經隱含其中。）他記得不知道在哪裡看到過，在世界上有些原始的社會中，生病的人會遭到摒棄，但是在美國卻從來不曾聽說過有這樣的儀式。（句子開始的步調太緩慢，一直拖拖拉拉，又很無趣。拆解成較短的單元。點出反諷之處。）

改寫後的版本如下：

他還記得鄰居以前會相互關照。但是，現在的美國似乎已經不再如此了。是因為每個人都太忙了嗎？現代人真的是太專注於自己的電視機、車子和健身課程，因此沒有時間交朋友了嗎？在以前的世代，絕對不像這樣。世界其他地方的家庭也不會像這樣。即使在西班牙和義大利最貧窮的村落，他還記得，大家還會送麵包到別人家裡去。他想到一件很諷刺的事：人變得愈富有，就愈遠離生命的富饒。但是真正讓他困擾的，卻是一個更令人震驚的事實。他的朋友拋棄他的時候，正是他最需要他們的時候。因為，生病幾乎像是他做了什麼丟臉的事情。他知道其他的社會有一種「摒棄」病人的習俗，但是這樣的儀式只存在原始文化中。還是並非如此？

我修改過的版本也不一定是最好的版本，也不是唯一的版本，主要是一些技巧上的修正：改變字組的順序、讓敘事更緊湊、讓重點更突出；還有很多其他地方可以修改，例如：文字的節奏韻律、語言的細節與新鮮感等等。整體結構也是同等重要。將你的文章從頭到尾大聲地朗誦一遍，永遠要記得你在前一句裡把讀者放在哪裡。你很可能會發現自己寫出像這樣的句子：

> 這齣戲的悲劇英雄是奧賽羅。矮小又惡毒，伊阿戈加深了他的嫉妒與懷疑。

伊阿戈那個句子本身沒有問題，但是接在前一句的後面，就大錯特錯了。因為在讀者耳邊縈繞不去的名字是奧賽羅，讀者自然會以為矮小惡毒的人就是奧賽羅。

你在大聲朗讀文章時，如果特別留意這些連接點，就會聽出有好幾個地方——多到令人洩氣——讓讀者迷了路或感到一頭霧水，或是忘了告訴讀者一個他們必須知道的事實，或是同樣的事情跟他們說了兩次：這些都是每一份初稿難以避免的瑕疵。你必須要做的事情，就是重新整理——寫出一份從頭到尾一氣呵成、而且精簡又溫暖的文章。

學著享受整理的過程。我不喜歡寫作；我喜歡的是寫作的成果。但是我熱愛改寫，特別喜歡刪字，喜歡按著「刪除」鍵，看著不需要的字詞或字句，消失在電子世界裡；我喜歡用更精確或色彩豐富的字取代枯燥乏味的字；我喜歡強化句子跟句子之間的連結；我喜歡改寫沒有生氣的句子，賦予它悅耳的節奏韻律或是更優雅的肌肉線條。每多一分小小的修改，我就覺得自己好像更接近我想要去的地方；而當我真的到達那裡時，我知道那都是改寫的功勞。最後讓你贏得勝利的，不是寫作，而是改寫。

用電腦寫作

對改寫或重組文字來說，電腦真是上帝的禮物，或者說是科技賜予的禮物吧。電腦將文字呈現在你的眼前，供你即時檢視考量——再考量；你可以把句子搬來搬去，直到你滿意為止。不論你刪減或修改了多少內容，段落與頁面都會自動重新編排，然後印表機就會打出整整齊齊的完稿，你大可以離開去喝杯啤酒。對作家來說，自己的文章在修改之後列印出來的聲音——而且不必自己打字——真是再美妙不過的音樂了。

這本書不必再像前幾個版本一樣，說明要如何操作那台走入我們生命的美妙新機器——文字處理機，也不必解釋要如何利用機器上神奇的功能寫作、修改、重新組合文字。現在都已經是常識了。我只是想再提醒你一聲（如果你還不相信的話），電腦幫我們省下的時間與苦工，真是多到難以計算啊。跟使用打字機的時代相比，有了電腦之後，我更願意坐下來寫作，尤其是當我面對要重組文字的複雜任務時，可以讓我更快、也更輕鬆地完成工作。對作家而言，這些都是至關重要的優點：時間、產量、精力、享受與掌控。

信任你的素材

我鑽研寫作技巧的時間愈長，就愈發現世界上找不到比事實更有趣的事情。人們所做的事——還有他們所說的話——都不斷地展現出驚奇、古怪、戲劇性、幽默感，甚或痛苦，一再出乎我的意料之外。誰能發明這些在現實生活中真正發生的拍案驚奇？我也不斷跟作家和學生說：「要信任你們的素材。」雖然對他們而言這似乎是難以遵循的勸誡。

最近，我花了一些時間，在一個美國小城的報社指導員工寫作。我發現有很多記者都習慣以特稿的形式寫作，希望讓新聞更可口美味。他們的導言包括了一連串類似這樣的片段：

咻！

真是難以置信！

艾德．巴恩斯以為他看到了什麼東西。

又或者只是春睏。四月對人的影響真是好玩。

倒也不是說他在出門之前沒有檢查車子。

可是話說回來，他也沒記得要跟琳達說一聲。

這也很奇怪，因為他一直都記得要告訴琳達，從他們在初中開始交往以來，始終不變。

那真的是二十年前的事了嗎？

而且現在還要擔心小斯庫特。

想到這個，那隻小狗最近的舉動有點怪怪的。

報紙文章經常從第一版開始，但是我一路看到「文接第九版」，我還是不知道這篇報導在寫什麼。然後我盡責地翻到第九版，這才發現一個充滿了特殊細節的有趣新聞。我跟撰稿記者說：「我一直到第九版這裡才終於看到一篇好的報導，你怎麼不把好東西放在導言呢？」記者會說：「呃，我在導言裡先增添一些色彩。」這句話的假設是：事實與色彩是兩個不同的原料。其實不然；色彩是構成事實的有機元素。你的工作就是呈現出多彩多姿的事實。

我在一九八八年寫了一本關於棒球的書，叫做《春訓》（*Spring Training*）；這本書結合了我的終身職業與終身興趣——對作家來說，此事美妙至極；如果作家關心寫作的主題，不但會寫得更好，而且寫起來也更有樂趣。我選擇春訓這個小角落切入棒球這個大主題，因為對球員和球迷來說，那是一切又煥然一新的季節。球賽回歸最原始的純潔：在室外草地上進行，在陽光下打球，沒有風琴音樂，上場的年輕球員離你那麼近，近到幾乎可以碰觸他們，而他們的薪水問題、不滿情緒也可以暫時擱置六個星期，不必煩惱。更重要的是，這是一段教學相長的時間。我選擇匹茲堡海盜隊做為採訪目標，因為他們在佛羅里達州布雷登頓的一個老球場訓練，而且他們是一支才要開始重建的年輕球隊，總教練吉姆·雷蘭也致力於教學。

我不想搞浪漫，刻意美化球賽。我不喜歡棒球電影裡每當打擊者揮出全壘打時就一定會出現的慢動作，刻意提醒我這是意味深長的一刻。我**知道**全壘打的意義，特別是在九局下半兩出局之後，揮出再見全壘打贏得比賽的時候。我下定決心，絕對不讓自己的文章陷入這種慢動作——不要刻意提醒讀者其重要性——或是宣稱棒球是某種隱喻，暗喻生死、中年、失落的青春或更天真無邪的美國。我的前提是：棒球是一份工作——充滿榮耀的工作——而我想知道要如何教這份工作，又要如何學。

所以我去找吉姆·雷蘭和他的教練群，我說：「你們是老師，我也是老師，告訴我：你們怎麼教打擊？怎麼教投球？怎麼教外野？怎麼教跑壘？怎麼讓這些年輕人在如此漫長而殘酷的日程中保持**高昂**的士氣？」他們全都傾囊相授，詳盡地跟我說明他們是如何做好該做的工作。球員和其他人也都一樣不藏私，告訴我所有我想要知道的相關資訊：關於裁判、球探、售票員、當地啦啦隊的一切。

有一天，我爬上本壘板後方的看台去找球探。春訓是棒球每年最後一次的選秀，各個訓練營裡都有一些談吐簡潔的人出沒，他們一輩子都在蒐羅人才。我看到一個大約六十來歲，看起來飽經滄桑的人坐在看台上，手裡邊拿著碼錶計時邊寫筆記；我在他旁邊的空位坐下來。等到那一局結束，我問他在計什麼時。他說他叫尼克．卡曼齊克，是加州天使隊的北區球探協調員；他正在替場上跑壘的球員計時。我問他在找什麼樣的資訊：

「呃，右打者要花四點三秒才能跑到一壘，」他說。「左打者則只需要四點一或四點二秒。當然，還是會有一點差異——你要考慮到人的因素。」

「這些數字對你有什麼意義呢？」我問。

「這樣說吧。當然，平均而言，雙殺需要四點三秒，」他說，說得好像這是常識似的，但是我從未想過雙殺需要多少時間。

「所以說……」

「如果你看到哪位選手不到四點三秒就跑上一壘，就會對他感興趣。」

這個事實就已經足矣。不需要再加一句話指出：四點三秒真的是很短的時間，打完一球，要牽涉到一次擊球、兩次傳球，還有三個外野手。只要跟讀者說四點三秒，他們自然會體會箇中奧妙；他們也喜歡有自己思考的空間。讀者也在寫作中扮演重要的角色，所以要留一點空間給他們演出。不要解釋太多，那樣會惹惱讀者——像是跟他們說一些他們已經知道或是自己可以摸索出來的事情。盡量不要用「surprisingly」（出乎意外地）、「predictably」（可以預期地）、「of course」（當然）這一類的字眼，因為這等於在讀者接觸到事實之前，你就替他們評價了這些事實。請信任你的素材。

順著自己的喜好

沒有什麼題材不能寫。學生經常避開最貼近他們心裡的題材——滑板、啦啦隊、搖滾樂、車子——因為他們認定老師會覺得這些題目很「愚蠢」。只要認真看待，生活中沒有哪個領域是愚蠢的。如果你順著自己的喜好走，就會寫得好，也就可以吸引你的讀者。

我曾經看過很多文字優美的書籍，主題包羅萬象：釣魚與撲克牌、撞球與牛仔競技、登山與大海龜，還有許許多多我不覺得自己會有興趣的主題。你可以寫你的嗜好：烹飪、園藝、攝影、編織、古董、慢跑、帆船、潛水、熱帶鳥類、熱帶魚；可以寫你的工作：教書、護理、經營企業、開店；或是寫你在大學時最喜歡也一直想要重返的領域：歷史、傳記、藝術、考古。只要你在寫作時，真的跟你的主題產生共鳴，沒有什麼主題會是太專業或是太古怪的。

第三部　形式

第十一章　非虛構文類的文學

幾年前的一個週末，我到水牛城，在當地一群女作家主辦的作家大會上發表演說。這些女性非常認真看待寫作這門技藝，她們寫的書籍和文章，不但數量驚人，內容也很有用。她們問我願不願意在那個星期稍早的時候，參加一個廣播的談話性節目替大會做宣傳——她們會與主持人在錄音室和在紐約家中的我以電話連線。

到了約定的那天晚上，我的電話響起，接著主持人即以他們那一行費力裝出來的快活音調跟我打招呼。他說，在錄音室，有三位可愛的女士跟他在一起，他很想知道我們對當前的文學景況有什麼想法？有什麼建議可以提供給那些對文學充滿了憧憬的文藝聽眾？這番熱情的介紹詞像是一顆石頭落在我們中央，那三位可愛的女士都沒有說話——在我看來，這個反應很恰當。

沉默的時間愈來愈長，最後，我終於說：「我想，我應該禁止再用『文學』、『文藝』、『文人』之類的用語。」我知道主持人事先已經概略了解我們是哪一類的作家，也知道我們要討論什麼，但是他沒有其他的參考標準。「那請問，」他說，「你們對當前美國的文學經驗有什麼看法？」還是沒有人回答。最後，我終於說：「我們今天是來討論寫作這門技藝的 。」

他不知道該怎麼接話，於是開始提到一些作家的名字，像是海明威、索爾．貝婁（Saul Bellow）、威廉．史泰隆（William Styron）等人——這些人當然都是文學泰斗，但是我們說這些作家剛好都不是我們的榜樣，然後提到了像是路易士．湯瑪斯（Lewis Thomas）、瓊安．狄迪翁、葛瑞．威爾斯（Gary Wills）等人。他都沒有聽過。接著，有位女士提到了湯姆．伍爾夫的《太空先鋒》，他還是沒聽過，於是我們解釋說，我們崇拜這些作家駕馭當前社會關心的問題的能力。

「可是，你們不想寫一些有文學性的東西嗎？」主持人問道。三位女士說她們覺得自己做的工作已經讓她們感到心滿意足；講到這裡，節目又突然停頓下來。主持人開始接聽眾打進來的電話，他們全都對寫作這門技藝感興趣，也想知道我們是怎麼做的。「可是，在夜深人靜時，」我們的主持人對好幾位聽眾說，「你們難道不會夢想著寫出一本偉大的美國小說嗎？」並沒有，他們並沒有這樣的夢想——不論是在夜深人靜或是其他時候。那大概是史上最差勁的廣播節目之一。

這個故事總結了每位非虛構文類的作家都會遭遇到的一個問題。我們這些作家認真地想要寫好我們居住的這個世界，或是認真地教導學生寫好**他們**居住的那個世界，但是卻困在一個扭曲的時間裡，動彈不得；因為在這裡，文學的定義仍然局限在十九世紀認定為「文藝」的那幾種形式：長篇小說、短篇小說、詩歌。但是現在，作家所寫所賣的、出版社或雜誌社印刷發行的、讀者想看的，絕大多數都是非虛構文類的作品。

這樣的轉變有各種例子佐證。其中之一，就是每月一書俱樂部的發展史。當哈利．薛曼（Harry

Scherman）在一九二六年創辦俱樂部時，美國讀者沒有什麼管道可以接觸到好的新文學，主要的讀物是像《賓漢》（*Ben-Hur*）之類的垃圾；薛曼的想法是：每個鄉鎮，只要有郵局，就等於有一家書店，於是他開始將最好的新書，郵寄給全國各地新招攬來的讀者。

他寄的書籍大部分都是小說。從一九二六年到一九四一年，俱樂部選擇的書單絕大部分都是小說，如艾倫・格拉斯哥、辛克萊・路易士、維吉尼亞・吳爾芙、約翰・嘉斯渥斯、愛蓮娜・薇莉、伊格納吉爾・席隆、羅莎蒙・李曼、伊迪絲・華頓、薩默塞特・毛姆、薇拉・凱瑟、布斯・塔金頓、伊撒克・迪尼森、詹姆斯・古德・柯貞斯、桑頓・懷爾德、西格麗德・溫塞特、厄尼斯特・海明威、威廉・薩洛揚、約翰・馬寬德、約翰・史坦貝克，和其他眾多小說家的作品。那是美國的「文學」高峰期。每月一書俱樂部的會員幾乎不知道二次大戰逼近；直到一九四〇年，《忠勇之家》（*Mrs. Miniver*）這本講述在不列顛戰役早期艱苦奮戰的小說寄到家，他們才知道戰事臨頭。

接著，珍珠港事件讓一切為之改觀。二戰將七百萬美國青年送到海外，讓他們眼界大開，看到了全新的現實：新地方、新問題、新事件。戰後，電視的誕生更推波助瀾了這樣的趨勢。每天晚上，大家在客廳裡就可以看到現場實況，對小說家慢條斯理的節奏和間接的隱喻開始失去耐性。一夜之間，美國變成了一個講求事實的國度。一九四六年之後，每月一書俱樂部的會員大多開始要求——也因此收到——非虛構文類的著作。

雜誌也受到這股潮流波及。原本提供大量短篇小說給讀者的《周六晚郵》（*Saturday Evening*

Post）——每篇作者名字似乎都有三個字：克萊倫思．巴廷頓．凱蘭德、奧克特屋斯．洛伊．柯恩——也在一九六〇年代初改弦更張；現在，這本雜誌有百分之九十的版面都分配給了非虛構文類，只保留了一篇名字有三個字的作者所寫的短篇小說，以免忠實的讀者覺得遭到遺棄。這開啟了非虛構文類的黃金時代，尤其是《生活》雜誌，每個星期都刊登文筆精湛的文章；《紐約客》策畫連載了瑞秋．卡森（Rachel Carson）的《寂靜的春天》（*Silent Spring*）和楚門．卡波堤（Truman Capote）的《冷血》（*In Cold Blood*），奠定了當代美國寫作的里程碑，提升了這個文類的地位；此外，《哈潑》雜誌（*Harper's*）也委託諾曼．梅勒創作《夜幕大軍》（*Armies of the Night*）。自此，非虛構文類成了新的美國文學。

如今，不管生活中的哪一個層面——也不論是過去或現在的生活——都有認真嚴謹、文筆優雅的作家書寫，供一般讀者閱讀。除了紀實文學之外，還有過去被視為純學術的學科，如人類學、經濟學、社會史等，也成為非虛構文類作家與興趣廣泛的讀者涉獵的領域；再加上近年來在美國文壇大放異彩的那些結合歷史與傳記的書籍：大衛．麥卡勒（David McCullough）的《杜魯門》（*Truman*）和《海中道路：巴拿馬運河史》（*The Path Between the Seas*）、羅伯特．卡洛（Robert Caro）的《權利掮客：羅伯特．摩西與紐約的殞落》（*The Power Broker: Robert Moses and the Fall of New York*）、泰勒．布蘭奇（Taylor Branch）的《分水嶺：馬丁．路德．金時代的美國（1954-1963）》（*Parting the Waters: America in the King Years, 1954-63*）、李察．克魯格（Richard Kluger）的《紐約前鋒論壇報的生與死》（*The Paper: The Life and Death of the New York Herald Tribune*）、理查・羅德斯（Richard Rhodes）的《原子彈誕生記》（*The Making of the Atomic Bomb*）、湯瑪斯・佛里曼（Thomas L. Friedman）的《從貝魯特到耶路撒冷》（*From Beirut to Jerusalem*）、J・安東尼・魯卡斯（J. Anthony Lukas）的《共同點：波士頓種族隔離史》（*Common Ground: A Turbulent Decade in the Lives of American Families*）、愛德蒙・莫瑞斯（Edmund Morris）的《羅斯福王》（*Theodore Rex*）、尼可拉斯・勒曼（Nicholas Lemann）的《樂土：黑人大遷徙與美國的改變》（*The Promised Land: The Great Black Migration and How It Changed America*）、艾登・霍斯查爾德（Adam Hochschild）的《利奧波得王的幽靈：非洲殖民地的貪婪、恐怖與英雄主義》（*King Leopold's Ghost: A Story of Greed, Terror and Heroism in Colonial Africa*）、隆納德・史提爾（Ronald Steel）的《華特・李普曼與美國世紀》（*Walter Lippmann and the American Century*）、瑪莉安・伊麗莎白・羅杰絲（Marion Elizabeth Rodgers）的《孟肯傳》（*Mencken: The American Iconoclast*）、大衛・雷姆尼克（David Remnick）的《列寧的墳墓：一座共產帝國的崩潰》（*Lenin's Tomb: The Last Days of the Soviet Empire*）、安德魯・德爾班科（Andrew Delbanco）的《梅爾維爾傳》（*Melville*）、馬克・史帝芬斯（Mark Stevens）與安娜蓮・史苑（Annalyn Swan）合著的《美國大師狄庫寧》（*De Kooning: An American Master*）等。簡言之，在我的非虛構類新文學作家名單中，包括了所有以力透紙背、理路清晰的筆觸與人文關懷來傳遞資訊的作家。

我並不是說：小說已死。顯然，小說家可以帶領我們走進其他作家無法進入的世界——生命內在最深處的情緒。我只是說：我受夠了那些自以為是的勢利眼，老是說非虛構文類不過只是換了一個名字的新聞寫作，而新聞寫作不論換成什麼名字，都難登大雅之堂。既然我們已經重新定義文學，不妨也重新定義一下新聞寫作吧？新聞寫作指的是先出現在任何期刊上的文章，不管設定的讀者是什麼人。路易士・湯瑪斯最早出版的兩本書——《水母與蝸牛》（*The Medusa and the Snail*）和《細胞生命的禮讚》（*Lives of a Cell*）——最早都是刊登在《新英格蘭醫學期刊》（*New England Journal of Medicine*）上的散文。縱觀美國歷史，好的新聞寫作後來也都成了好的文學：H・L・孟肯、林恩・萊德納、喬瑟夫・米契爾（Joseph Mitchell）、艾德蒙・威爾遜，還有其他數十位優秀的作家，在進入文學殿堂封聖之前，也都是新聞從業人員。他們只是從事自己做得最好的工作，從來就不擔心別人如何定義這份工作。

歸根究柢，每位作家都必須依循他們感到最自在的一條路。對大部分學習寫作的人來說，那條路就是非虛構文類，讓他們可以書寫所知、所見、所聞；對年輕人和學生來說，尤其是如此，因為他們更樂意書寫跟自己生活有關或是適合他們天性的題材。動機是寫作的根本。如果非虛構文類是你最會寫或是你最會教的寫作類型，千萬別受騙上當以為那是低人一等的文類。真正重要的差別是寫得好不好——好文章就是好文章，不管是以什麼形式出現，也不管我們怎麼稱呼它。

第十二章　寫人：訪談

讓人開口說話。要學會問對問題，才能引出答案，讓他們講述生活中最有趣或最生動的事情。最生動的文字，莫過於某人講述他在想什麼或做什麼——而且是以他自己的話來說。

他自己的話永遠都比你的文字要好，即使你是全世界文筆風格最優雅的作家也不例外。他自己的話帶有他聲音語氣的轉折變化，還有他遣詞用句的獨特氣質；他的話有他說話時的地方特色和他那一行的專業術語；他的話有他的熱情。這是一個人直接對讀者講話，而不是經過作家的過濾。一旦作家介入，每個人的經驗都將成了二手貨。

因此，要學會如何訪談。不管你寫的是哪一種類型的非虛構文類，你在寫作時能夠融入文章中的直接「引文」數目多寡，跟最後成品的生動程度呈正比。你經常接到任務，要寫一些顯然沒有生命力的題材——某個機構的歷史，或是某個地方新聞，如排水疏洪道——想到要如何讓讀者甚至你自己保持清醒，就開始頭痛。

你要振作精神。只要能夠找到一些人情趣味，就能找到解決之道。再怎麼乏味無趣的機構裡面都會有一些對自己工作抱持熱情的人，他們就是各種知識與傳說的寶庫；每一個排水疏洪道的背後，都牽涉到某個政治人物的前途，也總是會有一個住在附近的寡婦，對某個愚蠢的議員覺得疏洪道一定會暢通感到不滿。找到這些人來替你講故事，你的文章將不再枯燥。

我自己就經常證明這一點。多年前，我應邀替紐約公立圖書館寫一本小書，慶祝該館在第五大道上的主建築落成五十週年；表面上看來，這個故事只不過是講一棟大理石建築和數百萬冊蒙塵的書籍，但是在故事的背後，我發現圖書館內有十九個研究小組，每個小組都有一個主任負責管理大量的稀奇寶物，從華盛頓的告別演說手稿，到七十五萬張電影劇照，不一而足。我決定採訪這些主任，進一步了解他們的收藏品、他們如何增進各自領域的知識，以及他們如何運用空間等等。

我發現科技組收藏的專利證書僅次於美國專利局，因此成為該市專利律師的第二個家；此外，該組每天都有川流不息的人潮，以為自己就快要發明出永動機。「每個人都有東西要發明，」該組主任說，「但是他們不會跟我們說他們在找什麼——或許是因為他們怕我們會把他們的發現拿去申請專利吧。」原來，那整棟大樓都是學者、搜尋者和天馬行空的怪人；而我的故事，表面上看起來是講一個機構的歷史，其實真正的主角是人。

我也用了同樣的方法來寫一篇長文，講倫敦拍賣公司蘇富比。蘇富比同樣也分為好幾個部門，諸如銀器、陶器和藝術品，每個部門都有專家負責管理；而且也跟紐約公立圖書館一樣，都得靠大眾善變的奇思幻想才能維持下去。這些專家就像小型學院裡的科系主任一樣，每個人都有許多奇聞軼事，不論在內容和講述的方式，都很特別：

「我們就像麥考伯[1]一樣，坐在那裡，等著東西上門，」家具部門主任泰姆威爾說。「不久前，在有個住在劍橋附近的老太太寫信來，說她需要籌措兩千英鎊，問我能不能到她家去走一趟，看看她的家具能不能賣到這麼多錢。我去了，卻發現那裡根本沒有值錢的東西。臨走前，我說：『我什麼都看過了嗎？』她說是，除了一間女傭的房間，她壓根兒沒想到要給我看。結果那個房間裡有一座十八世紀的精美大衣櫃，老太太用來收毯子。『如果妳賣了這個衣櫃，』我跟她說，『就不必再擔心了。』她說：『那怎麼可能——你要我把毯子收到哪裡去？』」

我也不用再擔心了。聽這些負責經手的學者滑稽逗趣的評語，還有每天早上蜂擁而至的人群，抱著他們在英國人的閣樓裡找到的那些不想要的東西（「這恐怕不是安妮女王時代的東西喲，女士——可惜，是比較接近維多利亞女王。」），我收集到許多人情趣味的小細節，遠超過任何作家的想望。

同樣地，當我在一九六六年應邀替每月一書俱樂部寫歷史，慶祝他們的四十歲生日時，也覺得除了一些沒有生氣的事情之外，沒有什麼東西好寫。結果我在讀者與評審兩方面都找到饒富人情趣味的小故事，因為俱樂部的書都是由一群固執的評審挑選出來，再寄給同樣固執的讀者，他們會毫不遲疑地把不喜歡的書打包退回。我拿到了一千多頁採訪五位元老級評審（海伍德．布隆恩〔Heywood Broun〕、亨利．塞德爾．肯比〔Henry Seidel Canby〕、桃樂絲．坎菲爾德〔Dorothy Canfield〕、克里斯多福・默利〔Christopher Morley〕、威廉・艾倫・懷特〔William Allen White〕）的訪談記錄副本，再加上我自己訪問了俱樂部創辦人哈利・薛曼和當時還活躍的幾位評審，結果就寫成了橫跨四十年的個人回憶錄，記錄了美國閱讀品味的改變，甚至連書籍本身也有了生命，成了故事中的角色：

「那些還記得《飄》（*Gone with the Wind*）是如何暢銷的人，」桃樂絲・坎菲爾德說，「可能很難想像最早看到這本書的人覺得這不過是一本非常、非常冗長而細瑣的小說，講美國內戰和戰後發生的事。我們從來沒聽說過這位作者，也沒有聽過任何人對這本書的意見。選擇這本書，還有點困難，因為書中有些人物的描寫不是很真實或是沒有說服力。可是以敘事來說，這本書有一種法國人稱之為『專注』的特質：就是讓你想要翻到下一頁，知道後來發生了什麼事。我記得有人評論：『好吧，讀者也許不會很喜歡這本書，但是沒有人能否認你花的錢確實讓你有很多東西可以讀。』而這本書如此成功，我必須說，我們跟其他任何人都同樣感到意外。」

這個例子就是那種資訊鎖在人腦袋裡的典型，一個好的非虛構文類作家必須能夠解開那個鎖。最

1 譯註：Micawber 是英國小說家狄更斯的小說《塊肉餘生記》（*David Copperfield*）裡的虛構人物，成天遊手好閒，卻痴心幻想著好運會上門。

好的方法就是訪問人；訪談本身就是一種很受歡迎的非虛構文類形式，你應該盡快掌握箇中訣竅。

那要如何開始呢？首先，先決定你要採訪誰。如果你還是學生，千萬別採訪你的室友。我沒有不敬的意思，或許你有很棒的室友，但是他們也許沒有太多我們其他人想要知道的事情可以說。要學習非虛構文類寫作的技藝，你必須逼迫自己走進真實的世界——你住的鄉鎮、城市或郡縣——假裝你是替真的出版品在寫作；如果有幫助的話，甚至還可以假設自己替哪一家報社或雜誌寫作。選擇採訪對象時，也要選擇那些非常重要、非常有趣或是非常特殊的人，這樣一般讀者才會想要認識他們。

這不是說你一定要採訪銀行總裁。你採訪的對象可以是本地披薩店、超市或髮廊的老闆；可以是每天一早出海的漁夫、小聯盟的教練或護理師；可以是賣肉的、賣麵包的，或者——如果你能找得到的話更好——做蠟燭的。你可以在社區裡尋找那些挑戰傳統的女性，看她們如何打破認為男女兩性天生只能做什麼的迷思。簡言之，你選擇的採訪對象，必須能夠打動讀者的心。

採訪是一門熟能生巧的技術。就算你永遠都無法輕鬆自在地逼迫別人回答他們因為靦腆或不善言詞而無法回答的問題，你也不會再感受到第一次採訪時的那種侷促不安；不過大部分的技巧都是機械性的。其餘的就是本能了——知道如何讓人放輕鬆、什麼時候該追問、什麼時候該傾聽、什麼時候該喊停。這些都可以從經驗中學習。

採訪的基本工具就是紙和一些削好的鉛筆。提出如此顯而易見的建議，是否太瞧不起人了？但你知道有多少作家雖然大膽追蹤獵物，卻發現自己沒有帶鉛筆，或是帶了一枝筆芯斷掉或寫不出來的筆，或是沒有東西可以寫嗎？多到讓你驚訝。「做好準備」雖然是童子軍的銘言，但是對一位正要出征的非虛構文類作家來說，也是再恰當不過的座右銘。

但是，除非必要，不要拿出筆記本。沒有什麼比看到一個陌生人拿出速記本出現在你面前更令人難以放鬆的了。你跟受訪者都需要時間彼此熟悉，花一點時間閒聊兩句，評估一下對方是什麼樣的人，讓他慢慢信任你。

採訪之前，該做的功課都要先做好。如果要採訪城鎮上的官員，先了解他在選舉中的得票紀錄；如果是採訪女演員，先了解她曾經演出過的舞台劇或電影。如果你問的是可以事先查到的事實，會遭到人家的白眼。

把可能問到的問題先列舉出來——這可以讓你避免在訪談中陷入無話可說的尷尬場面。或許你並不需要這樣的清單；或許你會當場想到更好的問題，或是受訪者岔題，講到一個你從未料想到的角度。這時候，你就只能憑直覺辦事了。如果他們無可救藥地偏離了主題，要把話題拉回來；如果你喜歡這個新方向，就繼續追問下去，拋開你原本想要問的問題。

很多採訪新手都會擔心自己會不會侵犯到他人，或是沒有權利探索別人的隱私，其實這都是不必要的擔憂。一般人面對有人要來採訪他們都會感到開心；畢竟大部分的人都過著平淡的生活——就算不是平淡的絕望，至少也是絕望的平淡——有機會跟貌似願意傾聽的圈外人談一談自己工作，他們多半求之不得。

這未必表示採訪工作會一帆風順。你經常會遇到從未接受過採訪的人，他們在採訪過程中會表現得很彆扭、很不自然，甚至講不出你可以用的話。遇到這種情況，改天再來吧！情況會好轉的，你們甚至還會開始喜歡這個過程——這證明你並沒有強迫這些「受害者」去做任何他們不想做的事情。

講到工具，有人或許會問：可以使用錄音機嗎？何不就隨身帶一台，一開始就錄？這樣就不必擔心紙筆之類的事了。

錄音機顯然是極好的機器，可以記錄人要說的話——尤其對那些因為文化和個性因素，無法用筆寫的人來說。在社會史和人類學這些領域，這是非常有價值的工具。我非常景仰史塔茲・特克爾（Studs Terkel）的著作，如《艱苦時代：大蕭條時期的口述歷史》（*Hard Times: An Oral History of the Great Depression*），他「寫」下一般平民百姓的聲音，再拼織出一部流暢連貫的作品；我也喜歡某些雜誌刊登的問答式訪談，就是用錄音機記錄訪談內容。這有一種自然的聲音，不像作家一直在作品上方盤旋不去，費力地替作品上臘抛光，直到發光發亮為止。

然而，嚴格說起來，這不是寫作。這只是發問，然後將抄錄下來的答案裁剪、接合、編輯的過程，得耗費大量的時間與精力。你以為受過教育的人會以精確的線性邏輯對著你的錄音機說話，結果他們卻是漫無目的地在語言的沙洲裡繞圈子，甚至無法好好地講出一個完整的句子。耳朵可以容忍不周延的文法、句型或轉接詞，但是眼睛卻無法容忍這樣印出來的文字。錄音機用起來看似簡單，其實不然；因為你需要永無止盡地縫縫補補。

不過，我警告你不要使用錄音機的主要理由，還是實際的問題。危險之一是你通常不會隨身攜帶錄音機，但是比較可能隨身帶著鉛筆；另外一個危險則是錄音機故障。新聞記者採訪到一個「真的很棒的故事」回來之後，按下「播放」鍵，然後一片寂靜無聲，沒有什麼比這個更令人鬱卒的了。但是更重要的理由是：作家應該要能夠看到他的材料，如果你的訪談是在錄音帶裡，那你就成了一個聽眾，不斷地把玩機器，向後倒帶，想要找到你一直找不到的那段精采言論，然後又向前快轉，停，開始，這會讓人抓狂。我勸你做個作家，把東西寫下來吧。

我向來用鉛筆採訪，削好的一號鉛筆。我喜歡跟別人交流，喜歡讓那個人看到我在**工作**——真的在工作，而不是坐在那裡，讓機器替我做事。我只有一次大量使用錄音機：就是在寫《米契爾與魯夫》（*Mitchell & Ruff*）那本書的時候；那本書寫的是爵士音樂家威利・魯夫（Willie Ruff）和杜維克・米契爾（Dwike Mitchell）。雖然我跟他們兩人都很熟，但是我覺得身為白人作家，冒昧去寫黑人經驗，至少有義務要忠實呈現他們的語調音律；倒不是說魯夫和米契爾講的英語跟別人不一樣，他們的英語都講得很好，而且通常都辯才無礙，但他們是南方黑人，會使用某些特定的詞彙和俚語表現出他們獨特的文化傳統，也讓他們的語言變得更豐富，增添一絲幽默色彩。我的錄音機完全捕捉到了這樣的特色，而讀者也可以從書中「聽到」我正確地傳達他們的聲音。如果你採訪的人有特殊的文化背景，而你可能會破壞這種文化的整體性時，就可以考慮使用錄音機。

然而，寫筆記卻有一個大問題：你採訪的人通常一開始講話，就比你寫字的速度要快。你還在潦草地記錄第一句，他就已經講到第二句了；於是你放下第一句，開始追他的第二句話，同時把第一句還沒寫出來的部分先放在內耳裡，希望第三句話不太重要，可以完全忽略，再利用那個時間補齊第一句話。不幸的是，你的受訪者講話速度飛快，滔滔不絕地講了一個鐘頭，終於把所有你希望從他身上挖掘出來的事情全都講完了，而且口才足以媲美邱吉爾。你的內耳完全堵塞，塞滿了你必須在它們溜走之前記錄下來的句子。

其實，這時候可以請他暫停一下。就說：「麻煩請稍停一下。」然後趕上他的進度就好了。你像發了瘋似地寫字，是為了能夠正確引述他說的話，而沒有人希望自己的話遭到錯誤引述。

多加練習之後，你會寫得快一點，而且發展出一套速記的方法。你會替一些常用的字發明縮寫，也會省略一些小的連接詞；等到訪談一結束，立刻填上這些漏缺的字，把不完整的句子補齊，這些漏缺大多還記憶猶新，只要稍微回想一下就能想起來。

等你回到家之後，把筆記打字出來——或許幾乎跟手稿一樣潦草——這樣比較方便你閱讀。這樣做不但讓你在使用訪談內容時比較輕鬆，也方便跟你收集的剪報與其他資料一起收藏；更重要的是，讓你可以清醒地回顧你在匆忙間寫下的大量文字，發現那個人真正想說的話。

你會發現他說了很多不怎麼有趣、沒什麼相關或是重覆的話。你得把最重要或最精采的句子特別標示出來。你會想要用到所有的文字，因為你費了這麼大的工夫把它們全都寫下來了，但是這是一種放縱的表現——沒有理由要讓讀者費同樣的工夫去了解受訪者說了多少。你的工作就是淬鍊精髓。

你對受訪者又有什麼義務呢？對於他說的話，你可以剪裁或修改到什麼程度呢？每一位剛做完第一次採訪回家的作家，都會有（也應該有）這樣的困擾。答案很簡單，只要記住兩個標準——簡潔與公正。

你對受訪者的道德責任，就是正確呈現他的立場。如果他對某一件事很謹慎地兩面並陳，而你卻只引述他對其中一方面的看法，讓他看起來好像偏袒某一方，這樣就是扭曲了他的話。或者你斷章取義，只選擇一些辛辣的評論，卻沒有增添嚴肅的想法，那也可能扭曲他原本的意思。你在處理的是一個人的名譽和信用——同時也是你自己的。

但是此後，你就只需要對讀者負責了。你有責任給他們最緊湊扎實的成品。大部分的人在講話時都會迂迴曲折，有時候還會穿插一些不相干的故事或瑣事——很多都非常有趣，不過仍然不相干。你的訪談若要成功，就得呈現出重點，不浪費多餘的文字。如果你在筆記的第五頁找到一句話，正好足以說明在第二頁——也就是在訪談稍早時——提到的一個重點，那麼幫幫忙，把這兩個句子連起來，讓第二句緊跟在後面，闡述第一句話的想法。這樣或許不是忠實呈現訪談進行的實際狀況，但是你仍然忠於受訪者說這些話的用意。你可以用各種方法把玩引文——選用、丟棄、裁剪、顛倒次序、把好的引文留到結尾——只要確定公正即可。不要改動任何文字，也不要因為把句子刪短而導致留下來的字句扭曲了原意。

真的「不要改動任何文字」嗎？可以說是，也可以說不是。如果是受訪者精心挑選的字眼，你就應該特別留意專業倫理，逐字引用。大部分的採訪者都很馬虎，多半覺得只要大概的意思到了，也就可以了。其實不然：沒有人希望看到任何文章引用他不會使用的字眼或詞彙。但是如果受訪者講起話來雜亂無章——句子拖泥帶水、思路顛三倒四、語言糾纏不清到讓他自己都覺得難為情——那作者也別無選擇，只能清理一下語句，把缺漏之處補齊，維持文章的連貫性。

有時候，你還會落入太忠於受訪者的陷阱，下筆時將他說的話一字不漏地打出來，甚至還為自己能夠如此忠實地記錄受訪者所說的話而感到自豪；然而事後，當你修改編輯文字時，卻發現有幾段引文好像沒有什麼道理。當你第一次聽到這些話時，覺得說得太好、太貼切了，完全沒有想到需要再多思考一下；如今，當你重新回顧這些話時，卻發現語言或邏輯上有漏洞。不將漏洞補起來，不但對不起讀者或受訪者——更傷害到作者的信譽。通常你只是需要多加一、兩個字，澄清語意即可；或者你可以從筆記中找到另外一段引文，能夠更清楚地表達同樣的意思。同時，還要記得：你總是可以打個電話給你的受訪對象，跟他說你想要核對一下他說過的話，讓他重述自己的重點，直到你聽懂了為止。千萬別成為引文的囚犯——別被聽似精采的引文給矇騙了，就不仔細去分析；千萬別讓連你自己都看不懂的東西流入市面。

至於要如何整理訪談內容，導言部分當然應該要告訴讀者：這個人為什麼值得一讀？他憑什麼要我們花時間和精神去看他的故事？然後，就要在**受訪者自己說的話**和**你要說的話**之間取得平衡。如果你連續三、四段都在引述同一個人的話，讀起來就顯得單調；如果你能將引文分散開來，零星地出現在不同地方，然後由你來扮演嚮導的角色，這樣引文才會顯得更生動。別忘了：你才是作者——別放棄主導權。但是要善用你的嚮導角色，別只是插一句枯燥乏味的話，讓讀者一看就知道你唯一的目的無非只是要把引文拆散開來而已。（「他在手邊的菸灰缸上敲敲菸斗，我注意到他的手指頭相當修長。」「她百無聊賴地把玩芝麻葉沙拉。」）

在使用引文時，直接進入引文就可以了。別再用無趣的句子開頭，說那個人說什麼什麼。

不好的用法：史密斯先生說他喜歡「一個星期去城裡一次，跟一些老朋友吃個午餐。」

好的用法：「我通常喜歡一個星期去城裡一次，」史密斯先生說，「跟一些老朋友吃個午餐。」

第二個句子比較有生命力，反觀第一個句子則是死氣沉沉。沒有別的句子，比用「史密斯先生說」開始的句型還要更死氣沉沉——讀者看到這裡就讀不下去了。如果一個人說了什麼，就讓他直接說了唄！讓句子的開頭有溫度、有人味。

但是要注意讓引文在什麼地方斷句。在你可以自然暫停的地方斷句，愈早愈好，讓讀者及早知道到底是誰在講話，可是斷句也絕對不能破壞原來的節奏和語義。請注意以下幾個不同的版本破壞程度的不同：

「我通常喜歡，」史密斯先生說，「一個星期去城裡一次，跟一些老朋友吃個午餐。」

「我通常喜歡去城裡，」史密斯先生說，「一個星期一次，跟一些老朋友吃個午餐。」

「我通常喜歡一個星期去城裡一次，吃個午餐，」史密斯先生說，「跟一些老朋友一起。」

最後，千萬別費力去找「他說」（he said）的同義詞。千萬別只是為了避免重覆「他說」一詞，就讓你的受訪者「主張」（assert）、「斷言」（aver）、「告誡」（expostulate）；還有，拜託——千萬拜託！——不要寫「他微笑」（he smiled）、「他咧嘴笑」（he grinned）。我從沒聽過哪個人在訪談中微笑。反正讀者的眼睛會自動跳過「他說」，所以不必這麼麻煩。如果你真的需要一些變化，那麼選擇那些可以捕捉對話性質有所轉變的詞彙。「他指出」（He pointed out）、「他解釋」（he explained）、「他回答」（he replied）、「他補充」（he added）——這些詞都帶有特定的意義。如果受訪者只是「主張」什麼，而沒有在說完之後又加了一句後語附註，那麼就千萬別使用「他補充」。

然而，這些技術技巧能給你的幫助，也就到此為止了。歸根究柢，能不能做好訪談仍然跟作者的個性與人格息息相關，因為你採訪的人對於這個主題永遠都知道的比你多，面對這種不平衡的情況，我會在第二十一章「愉悅、恐懼與信心」中提供一些建議，告訴你要如何克服焦慮，並學著相信自己的常識與智慧。

在新聞報導中充斥著適當與不當的引用例子，有些還牽涉到一些備受矚目的事件。其中一個就是珍妮特．麥爾坎（Janet Malcolm）的誹謗中傷官司，陪審團因她在《紐約客》雜誌上介紹心理醫生傑佛瑞．梅森（Jeffrey M. Masson）的文章中「編造」了某些引文，而判她有罪；另外一個案子則是喬．麥克基尼斯（Joe McGinniss）說，在他替愛德華．甘迺迪（Edward M. Kennedy）參議員所寫的傳記《最後一位甘迺迪兄弟》（*The Last Brother*）一書中，「根據我自己推斷可能是他的觀點，寫了某些場景，描述了某些事件」，儘管他從未親自採訪過甘迺迪本人。這種事實與虛構之間的模糊界線，讓嚴謹的非虛構文類作家備感困擾——也是對這門技藝的一大侮辱。然而，即使對認真誠懇的記者來說，這也是一段尚未畫定的地域。我且援引喬瑟夫．米契爾的作品來提供一些指引吧。米契爾在一九三八年至一九六五年間替《紐約客》撰稿，這些精采作品的一大成就，就是將受訪者的引文天衣無縫地融入他的文章之中；其中有許多篇的主角都是紐約碼頭的工人，這些文章對我那個年代的非虛構文類作家影響甚鉅——甚至成了主要的教材。

上述作品後來有六篇收錄在米契爾的《港底人生》（*The Bottom of the Harbor*）一書，成為美國非虛構文類的經典；這些文章在一九四〇年代末、五〇年代初，不定期地刊登在《紐約客》雜誌上，經常要相隔好幾年，讓讀者等得快要抓狂。有時候我會忍不住去問在雜誌社工作的朋友，什麼時候才能看到米契爾的新作，但是他們從來都不知道，也不敢臆測。他們提醒我說，這些都是精工鑲嵌的手工藝品，而鑲嵌藝術家對於每一片材料要放在什麼位置都非常挑剔，一定要全部都鑲嵌對了才會公諸於世。等到終於有一篇新作問世，我才知道為什麼要等這麼久：因為每一個字**確實**都放在正確的位置。我到現在還記得在看到〈杭特先生之墓〉（Mr. Hunter's Grave）時的興奮之情，那是我最喜歡的一篇米契爾的文章。文章的主人翁是一名八十七歲的非裔衛理公會長老，是十九世紀在史坦頓島上一個名叫沙洲村的黑人牡犡工聚落裡最後倖存的幾位居民之一。在《港底人生》書中，憶往成了米契爾作品的主要特色，而他的筆觸也賦予作品一種追悼過往的歷史感；成為他筆下主人翁的老人，都是記憶的囚犯，是活生生的歷史，帶我們回到早年的紐約。

以下的段落是引述這位喬治．杭特先生形容美洲商陸（pokeweed）這種植物，在〈杭特先生之墓〉中有許多類似這樣的大段引文，不急不徐地加入許多細節，讓人讀來津津有味：

「春天，在剛長出來的時候，根部上方的嫩芽很好吃，吃起來像是蘆筍。沙洲村的老婦人以前對吃商陸嫩芽有種信仰，那些老一輩的南方婦女認為它可以清血。像我母親就深信不疑。每年春天，她總是叫我去林子裡採商陸嫩芽。我自己也相信，所以每年春天只要我一想到，就會去採一些回來煮。倒不是說我這麼喜歡吃——老實說，吃多了會放屁——可是它們讓我想起過去的日子，讓我想起母親。如今，在史坦頓島這個角落的森林裡，你或許以為很偏僻，離這裡十五英里遠之類的；但是如果你從亞瑟基爾路往上走一點，走到靠近亞登大道的地方，那裡有個大彎道，有時候可以看到紐約市內那些摩天大樓的屋頂。就算是那些最高的摩天大樓，也只能看到屋頂，而且還得是天氣極好的時候；即便如此，它們也是忽隱忽現，前一秒鐘還看得到，後一秒鐘就不見了。就在那個彎道旁邊，有個小沼澤，而據我所知，那個沼澤邊正是採商陸的最好地方。今年春天的某天早上，我就是去那裡採；今年春天來得很晚，如果你還記得的話，商陸都還沒發芽。但羊齒蕨冒出來了，還有奧昂蒂和春美草，黃花水芭蕉和矢車菊，就是沒有商陸。所以我到處找、到處找，沒留意踩的是什麼地方，結果一步踩錯，就陷入及膝深的爛泥裡。我在爛泥裡掙扎了一分鐘，搞清楚東南西北，然後剛好抬頭一看，驀然間，在遠處，隔了幾英里、幾英里的地方，看到了紐約摩天大樓樓頂在晨光中閃閃發亮。我沒有想到會看見它——真的很棒，就像是聖經裡的奇觀。」

好吧，沒有人會認為杭特先生真的一口氣說了這麼多話；米契爾確實做了很多拼接的工作。但是有一點我毫不質疑：就是杭特先生確實說過這些話，也許這裡一點、那裡一點——但所有的用字、詞彙、轉折，都是他親口所說。這些聽起來像是他說的話，米契爾並沒有根據他「推斷」可能是受訪者的觀點，自己發明了這些場景；他只是做了一些文學性的編排，假裝他花了一個下午，跟著老人家在墓園裡走了一圈——不過根據我對他的了解，他是出了名地有耐性、有禮貌，做起事來像是雕刻玉石般地精雕細琢，所以這篇文章至少花了他一整年的時間陪著老人家散步、聊天，寫作、修改。我很少看到其他文章有如此豐富的肌理；米契爾的「一個下午」有一種真正午後的悠閒特質。在快要結束時，杭特先生回想起在紐約港採牡蠣的歷史，回想起沙洲村過往的世代，回想起那些家族和他們的姓氏，回想起植物與烹飪、野花與水果、鳥類與樹木、教堂與葬禮、變化與衰敗，那些和真實生活有關的一切。

對我來說，〈杭特先生之墓〉無疑是篇屬於非虛構文類的作品。雖然米契爾修改了時間上的事實，他用了劇作家的特權，將故事予以壓縮、集中，給讀者一個可以控制的框架。如果他按照真正的時間序，將他在史坦頓島的每一天、每一月都串連起來，最後的成品很可能令人麻木，就像安迪．沃荷（Amdu Warhol）那部八個鐘頭的影片，就只拍一個人睡了八個鐘頭的覺。藉由精細巧妙的處理，他將非虛構文類的技藝提升到藝術的層次。但是他絕對沒有操縱杭特先生所說的事實；絕對沒有「推斷」、沒有「編造」。他很公正。

說到底，這就是我的標準。我知道沒有一點修改與刪減不可能寫出一篇好的訪談；若有任何作家聲稱他們絕不修改刪減，千萬別相信。但是在我這個立場的兩邊都各有不同層次的意見。保守的純粹主義者認為喬瑟夫．米契爾用了小說家的魔杖竄改事實；開明派的進步主義者則說米契爾是先鋒——說他比蓋伊．塔利斯（Gay Talese）和湯姆．伍爾夫在一九六〇年代提倡的「新新聞主義」要早了幾十年，倡議使用虛構對話與情緒的小說手法，讓他們一絲不苟的事實增添文采。兩方的主張都對，也各有擅場。

但是我相信：編造引文或是臆測某人可能會說什麼，絕對是錯的。寫作關乎大眾的信任。非虛構文類作家有一個罕見的特權，就是有世界上這麼多精采的真人實事可以寫；所以，當你讓某人開口說話，在處理他們所說的話時，必須像處理一件無價之寶般謹慎小心。

第十三章　寫地方：遊記

學會如何寫人之後，你應該要知道如何寫地方。人和地，正是大部分非虛構文類的兩大主要支柱。人做的每一件事，都一定在某地發生，讀者一定會想要知道這個「某地」的樣子。

在某些情況下，你只需要一、兩個句子就可以輕描淡寫地帶過事件發生的場景；但是更常見的情況是你必須呈現整個區域或是城鎮的氣氛，才能讓故事更有肌理質感；在某些特定的情況下，例如寫遊記——就是你必須回憶自己如何搭船穿過希臘諸島或是在洛磯山脈當背包客的那種艱苦形式——細節的描述才是主要的內容。

不管所占的比例多重，寫地方看似比較容易。但是可悲的事實是：寫地方其實很難。這肯定很難，因為大部分的作家——不論專職或業餘——在這方面，不只創作出了他們最差勁的作品，而且講白了，還是最可怕的。可怕之處，倒不是因為作家在性格上出現了什麼可怕的缺陷；反之，還正是因為作家那種狂熱的優點。沒有什麼比剛旅行回家的人更惹人厭煩了。因為他太喜歡自己的旅程，所以想要全部跟我們分享——而我們最不想聽的，正是他的「全部」。我們只想聽一點點就好了。他的旅程跟其他人有什麼不一樣？他可以告訴我們哪些我們還不知道的事情？我們不想聽他描述自己在迪士尼樂園玩的每一種遊樂器材，或是大峽谷多壯觀或威尼斯有很多運河。要是他在迪士尼玩的時候有一趟被卡在半空中，或是有人掉進了壯觀的大峽谷，**那些**才是值得說給別人聽的事情。

當我們去到某個地方，自然會覺得好像我們是第一個去到那裡的人，或是有這種激動的感覺。也是啦！這樣我們才會不斷地向前走，四處去驗證我們的經驗。到了倫敦塔，怎麼可能不想起亨利八世的眾多妻子？到了埃及，怎麼可能不為金字塔的宏偉與古老感到震驚？但是已經有數不清的人寫過這個主題，而你身為作家，必須學會控制主觀的自我——那個對眼前新事物、聲音、味道深受感動的旅客——始終對讀者保持客觀的目光。你的文章如果只是記錄旅程中的每一件事，就只有你會著迷，因為那是你的旅程。讀者也會著迷嗎？不會。成堆的細節描述，並不能引起讀者的興趣；你必須提供重要的細節才行。

另外一個大陷阱則是風格。在非虛構文類中，遊記最容易讓作者使用像蜜糖一樣甜膩的字眼和無病呻吟的陳詞濫調。一些在日常生活中用起來會讓人感到侷促不安的形容詞——「wondrous」（神奇的）、「dappled」（斑爛的）、「roseate」（玫瑰色的）、「fabled」（如寓言般的）、「scudding」（急馳狂奔的）——在遊記中都是司空見慣。在一天的觀光行程中，有一半的景點都是古雅清奇的（quaint），尤其是風車和廊橋，它們是經過認證的古雅清奇。小鎮永遠是依偎在山腰（或是山麓）——我很少看到不是依偎在山腰的小鎮——而鄉間總是布滿了小徑，最好有一半是無人小徑。在歐洲，你總是在達達的馬蹄聲中醒來，看著馬車沿著古老河邊漫步；你彷彿還能聽到鵝毛筆寫字的沙沙聲。這是一個新舊交會的世界——古老永遠不會遇見古老。這是一個連沒有生命的物品都栩栩如生的世界：店面會微笑、樓房會誇耀、廢墟會召喚，還有煙囪唱著永恆的歡迎曲。

旅遊體這種風格慣用軟綿綿、沒有力道的字眼，如果嚴格地檢驗一下，會發現這些字都沒有意義，或是對不同的人有不同的意義，如：「attractive」（有魅力的）、「charming」（迷人的）、「romantic」（浪漫的）。寫下「這座城市有自己的魅力」是沒有用的；再說，「迷人」是由誰來定義的呢？除了魔法學校的校長之外，有誰能迷得了誰？還有「浪漫」？這些都是情人眼裡出西施的主觀看法。一個人的浪漫日出，可能只是另外一個人的宿醉未醒罷了。

你要如何克服這些駭人的陷阱，寫好一個地方？我的建議可以歸納成兩個原則——一個是風格，另外一個則是內容。

首先，遣詞用字要格外小心。如果某個句子是唾手可得，那麼就要特別質疑，因為這可能是數不清的陳詞濫調之一，早已經融入旅遊寫作的紋理之內，你得特別費一番功夫，才能**不用**它們。同時，也不要費力去找一些光彩奪目的字眼來形容神奇的瀑布；講好聽一點，會讓你的文章讀起來假假的——不像你自己——講得難聽一點，就是浮誇膨風。用心去找一些清新的字眼和意象。把「myriad」（無數）這樣文縐縐的字樣及其眾多的「ilk」（家族），留給詩人吧；也把「ilk」這個字留給那些想用的人去用吧。

至於內容，也要精挑細選。如果你要描述海灘，不要只寫「海岸散落著岩石」或是「偶爾會有海鷗掠過」。海岸本來就常有岩石羅布，也常有海鷗飛掠。刪除每一個大家都知道的特質：別跟我們說海裡有海浪，沙灘是白色的。要找出重要的細節，那些對你的論述很重要的細節；可能與眾不同，多彩多姿，或是滑稽有趣，但是要確定他們在文中都能發揮用處。

我這裡舉一些例子，出自許多個性南轅北異的作家之手，但是他們選擇的細節全都同樣強而有力。第一段出自瓊安．狄迪翁的〈做著黃金夢的逐夢人們〉（Some Dreamers of the Golden Dream），講述發生在加州聖伯納迪諾谷的一樁駭人聽聞的刑案；在文章開頭的一個段落中，作者彷彿開著車子，帶領我們遠離都市文明，走上一條荒涼的道路，露西兒．米勒的福斯汽車就在這裡莫名其妙地著了火：

> 這裡是加州，你可以輕易地撥通祈禱服務電話，卻很難買到一本書。在這個國度，女孩子們頂著一頭刮得膨鬆的長髮，穿著緊身長褲，一輩子最大的願望就只剩下一襲純白色的婚紗長禮服，生一個叫做金百莉或雪莉或黛比的孩子，然後到蒂華納離婚，最後又回到美髮學校。「我們就只是瘋狂的孩子。」他們看著未來，無怨無悔地說。在這遍地黃金的國度，未來總是一片光明，因為沒有人記得過去。在這裡，熱風一吹，往事似乎就不復存在，離婚率是全國平均值的兩倍，而且每三十八個人之中，就有一個住在拖車裡。從四面八方來的人到了這裡，就是終站；他們從充滿了過去與往事的酷寒之地千里漂流來到這裡。在這裡，他們希望能夠找到新的生活方

式，也只在他們唯一知道的地方尋找：電影和報紙。露西兒・瑪麗・麥斯威爾・米勒的案件，正是八卦小報對這種新生活方式樹立的里程碑。

先想像一下榕樹街，因為榕樹街正是事情發生的地方。要去榕樹街，必須先沿著山麓大道往西開，離開聖伯納迪諾谷，也就是六十六號公路：經過聖塔菲調車場，過了小歇汽車旅館。那家汽車旅館有十九間塗了灰泥的印地安式圓錐帳篷房間，還有一個招牌寫著：「睡帳篷，省荷包。」過了汽車旅館，再經過方塔納直線競速賽車場、方塔納拿撒勒人教會和賽車休息站；過了凱瑟鋼鐵廠，再穿過庫卡蒙格牧場，就是卡布凱餐酒館和咖啡店，坐落於六十六號公路和瑪瑙大道的交叉路口。卡布凱是「禁忌之海」的意思，從這裡出去，再往瑪瑙大道繼續走，沿路會看到分割成小塊土地出售的旗幟在強風中飛揚。「占地半英畝牧場！附點心吧台！石灰岩大廳！頭期款只要九十五元！」這是善意變質之後留下來的痕跡，新加州殘留下來的漂浮渣滓。但是過了一會兒，瑪瑙大道上的招牌就變少了，兩側的房屋也不再是春天房地產公司旗下那些亮麗的粉彩房舍，而是褪色的低矮平房，屋主自己在屋外種一些葡萄、養幾隻雞；然後地勢愈來愈陡，一路上坡，連平房都少了，這裡——四周一片荒涼、路面凹凸不平、兩側都是尤加利樹和檸檬樹叢——就是榕樹街。

短短兩段文字，不僅讓我們感受到新加州地景的俗不可耐——灰泥的印地安式圓錐帳篷房間、速成的房屋、從夏威夷借來的浪漫——同時也對在此落腳的人必須過這種虛偽、不穩定的生活感到可悲。所有的細節——數據、名稱、招牌——都各司其職，發揮應有的作用。

具體的細節也是約翰．麥克菲（Jahn McPhee）散文的支柱。他的《走進鄉間》（*Coming Into the Country*）——他眾多文筆精妙的著作中的一本——寫的是阿拉斯加，其中有一段專門描述要求州政府考慮遷移首府的可能性。麥克菲只用了幾句話，就讓我們感受到現在的首府有什麼不對勁，非但不是安居樂業的好地方，也不是議員立法的好所在：

今天在朱諾的行人，就算低著頭，往前衝，還是可能受到強風阻撓，寸步難行。街道兩旁都加裝了欄杆，讓參議員和眾議員可以扶著欄杆去上班。過去這幾天，在城內山脊上連續安裝了好幾個風速計，可以測到時速高達兩百英里的強風，但是這些風速計當然都陣亡了。太古風先將風速計的指針吹到爆表，再將它們吹得粉身碎骨。氣候倒也不是都那麼壞；但是城市卻在強風的影響下成形，因此朱諾的社區充斥著彼此緊挨在一起的建築以及歐洲風格的狹窄街道，依著山邊，迎向海風……

哈里斯就是在（任職於阿拉斯加州參議院的）這兩年，產生了一股遷移首府的衝動。議會從一月開議，至少要開三個月，讓哈里斯產生一種他口中所說的「完全孤絕感——就困在那裡。別人找不到你，你就像關在籠子裡，每天只能跟那些努力工作的遊說團體說話，每天都面對同樣的人。這裡需要的就是一點空氣。」

這個城市跟一般美國人民經驗相去甚遠的怪異之處立見分明。州議員們有個可能的選擇，就是將首府搬遷到安克拉治；至少那裡的人不會覺得身處異鄉。麥克菲只用了一個細節和隱喻都精闢出色的段落，就點出這樣的精髓。

> 幾乎全美國人都認識安克拉治，因為安克拉治就像任何一座城市裡擠到爆的那個部分，還從爆裂的縫隙中擠出一個桑德斯上校[1]。有時候，還有人以拓荒為名，替安克拉治開脫：先創城市，再建文明。可是安克拉治並不是拓荒城市，實際上，它根本就與周遭環境不相干。它是被風吹來的一顆美國孢子，在此落地生根發芽。如果有一把切餅乾的利刃將艾爾帕索切一塊下來，拿起來看，就像是一塊安克拉治；安克拉治是特頓的邊緣，是奧克斯維德的中心、是看不到海的戴通納海灘；它是濃縮版速成的阿布奎基[2]。

麥克菲做的，是捕捉朱諾和安克拉治這兩個城市的**概念**。遊記作家的職責就是找到你筆下那個地方的中心概念。數十年來，有無數的作家曾經想要駕馭密西西比河，想要藉著描述這條貫穿美國最虔誠的中心地帶、力量沛然莫之能禦的水上大道來捕捉其精髓，而且通常都會提到聖經裡的怒火；但是卻沒有人能夠寫出像喬納森・拉班（Jonathan Raban）那種簡潔有力的文字。當時中西部各州才剛剛經過大洪水肆虐，他舊地重遊，寫了這篇文章。文章是這樣開始的：

從西部飛往明尼亞波利斯，你會視這段旅程為一種神學上的體驗。明尼蘇達州的大片平坦農地在眼前開展，一塊一塊，像是用尺畫分出來的小方格，就跟方格紙似的，無一例外。每一條碎石子路、每一條溝渠，都是按照城鎮範圍調查系統規定的經緯度計畫好的。農田是方的，土地是方的，連房子也是方方正正的；如果你能從人的頭頂上拔掉他們的屋頂，也會看到他們坐在方正的房間正中央，圍著一張方桌子。在這個什麼都是直角、連思想也方正不曲的路德教派國度裡，大自然被剝、刮、鑽、罰、壓，讓你渴望能夠看到一條不受拘束的曲線或是不規則的線條，或是有哪個粗心的農夫把玉米和大豆種在一起，讓田地出現斑駁的色彩。

但是這條航線上不會有粗心的農夫，整片大地就像是一幅巨型的廣告看板，標示著人們可怕的正直不阿，任你檢查——也任上帝檢查。廣告宣示著太陽底下沒有任何見不得人的事；我們都

1 譯註：指肯德基炸雞的創辦人 Colonel Sanders。

2 譯註：此處意指安克拉治看起來與美國其他城市無異。艾爾帕索（El Paso）位在德州；特頓（Trenton）是紐澤西州的首府；奧克斯維德（Oxnard）在加州；戴通納海灘（Daytona Beach）在佛羅里達州；阿布奎基（Albuquerque）則在新墨西哥州。

是正直的百姓，是適合上天堂的人選。

然後，大河竄了進來——寬闊蛇形的陰影，不自在地爬過了棋盤，如惡魔般扭曲著身形，一路留下黑黝黝的沼澤淺灘與雪茄菸形狀的島嶼；密西西比河彷彿從天降臨，給畏懼上帝的中西部一個教訓，讓這裡的人知道大自然是多麼地固執、冥頑不靈。如同約翰．喀爾文[3]的暴戾脾氣，它就像一頭野獸，闖進了心臟地帶的正中心。

住在這裡的人要賦予密西西比河性別時，往往不會反覆無常，幾乎毫無例外地會賦予它自己的性別。「你最好尊敬大河，否則他會把你吃了，」看守水道閘門的工人大聲說道。「她脾氣很壞——我們這裡很多人都吃過她的虧。」速食餐廳裡的女服務生說。當艾略特寫到這條河就在我們心裡時（相對於海洋在我們身邊），他其實寫到了密西西河在人們日常生活中的一個事實：人們看到混濁的河水奔騰滾動，彷彿具體反映出他們內在的騷動；當他們對陌生人誇口說這條河是多麼地肆無忌憚，多麼地摧枯拉朽、製造麻煩，造成了多少的洪水氾濫、人員死傷，其實他們話裡還有一個弦外之音：**我心裡正有這股衝動去做這些事情……我知道那是什麼感覺**。

生在美國的非虛構文類作家何其有幸？這個國家有源源不絕的多樣風貌與驚喜。不論你寫的地點是城鎮還是鄉間，是東部還是西部，每個地方都有不同的面貌、人口以及跟其他地方不一樣的文化背景。你就找出這些與眾不同的特色吧。以下三段文章分別描寫美國三個非常不一樣的地方；但是每一段文章的作者都給我們如此豐富的精確意象，讓我們覺得如臨其境。第一個例子出自〈半個美國人：波多黎各人的朝聖歷程〉（Halfway to Dick and Jane: A Puerto Rican Pilgrimage），作者傑克．歐杰洛斯（Jack Agueros）描寫自己小時候居住在紐約的那個拉丁裔社區，在那個地方，同一個街區內會有不同族裔的地盤。

每間教室都有十個孩子不會說英語。黑人、義大利人和波多黎各人在教室裡的關係良好，但是我們都知道不要到另外一個社區去玩。有時候，即便在自己住的街區，也不能太自由活動。以一百〇九街為例，在街燈以西是拉丁區；街燈以東則是塞內卡區，也就是我所屬的「社團」。不會說英語的孩子就稱之為「海洋之虎」，出自一首有名的西班牙歌曲。「海洋之虎」與「海洋之鯊」是兩艘從聖胡安開往紐約的船，從那個島嶼載了許許多多的移民到美國來。

社區有自己的疆界。第三大道及其以東之地，是義大利人；第五大道及其以西，則是黑人；在南邊，一百〇三街上有個高地，當地人稱之為「庫尼高地」[4]，當你爬上高地最頂端，就會發

3 譯註：John Calvin（1509-1564），法國著名的宗教改革家、神學家，新教的重要派別——改革宗（或稱喀爾文派）的創始人。

4 譯註：Conney 源自於 O'Conney，是常見的愛爾蘭姓氏。

生怪事：美國出現了！因為從高地以南，就是「美國人」住的地方。狄克與珍妮[5]並沒有死，他們住在另外一個比較好的社區，活得好好的。

如果我們一群波多黎各孩子決定到要傑佛遜公園游泳池游泳，我們知道會有打架的風險，可能會被義大利人痛扁一頓；如果我們跑到哈林區的拉米拉葛羅莎教堂，我們也知道會有打架的風險，可能會被黑人痛扁一頓；但是如果我們跑到庫尼高地，則會有遭人白眼的風險，那裡的人會不以為然地看著你，甚至會有警察來問你：「你們跑到這個地區來幹什麼？」或是「你們這些孩子怎麼不回到屬於你們自己的地方去？」

屬於我們自己的地方！媽呀，我寫過多少篇關於美國的作文。難道我不屬於中央公園的網球場嗎？就算我不會打網球，難道我不能看狄克打球嗎？這些警察不也是為我們服務的嗎？

讓我們再從紐約來到德州東部的小鎮，停在剛過了阿肯色州的邊界。普魯德絲．麥金塔（Prudence Mackintosh）的這篇文章刊登在《德州月刊》（*Texas Monthly*）——我很喜歡這份生氣勃勃的刊物，麥金塔和她的同鄉德州作家經常帶著我這個住在曼哈頓中城的紐約客，暢遊他們那一州的每個角落。

> 我漸漸意識到，我從小到大一直以為專屬德州的事情，其實屬於整個南部。我始終珍藏的德

州迷思，其實跟我住的那個部分的德州一點關係也沒有。我認識山茱萸、苦苓、紫薇和含羞草，但是不認識德州小藍帽和印地安火焰草。雖然四州聯合園遊會和馬術大賽都在我的鎮上舉行，但是我從來不曾真的學過騎馬，也從不認識任何戴著牛仔帽、穿著牛仔靴的人——除了演戲時穿的戲服之外。我認識一些農夫，他們的農地被稱為某某老頭的地方，而不是大門前有拱形牌坊寫著他們牛群品牌的大型牧場。我們鎮上的街道也叫做森林、松木、橄欖和大道，而不是叫瓜達露佩或拉瓦卡之類的名稱。

更往西行，來到加州莫哈維沙漠的慕洛機場。此地——誠如湯姆·伍爾夫在《太空先鋒》一書開篇的幾個精采章節裡所說的——是個夠堅韌、也夠荒涼的地方，足以讓美國陸軍航空部隊在上個世代用來打破音速的壁壘。

> 這裡看起來像是化石地景，彷彿長久以來，當其他地形不斷演化時，這裡卻被遺忘了。這裡充斥著乾涸的巨大湖泊，其中最大的就是羅傑斯湖。這裡除了山艾蒿之外，唯一的植物就是一種又叫做約書亞樹的短葉絲蘭，像是仙人掌與日本盆栽雜交出來的品種，屬於植物界的畸型人；有

5 譯註：詳見第四章譯註1。

深綠到像石頭的綠葉和扭曲變型的樹枝。日暮黃昏時，約書亞樹矗立在化石荒原的側影輪廓，看起來像是關節炎的夢魘。在夏天，氣溫理所當然地上升到華氏一百一十度，乾涸的湖底覆蓋著一層沙土，不時出現外籍兵團電影裡才有的風暴與沙塵暴；到了夜晚，氣溫降到接近冰點；到了十二月，就會開始下雨，乾涸的湖底因此積了幾吋的水，這時候會有史前時代的蝦子從爛泥中鑽出來，散發出惡臭，然後從一百哩甚至更遠處的海洋飛越崇山峻嶺而來的海鷗，會將這些在泥裡蠕動的返祖小生物吃個精光。你得親眼目睹才會相信……

當風將湖底那幾吋積水吹來吹去，也將湖底抹得光滑平坦，等春天一來，湖水蒸發，太陽將地表烤硬之後，湖底就成了你能找到的最好、同時也是最大的天然降落場，可以容納好幾哩寬的誤差距離——以慕洛機場進行的工作性質來說，這是非常理想的特性：

除了風沙、風滾草和約書亞樹之外，慕洛機場什麼都沒有，只有兩座緊挨在一起的半桶型鐵皮停機坪，幾個加油幫浦，一條混凝土跑道，幾間用防水油紙搭起來的簡陋小屋，還有一些帳篷。軍官都在標示著「營房」的小屋裡，沒有人願意待在帳篷裡烤一整天或是凍一整夜。通往此地的每一條路都有警衛室，由士兵看守；陸軍在這個偏僻荒涼之地進行的工作，就是發展超音速噴射機與火箭飛機。

你要練習寫這樣的遊記，但是雖然我說是遊記，並不表示你非得去北非的摩洛哥或是肯亞的蒙巴薩不可。去你們本地的購物商場或保齡球館，或是日間照護中心都可以；但不論你寫的是什麼地方，都一定要經常去，才能找出讓這個地方與眾不同的特色，通常這種特色都包括那個地方以及在那裡的人。如果你寫本地的保齡球館，特色應該是館內氣氛和常客的綜合體；如果是外國城市，那麼就會是古老文化與現代人口的綜合體。想辦法找出這樣的特色。

英國作家V．S．普列契特（V. S. Pritchett）正是具備這種偵測技藝的高手，他是最好也最多才多藝的非虛構文類作家之一。看看他去了一趟伊斯坦堡後，擠榨出了什麼：

> 伊斯坦堡讓人有無窮的想像空間，以至於現實常常讓旅客感到震驚。我們滿腦子都想著蘇丹，總以為會看到他們盤腿端坐在矮沙發上；我們也都記得那些後宮佳麗的故事。事實上，伊斯坦堡除了地理位置之外，並沒有什麼光彩奪目之處，不過就是一個充滿碎石陡坡、吵雜喧囂的城市……
>
> 大部分的商店賣的都是布料、衣服、鞋襪。希臘商人看到有機會上門的顧客，就攤開布匹兜售；土耳其人則只是被動等待。腳伕大聲喊叫，每個人都大聲喊叫；走在街上，會被馬撞到，還會被馬背上馱著的寢具給打到路邊。在這之間，你看到了一個土耳其的奇觀——一位神情嚴肅的年輕人拎著一個用三條鏈子繫著的銅盤，銅盤的正中央放著一小杯紅茶，竟然一滴不漏；他拎著盤子，穿過混亂的街頭，將那杯茶端給坐在他店門口的老闆。

我們意識到土耳其人有兩種：一種人負責端，另外一種人只負責坐。沒有人能像土耳其人坐得那麼悠閒、專業又幸福洋溢，彷彿用每一吋的身體在坐，連他的臉也坐著。他坐得好像是從世世代代都居住在薩拉吉里奧角上鄂圖曼帝國皇宮的蘇丹那裡繼承了這門技藝，他最喜歡邀請你到他的店裡或是辦公室，跟五、六個人一起坐著：禮貌性地問問你的年紀、婚姻、小孩是男是女，有多少親戚、住在哪裡、靠什麼維生，然後你會跟其他坐客一樣，清清嗓子，大咳一聲，音量大過你在里斯本、紐約或雪菲爾聽到的任何聲音，然後和眾人一起陷入寂靜。

我喜歡「連他的臉也坐著」這句——只有幾個字，卻傳達了一種古怪的幻想，出乎我們意料之外，同時也告訴我們土耳其人的特性。此後，我每次去土耳其，都忍不住會注意這些坐客。普列契特只是迅速觀察一下，就捕捉到整個民族的特性，這正是寫其他國家的好文章的精髓。從不重要中提煉出重要。

普列契特讓我想起：在遊記這個特別的文類，英國人的表現格外突出——他們的文章最值得注意之處，不是作家從這個地方萃取出什麼東西，而是這個地方從作家身上提煉出什麼精華，例如作者身臨其境才受啟發產生的新視野。如果旅行是擴大視野，那麼擴大的應該不只是我們對哥德式教堂外觀如何或是法國人如何釀葡萄酒的知識，而是應該要激發宛如群星璀璨的一整套思想體系，讓我們更了解各地的人們是如何工作遊樂，如何教養孩子，如何敬天拜神，如何生又如何死等等。英國有一群熱愛沙漠的學者／冒險家遠赴阿拉伯，如T．E．勞倫斯（T. E. Lawrence）、芙瑞雅．絲塔克（Freya Stark）、威爾佛烈德．塞西格（Wilfred Thesiger）等人，選擇去跟貝都因人共同生活；他們的著作傳達了一種奇妙的力量，大部分來自他們在如此惡劣困乏的環境中求生存所產生的反思。

因此，當你要寫某個地方的時候，務必挖掘出那個地方最好的一面，或者反過來說，務必讓那個地方挖掘出你最好的一面。在美國作家所寫的遊記書中，其中一本最精采的就是《湖濱散記》了——雖然梭羅只不過是走到鎮外一哩遠的地方而已。

可是，歸根究柢，還是得靠人類的活動，才能讓一個地方活起來：人在某個地方做了一些事，才能賦予那個地方特有的性格。我到現在還記得四十年前讀到詹姆斯．鮑德溫（James Baldwin）在《下一次將是烈火》（*The Fire Next Time*）書中寫到他在哈林區某間教堂擔任少年講道員的生動故事，也一直都有那種彷彿在星期天早上身處於那座教堂的**感覺**，因為鮑德溫不僅止於描述場景，更將自己推到了聲音與韻律、共同信仰與情緒交融的文學境界：

> 教堂非常令人激動，我花了好長的時間才讓自己脫離那種興奮之情，但是在潛意識、內心最深處，我始終未曾真的完全脫離，也不想要脫離。沒有別的音樂比得上那裡的音樂，沒有別的戲劇比得上那裡的戲劇場面，聖人歡唱、罪人呻吟、鈴鼓齊鳴，這些聲音混合交融，對著天主齊聲讚頌。對我來說，看著那些不同膚色、飽經滄桑、有些得意又容光煥發的臉孔，談論他們內心深

處對天主賜福的極度渴望，那種情緒彷彿看得到、摸得到，沒有比這個還要更濃烈的情緒；我也沒有看過任何事情，可以比擬沒有任何預兆、突如其來的熾熱激情——誠如鉛肚皮[6]和眾多人曾經說過的——讓整座教堂「搖滾」起來。此後，我再也沒有經歷過任何事情，比得上我有時候感受到的那種力量與榮耀，就是講道講了一半，突然有奇蹟出現，讓我知道自己真的講出了他們所說的「天主的旨意」，讓我覺得教堂與我合而為一。他們的痛苦與喜悅，讓我感同身受，反之亦然——他們高喊著「阿門！」和「哈利路亞！」和「是的，天主！」和「讚美祂的名！」和「講道吧，弟兄！」，聲聲句句，敲打著我的獨唱，直到我們彼此平等，在聖壇下一起唱歌舞蹈，一起憤怒歡欣，一起汗流浹背。

不要害怕去寫那些你覺得已經被人寫到不想寫的地方。除非你**真的**寫了，否則那永遠都不會是你的地方。我自己就曾經接受過這樣的挑戰，寫了一本《美國名勝》（*American Places*），介紹十五個已經成了陳詞濫調的著名觀光景點，這些地方都是美國的標誌或是代表美國理想與希望的有力符號。

我選擇的目標當中，有九個都是超級地標：拉西摩爾山、尼加拉瀑布、阿拉莫要塞、黃石公園、珍珠港、維農山莊、康科爾與列星頓、迪士尼樂園、洛克斐勒中心；另外有五個地方則具體呈現獨特的美國思想：密蘇里州的漢尼拔——馬克·吐溫的童年故鄉，他在這裡創作出密西西比河與理想童年的孿生迷思；維吉尼亞州的阿波馬托克斯——美國內戰結束的地點；北卡羅萊納州的小鷹鎮——萊特兄弟發明飛機的地方，象徵美國是出產天才工匠的國家；堪薩斯州的阿比尼——艾森豪總統的草原故鄉，象徵小鎮美國的價值；紐約州北部村落肖托夸——孕育了美國大多數有關自學教育、成人教育的觀念。我筆下的聖地只有一個新地點：位在阿拉巴馬州蒙哥馬利，由林瓔設計的民權紀念碑，紀念在南方民權運動中遭到殺害的男男女女與兒童。除了洛克斐勒中心之外，這些地方我都沒有去過，對其歷史也一無所知。

我的方法不是去問那些眺望拉西摩爾山的遊客：「你們有什麼感覺？」因為我知道他們會說一些很主觀的看法（「真的很難以置信！」），這樣的資訊對我來說沒有用。我反而會去問那些地方的管理員：**你**認為為什麼每年會有兩百萬人來看拉西摩爾山？或者是三百萬人去阿拉莫？或是一百萬人去康科爾橋？或是二十五萬人去漢尼拔？這些人都去尋找什麼？我的目的是要找出每個地方的初衷：去找出**那個地方**原本的用意，而不是**我**認為或是希望這個地方有什麼用意。

藉由採訪當地人——公園管理員、策展人、圖書館員、商人、老職員、「美國革命之女」組織、「維農山莊婦女協會」成員——我挖出了最豐富的歷史礦藏，它等著任何一位想要尋找美國的作家去挖寶：在某個地方工作的人不經意的日常談話，滿足了另外一個人的需求。以下是三個地方的管理員

6 譯註：Lead Belly，本名 Huddie William Ledbetter（1889-1949），美國黑人民謠藍調音樂家，以聲音渾厚知名，擅長彈奏十二弦吉他。

跟我說的話：

拉西摩爾山——「到了午後，當陽光斜射，將陰影投射到底座時，」其中一位管理員佛烈德．班克斯說，「你會覺得不管你走到哪裡，那四個人的眼睛都像在盯著你看。他們的視線貫穿你的心，揣測你在想些什麼，讓你覺得愧疚：『你盡到自己的責任了嗎？』。」

小鷹鎮——「來到小鷹鎮的人，有一半都跟航空飛行有淵源，他們是來尋根的。」負責人安妮．查德蕾斯說，「我們必須定期更換萊特兄弟的照片，因為他們的臉都被磨掉了——訪客想要碰觸到他們。萊特兄弟只是平凡人，勉強念到中學，卻在非常短的時間，以極少的資金成就了不平凡的事業。他們大獲成功——改變了我們的生活——也讓我想到：『我也能同樣受到啟發、同樣勤勉工作，創造出同樣規模的成就嗎？』」

黃石公園——「造訪國家公園是美國家庭的傳統，」管理員喬治．羅賓森說，「其中一個大家都聽說過的國家公園，就是黃石公園。但是這裡面還有一個隱藏的原因：我想大家都有一個天生的需求，想要重新和他們演化的根源產生聯繫。我還注意到這裡最緊密的聯結之一，就是和最年輕與最年長的人之間的聯結，因為他們最接近生命的源頭。」

這本書中強烈的情感內容，都來自其他人開口說的話。**我**不需要加油添醋，增添濃郁的情緒或愛國心。加油添醋時要格外小心。如果你寫的是神聖或有意義的地方，加油添醋的工作就讓別人來做吧。我到了珍珠港之後沒多久，就發現了一件事：亞歷桑納號戰艦在一九四一年十二月七日被日軍擊沉之後，仍然每天漏出多達一加侖的油。我採訪了負責人唐納德．麥基，他回想起自己剛接這份工作時，撤銷了禁止身高在四十五吋以下的兒童進入亞歷桑納紀念館參觀的命令，先前下這道禁令的理由是他們的行為會「妨礙到其他遊客參觀」。

「我認為孩子並不會因為年紀太小，就不懂這艘船的意義，」麥基跟我說。「如果他們看到船在漏油——看到船仍然在流血——他們就一定會記得。」

第十四章 寫自己：回憶錄

身為作家，在所有可以寫的題材當中，你最熟悉的一個就是你自己：你的過去與現在、你的想法與情緒。然而，這恐怕也是你最努力想要避免去碰觸的題材。

每次我應邀到學校的寫作班去參訪時，我問學生的第一件事通常就是：「你們有什麼問題？你們關心的事情有哪些？」而從緬因州到加州，他們的答案都一樣：「我們必須寫老師想要看到的東西。」這句話聽了真讓人沮喪。

「任何一位好老師最不想聽的就是這句話，」我跟他們說，「沒有哪個老師想要看到同樣一個人寫同樣的題材，重覆寫二十五遍。我們要找的——想在你們的作品中看到的——是個人特色；我們要找的是讓你與眾不同的特點，不管是什麼。所以要應該要寫你們自己知道、自己思考的事情。」

他們做不到，因為他們覺得沒有得到允許。但是我認為他們一出生就已經得到這樣的應允。

中年人的束縛也沒有比較少。我在一個作家大會中遇到一些女性，在孩子長大以後，希望藉由寫作來整理她們的生活；我鼓勵她們選擇最接近自身的題材，寫下個人的細節。她們紛紛提出抗議：「我們必須寫編輯想要看到的東西。」換言之，即是「我們必須寫老師想要看到的東西」。她們何以認為需要得到別人的允許，才能寫她們最熟悉的經驗與感覺——她們自己呢？

再跳到另外一個世代，我有位記者朋友，一輩子都公正不阿地寫作，不過寫的都是二手題材，闡述他人的事件。這麼多年來，我常常聽到他提起他父親，一位在保守的堪薩斯小鎮上孤獨地捍衛許多自由派立場的牧師，顯然我朋友也從父親那邊遺傳到強烈的社會良知。幾年前，我問他何時才要開始寫他生命中對他來說真正重要的元素，包括他的父親。「總有一天吧！」他說。但是那一天始終沒有來。

到了他六十五歲那年，我開始糾纏他。我寄給他幾本讓我深受感動的回憶錄，而他也終於同意要利用每天早上的時間寫些回憶性質的文字。如今，他簡直不敢相信自己展開了一段多麼解放自我的旅程，發現了多少他過去不曾了解過的、關於他父親和他自己的事情。但是當他在描述這段旅程時，他總是說「我以前沒有這個膽量」或是「我總是害怕去嘗試」。換言之，「我覺得沒有得到允許」。

為什麼你覺得沒有？難道美國不是一個「個人主義極度盛行」的國度嗎？讓我們一起找回那些失去的國土和失去的自由主義吧！如果你是寫作老師，讓你的學生相信他有書寫自己生活的資格；如果你是作家，就允許你自己告訴我們：你究竟是什麼人。

我說的「允許」並不是指「縱容」。我沒有耐性去看草率的手藝——像六〇年代那種毫無保留的廢話連篇。要在這個國家擁有一份體面的事業，很重要的一點就是能夠寫出體面的文字。可是講到你是**為**誰寫時，就不必太急於討好任何人。如果你是有意識地**為**老師或編輯寫作，最後的結果就是沒有為任何人寫作；如果你純粹只是為了自己寫作，反而能夠感動那些你想要**為**他們寫作的人。

要寫一個人的生命，自然跟此人活了多久有關。當學生說他們必須寫老師想要看的東西時，他們的意思通常是說他們沒有什麼好說的——課後生活是如此的貧乏，多半局限於電視與商場這兩個人工的現實。不過，不管在哪個年紀，寫作這件事依然是強而有力的搜尋機制。當我在挖掘自己過往時，經常發現一些已經遺忘的事情，往往都在我需要的時候跳出來就定位，讓我驚異不已。在其他的泉源乾涸之際，你的記憶幾乎永遠存著最好的題材。

然而，「允許」卻是一把雙面刃，在使用前絕對需要先張貼衛生署長的警告標語：「**過度書寫自己可能危害作者與讀者健康**」。自我與自大之間只有一線之隔。自我是健康的，少了自我，作家可能寸步難行；然而，自大卻是阻力，只不過本章的用意並不是要提出治療之道。同樣地，我建議的規則是：確定你回憶錄裡的每一部分都發揮各自應有的功用。當然，你應該帶著自信和愉悅的心情來寫你自己，但是要確定所有的細節——人物、地方、事件、趣聞軼事、思想、情緒——都能讓你的故事以穩健的步伐向前進。

講到這裡，我要談一談回憶錄這個形式。幾乎任何人的回憶錄，我都會想要一睹為快。對我來說，這種非虛構文類的形式最能深入個人經驗根源——探索生命中的戲劇性、痛楚、幽默與種種意想不到的經驗。從我開始閱讀之初，到現在記憶最深刻的書籍，多半都是回憶錄，例如：安德烈．艾席蒙（André Aciman）的《出埃及記》（*Out of Egypt*）、邁可．亞倫的（Michael J. Arlen）《放逐》

（*Exiles*）、羅素・貝克（Russell Baker）的《長大成人》（*Growing Up*）、薇薇安・葛妮克（Vivian Gornick）的《殘酷包袱》（*Fierce Attachments*）、彼特・漢米爾（Pete Hamill）的《酒鬼告白》（*A Drinking Life*）、莫斯・哈特（Moss Hart）的《第一幕》（*Act One*）、約翰・豪斯曼（John Houseman）的《排練》（*Run-Through*）、瑪莉・卡爾（Mary Karr）的《大說謊家俱樂部》（*The Liars' Club*）、法蘭克・麥考特（Frank McCourt）的《安琪拉的灰燼》（*Angela's Ashes*）、弗拉基米爾・納博科夫（Vladimir Nabokov）的《說吧，記憶》（*Speak, Memory*）、V・S・普列契特的《門口的計程車》（*A Cab at the Door*）、尤多拉・韋爾蒂（Eudora Welty）的《作家的出身》（*One Writer's Beginnings*）、里奧納多・吳爾夫（Leonard Woolf）的《成長》（*Growing*）等。

這些回憶錄之所以強而有力，原因在於焦點集中。回憶錄與自傳的差別在於：自傳橫跨主題人物的一生，回憶錄則只是精選部分人生而捨棄絕大部分。回憶錄作家帶我們回到他們過去某個刻骨銘心的角落——例如童年——或是一段受到戰爭或社會動亂波及的時光。貝克的《長大成人》就是一個盒中盒：這是一個男孩的成長故事，設定在一個受到經濟大蕭條衝擊的家族故事之中，敘事的力量來自於歷史背景。納博科夫的《說吧，記憶》是就我所知文筆最優美的回憶錄，他在書中回憶起在沙皇時代的聖彼得堡度過的童年，一個有家庭教師與度假別墅，卻在俄羅斯大革命後永遠消失的世界。普列契特在《門口的計程車》書中憶起的童年幾乎像是狄更斯筆下的世界，他在倫敦皮匠那裡的悲慘學徒生涯，簡直是屬於十九世紀的生活，然而在普列契特的筆下，並沒有自憐自艾的口吻，反而帶有一絲歡樂。我們看到他的童年與他出生的時代、國家與階級都有密不可分的關係——他長大之後成為一名出色的作家，這些經驗也成了他生命中有機的部分。

所以，當你嘗試這種寫作形式時，範圍設定得狹窄一點。回憶錄不是一生的摘要，而是生命中的一扇窗，幾乎像是一幅在構圖上經過精密推敲的照片；表面上看似隨興、甚至隨機地回想起過往的事件，其實不然，那是精心建構出來的結果。梭羅在八年間寫了七份不同版本的草稿，最後才完成《湖濱散記》，在美國找不出比這更煞費苦心的回憶錄了。要寫出好的回憶錄，你必須先成為自己生命的編輯，在雜亂無章又半遭遺忘的生命事件中找出敘事結構與思路組織。回憶錄是一門挖掘真實的藝術。

這門藝術的一個祕密就是細節。任何細節都沒有關係——可能是一種聲音、一種味道或是一首歌的歌名——只要它能在你選擇要提煉的那段生命中扮演領導塑形的角色。以聲音為例吧。韋爾蒂的回憶錄《作家的出身》就是從這段描寫聲音的文字開始；這本書看似輕薄短小，其實承載了豐富的記憶：

> 在密西西比州傑克遜市北國會街那棟我們的房子裡——一九〇九年時我就在那裡出生，是三個孩子中的老大——我們都是聽著鐘聲長大的。在我們家的大廳走廊上，有一口教會風格的橡木古老大鐘，會發出像打鑼般的鐘聲，傳遍客廳、餐廳、廚房、儲藏室，一路沿著宛如傳聲筒般的

樓梯間向上傳送。整個夜裡，鐘聲都會傳到我們耳邊；就連睡在陽台臥榻上，也會在午夜被驚醒。我父母房裡還有一只比較小的自鳴鐘與之相互呼應。雖然廚房裡的鐘除了顯示時間之外什麼都不會，但是餐廳裡卻有一只咕咕鐘，拖著長長的鏈子，底下吊著重物；我的小弟弟有一次從椅子爬到碗盤櫃頂上，還真的抓到了鐘上的那隻貓，讓它動彈不得好一會兒。我父親的俄亥俄家族在十八世紀第一批韋爾蒂三兄弟來到美國之前，曾經住過瑞士，我不知道是否跟這個淵源有關係，但是我們所有的人終其一生都很注意時間。至少，對一位未來的小說家來說，這是一件好事，得以如此敏銳，而是幾乎是從一開始就會想到時間順序。這是我在不知不覺中學到的許多好習慣之一，在我需要的時候很管用。

我父親喜愛所有具備教育功能而且令人著迷的工具。他收藏東西的地方是一張「圖書館桌」的抽屜，裡面有摺疊起來的地圖，地圖上放著一具可以伸長的銅製望遠鏡。晚餐後，他會在前院用望遠鏡來觀察月亮和北斗七星，並且按時觀看日蝕、月蝕。抽屜裡面還有一台折疊式的柯達相機，只有在耶誕節、生日和出遊時才會拿出來使用。在抽屜的後方，你可以找到放大鏡、萬花筒，還有一個放在黑色棉布盒裡的陀螺儀，他會把陀螺儀放在拉緊的繩子上讓它跳舞給我們看。他也會買各種益智玩具，像是交叉連結的金屬圈、鑰匙環。那些在我們其他人眼中看似不可能拆解的東西，他卻能以十足的耐性一一拆解開來。他對這些精巧的設計，有一種近乎童稚的熱情。

後來，我們家餐廳牆上又增加了一個氣壓計，但是我們並不是真的需要，因為我父親對於氣候及天空有一種鄉村男孩的精確知識與預測能力。每天早上他一起床，就會先走到門外，在門口台階站一會兒，東張西望一番，又嗅嗅空氣。他是相當好的天氣先知。

「好吧，我可不是。」我母親會很得意地說……

因此，我對氣象也變得極為敏感。多年後，當我寫小說時，天候氣象從一開始就扮演很重要的角色。天氣的劇烈變化以及因此揮之不去的不安所引發的內在感情，在我的筆下以戲劇化的形式同時出現。

看看我們在這麼短的時間就對尤多拉．韋爾蒂的「出身」有多少了解——她出生在什麼樣的房子，她父親是什麼樣的人；她用在樓梯間上下迴盪的鐘聲，帶我們回到她的童年，甚至回到陽台的臥榻。

而對艾爾佛瑞德．卡勤（Alfred Kazin）來說，則是跟隨氣味的線索，回到他在布魯克林布朗斯維爾區的童年生活。我記得在多年前第一次看到卡勤的《城市行人》（*A Walker in the City*）時，就覺得這是一本充滿感官知覺的回憶錄。以下摘錄的段落是一個絕佳的範例，告訴你如何以你的鼻子寫作；這篇文章顯示出作家創造地方感的能力可以如何豐富回憶錄的內涵——這正是讓那個地區與歷史傳承得以獨樹一格之處：

週五晚上，我最喜歡的就是街上的黑與空，彷彿在準備迎接安息崇拜日，像是猶太人在迎接「新娘」似的——在這一天，禁止碰觸所有與金錢相關的事物，所有的工作、旅遊、家務，甚至包括開關電燈——猶太人找到了道路得以穿越他們受苦的心靈，抵達族群中遠古靜止的中心。我在週五晚上等待街燈熄滅的心情，就像其他孩子等待耶誕燈飾一樣……我在過了三點之後回到家，就聞到烤爐裡咖啡蛋糕的溫暖氣味，看到我母親跪在地上刷洗餐廳的油布地氈，立刻讓我心裡充滿溫馨感，彷彿可以感覺到我的感官伸長了雙臂，擁抱家裡的每一樣東西……

我最期待的時刻在六點鐘到來，當父親下班回家，身上散發出淡淡的松節油與油墨膠漆的氣味，臉頰上還留著白色的銀漆閃閃發亮。他將外套掛在連接廚房的那條又長又暗的走廊，其中一個口袋裡總是會有一份隨便摺起來的紐約《世界報》（*World*）；然後，聞到那種新鮮報紙的味道，看到頭版那個地球標誌，我的另一半大腦、在東河以外的一切，就開始召喚著我。對我來說，這份報紙與布魯克林大橋有密不可分的聯繫。他們在公園街一棟俯瞰著布魯克林大橋的綠色圓頂建築裡出版《世界報》；在走廊上，剛印好的報紙油墨氣味裡，也有流連不去的紐約港清新海水鹹味。我覺得父親每天帶一份《世界報》回家，彷彿也將外頭的世界直接帶進家門。

卡勤最後終究跨越了布魯克林大橋，成為美國文學批評界的泰斗，但是占據他生命重心的文類，可不是一般的文學：長篇小說、短篇小說、詩歌，而是回憶錄或是他所說的「個人史」——尤其是他在小時候發現的「個人美國經典」，如華特．惠特曼（Walt Whitman）在內戰期間的日記《典型的日子》（*Specimen Days*）和他的《華葉集》（*Leaves of Grass*）；梭羅的《湖濱散記》，尤其是他的日記；還有《亨利．亞當斯的教育》（*The Education of Henry Adams*）。讓卡勤深受啟發的是：惠特曼、梭羅和亞當斯都大膽採用最私密的形式——手記、日記、書信和回憶錄——將自己寫進了美國文學的地景裡，因此他也可以藉由書寫個人歷史的方式，與美國取得同樣「珍貴的聯結」。而這位俄羅斯猶太裔之子，也確實將自己寫進了同樣的地景之中。

你也可以用自己的個人歷史，橫越你自己的布魯克林大橋。回憶錄是用來捕捉美國新移民生活的最好形式；每位移民子女都帶來自己文化的獨特聲音。以下摘錄的段落出自恩立奎．漢克．羅培茲（Enrique Hank Lopez）的〈回到巴欽巴〉（Back to Bachimba），正是典型的範例，描述被遺忘的過去、被拋棄的國度仍有強大的吸引力，也讓這種書寫形式充滿了感情：

我是來自巴欽巴的**老墨**（pocho），那是在奇瓦瓦州的一個相當小的墨西哥村落。我父親在那裡跟隨潘丘．維拉[1]的部落打仗；事實上，他是維拉部隊中唯一的士兵。一般而言，在墨西哥，**老墨**是個貶抑詞（簡單地說，**老墨**就是自以為是狗屎白人的墨西哥混球），但是我用這個詞卻有特別的含意。對我來說，這個字代表著「失根的墨西哥人」，正是我一生的寫照。雖然我從小在美國長大、受教育，但是卻從不覺得自己是完完全全的美國人；來到墨西哥，又覺得自己是走錯地方的美國人，卻有個奇怪的墨西哥名字——恩立奎．普西里亞諾．羅培茲．馬丁尼茲．狄西普維達．狄薩皮恩。一般人可能會認定我是一個有精神分裂文化的墨西哥人或是在文化上精神分裂的美國人。

不管是什麼，這種精神分裂早在我父親和維拉部隊裡的許多人一起跨越邊界，逃離即將成立而且後來擊敗維拉部隊的聯邦軍時，就已經開始了。在他匆忙逃走的幾天之後，我和母親搭乘馬車，穿越熾熱的沙漠，到德州的艾爾帕索去找我父親。隨著每天有愈來愈多的維拉部隊湧入艾爾帕索，顯然工作機會也愈來愈少，生活益發不安定，於是我父母收拾好僅有的財物，搭上第一班巴士，來到丹佛。我父親原本想去芝加哥，因為這個名字聽起來非常有墨西哥風味，但是母親的儲蓄少得可憐，只勉強夠我們買票到科羅拉多州。

到了那裡，我們搬進一個講西班牙語的社區，但是社區居民自稱是西裔美國人，而且憎恨剛從墨西哥移民過來的同胞，他們輕蔑地將這些人稱之為「南方佬」（就是南方人的俗稱）……我們這些「南方佬」就群居在較大社區的周邊郊區；我就是在那裡才知道這個痛苦的事實：原來我父親是潘丘．維拉部隊中唯一的士兵，我其他的朋友大多是尉官、校官甚至將官的子女，只有少

1 譯註：Francisco "Pancho" Villa (1878-1923)，原名 José Doroteo Arango Arámbula，是墨西哥一九一〇～一九一七年革命時之北方農民義軍領袖，有「北方的半人馬」稱號。

數人的父親坦承自己是士官……然而，在我們家裡，潘丘．維拉的豐功偉績又一直是掛在嘴邊的話題，更加深了我的苦惱。我的整個童年似乎都在他的陰影下度過。在晚餐桌上，幾乎每天都要聽到重覆過無數次的戰役、戰略和這位北方半人馬宛如羅賓漢的英雄事蹟……

彷彿為了加深我們的維拉感，我父母還教我們〈阿德麗塔〉和〈帶著大砲去巴欽巴〉這兩首在墨西哥革命時期最出名的歌曲。二十年後（我在哈佛大學任職的那段期間），當我在查爾斯河畔散步時，經常發現自己一遍又一遍地輕輕唱起「帶著大砲去巴欽巴，為了巴欽巴，為了巴欽巴」；這首悲傷的革命歌曲，我就只記得這一句。雖然我生在那裡，但是卻始終覺得那是一個虛構的地方，像路易士．卡羅筆下《愛麗絲夢遊仙境》裡的地名。因此，八年前，當我第一次回到墨西哥，走到奇瓦瓦州南部的一個路口，看到一個老舊路標寫著：「巴欽巴，十八公里」時，簡直目瞪口呆。原來真的有這個地方啊！——我在心裡吶喊著——巴欽巴是一個真的城鎮！車子開回狹窄崎嶇的公路，我用力一踩油門，加速往這個我從小唱到大的城鎮前進。

而對湯婷婷（Maxine Hong Kingston）這位加州史塔克頓的華裔移民女兒來說，小時候在異鄉開始上學的經驗，則是充滿了羞怯與尷尬。在以下這個段落中——出自她的著作《女勇士》（*The Woman Warrior*）書中一篇恰如其名的文章〈找到聲音〉（Finding a Voice）——請特別注意湯婷婷如何生動地回想起早年在美國生活遭到創傷的事實與感覺：

進了幼稚園第一次需要說英文時，我就陷入沉默了。一種啞口無言的感覺——一種羞愧——將我的聲音撕裂成兩半，即使只是隨意地問一聲「你好」，或是在結賬櫃台問個簡單的問題，或是向公車司機問路，都會使我愣在當場。

在沉默的第一年，我在學校沒有跟任何人講過話，去上廁所之前也不會先開口問，結果是被幼稚園留級。我妹妹也是三年沒有說話，在遊戲時不說話，吃午餐時也不說話。還有其他不是我們家的華裔女孩也很安靜，但是她們大多比我們早克服這種困難。我很喜歡這種沉默。起初我也沒有想過應該要講話或是要在幼稚園升級。我在家裡會講話，也會跟班上一、兩個華裔小孩聊天；我會有動作，也會搞點笑。如果水從茶杯裡濺出來，我會拿起茶碟，就著碟子喝水，大家指著我笑，於是我又多做了幾次。我不知道美國人不會就著茶碟喝水……

當我發現在學校裡非講話不可時，上學就成了一種折磨，沉默也成了一種折磨。我還是不講話，但是每次不講話，都讓我覺得好像做錯了什麼事。在一年級的時候，我要朗讀，可是卻只能勉強聽到自己從喉嚨裡擠出像蚊子聲般的低語。「大聲點，」老師說，結果反而把我的聲音給嚇跑了。其他華裔女孩也不太說話，所以我知道不說話跟華裔女孩的身分有關。

孩提時代的低語，已經轉為成年作家的聲音，湯婷婷用充滿智慧與幽默的聲音，對著我們說話；

我很欣慰有這樣的聲音出現在我們之間，只有華裔女性才能讓我感覺到華裔女孩在美國幼稚園裡遭到打壓，被逼著做美國人是什麼樣的感覺。在今天的美國日常生活中，文化差異是一個痛苦的事實，但是回憶錄是讓這些文化差異變得有意義的一種方式。再來看看路易士・強森（Lewis P. Johnson）在以下這篇〈寫給我的印地安女兒〉（For My Indian Daughter）中，如何追尋自我身分的認同。強森從小在密西根州長大，曾祖父是波大瓦圖米渥太華族原住民最後一位受到正式承認的酋長：

在我三十五歲左右的某一天，聽說了印地安人的帕瓦祭典。我父親以前會參加這些活動，因此我懷著極大的好奇心以及發現自己文化傳承的一種奇特的喜悅心情，決定去參加這個盛大活動；在此之前必須準備的一樣東西，就是請我朋友在他的鐵匠鋪替我打造一支矛。矛頭的鋼鐵質地精良，發出熠熠藍光；矛柄上的羽飾鮮艷明亮、威風凜凜。

在印地安納州南部一個塵土飛揚的集會廣場上，我發現有些白人也打扮成印地安人的模樣。我聽說他們有這個「癖好」，也就是說，他們的嗜好與休閒活動就是週末打扮印地安人。我突然覺得我的矛好蠢，於是我就離開了。

過了好多年之後，我才有勇氣跟任何人談起那個週末的蠢事，並且能夠自我解嘲地一笑置之。但是從某方面來說，那個週末雖然什麼事都沒發生，卻是我的啟蒙。我意識到我並不知道自己是什麼人。我沒有印地安人的名字，也不會講印地安族語，更不知道任何印地安的風俗。我依稀記得在渥太華族語中的狗叫做「kahgee」，可是那是小朋友的縮寫用法，不是完整的「muhkahgee」——這個字是我後來學會的。記憶更模糊的是（我自己的）命名儀式，我記得四周有很多條腿在跳舞，有很多塵土。那是在什麼地方？跟什麼人在一起？我問我母親：「樹是從哪裡長出來的呢？」她說：「Suwaukquat」。

那是一九六八年，而我也不是國內唯一一個覺得有必要想起自己是誰的印地安人，還有其他人和我一樣。他們舉辦了帕瓦祭典，真正的帕瓦祭典，於是我終於找到他們。我們一起研究自己族群的過往，對我來說，這場追尋的最高潮就是「最長的一段路」——一九七八年在華府舉辦的大遊行。也許是因為我現在知道身為印地安人的意義，所以聽說別人不知道的時候，常深感意外。當然，現在剩下的族人也為數不多，一般人在一般的人生中認識一般印地安人的機會也相當渺茫。

在回憶錄裡，最關鍵的原料當然就是人。聲音、氣味、歌曲、臥榻的作用都有限，到頭來，你終究得找出在生命中與你交會而過的重要人物。那些男女老少，他們為什麼讓人難忘？——有什麼特別的思想？瘋狂的嗜好？在回憶錄這個巨大的鳥舍裡有一隻典型的怪鳥，就是約翰．莫蒂默（John Mortimer）的父親；他的兒子在《緊抓殘骸》（*Clinging to the Wreckage*）這本回憶錄中回想起這位盲人律師，深情地刻畫出一位溫柔又好笑的父親。莫蒂默本身也是律師，同時是多產作家與劇作家，最為人所知的作品就是《法庭上的魯波爾》（*Rumpole of the Bailey*）；他在回憶錄中寫到父親失去視力之後，仍然「堅持繼續執業，彷彿什麼事情都沒有」，而他母親也因此成了替父親閱讀訴狀、替他案件做筆記的人。

她在法院裡成了知名人物，被稱為「首席法官的拐杖」。她帶著父親穿梭在不同法院之間；當他拿著斑駁的麻六甲白藤手杖，不小心在鋪了地磚的地板上絆倒，或是當他對著她或事務律師或是同時對他們兩人大罵髒話時，她總是耐心地微笑以對。早在戰爭期間，他們剛在這個國家定居時，她每天開十四哩的車到亨雷車站，送他上火車；父親坐在角落的位子上，穿得像溫士頓．邱吉爾似的，黑色西裝外套、條紋長褲，燕子領上打著蝴蝶結，皮靴上套著鞋套，並要求她大聲而清晰地念出他當天要辦的離婚案件裡的證據內容。當火車慢慢地在梅登黑德附近停下來時，頭等車廂突然變得寂靜無聲，聽著母親念私家偵探對通姦行為的報告，他們目睹了所有細節。當她念到玷污的床單、散落一地的男女衣服或是車內的不雅行為而突然放低音量時，父親還會大喊著：「大聲點，凱絲！」接著同車的乘客又能欣賞到另外一段駭人聽聞的連載內容。

但是我們希望，回憶錄中最有趣的那個人是寫作者。這個人從人生的高低起伏中學到了什麼？維吉尼亞．吳爾芙向來熱中以高度個人的形式寫作——回憶錄、手記、日記、書信——用以釐清思路與情緒。（我們常常會發現，自己原本只是為了善盡義務才開始寫信，但是寫到第三段，卻赫然發現真的有些話想對收信人說。）維吉尼亞．吳爾芙一生中寫下許多私密的文字，對其他在生命中有類似天人交戰的女性，提供了莫大的幫助。甘妮蒂．佛雷瑟（Kennedy Fraser）曾經寫過一篇書評，評論一本關於吳爾芙童年遭到性侵經歷的書籍，她在文中坦承受到吳爾芙極大的影響；她的書評從自己的回憶錄開始說起，從一開始就以其真誠與脆弱吸引了我們的注意：

有一段時間，我覺得生命似乎太痛苦，唯有閱讀其他女作家的生命故事才能提供少許的慰藉。我不開心，也感到羞愧；我的生命讓我感到窒息。在我三十出頭的那幾年，我會坐在扶手椅上，閱讀其他人的生命。有時候，當我看完了之後，我會坐下來，從頭開始，再看一遍。我還記得那種無以名狀的強烈情緒和某種鬼祟的感覺——彷彿生怕有人會從窗外看到我。即使現在，我仍然覺得應該要假裝自己只是在讀她們的小說或詩——她們選擇要公諸於世，並且在經過提煉之後，成為藝術形式的部分生命。但是我真正喜愛的是她的私密訊息——日記、書信、自傳，還有那些看似說實話的傳記。那時的我覺得很孤獨、自閉、與世隔絕，我需要這些低吟般的合聲，不斷地講述真實生命的故事，才能讓我度過這段時光。她們就像是我的母親和姊妹，這些文藝女子，雖然有很多都已不在人世，卻比家人更像是我的家人，她們透過文字對我展開雙臂。我跟很多人一樣，很年輕就到紐約來闖蕩；也跟很多現代人一樣——尤其是現代女性——發現自己離了群、失了根……當然，（這些作家的）成功給了我希望，但是我最喜歡的卻是她們的絕望。我在尋找方向、蒐集線索，也特別感謝這些女性分享私密、羞愧的一切——她們的痛苦：墮胎、遇人不淑、嗑藥、酗酒，還有她們為什麼變成女同性戀，或是愛上了男同性戀或有老婆的男人。

你在撰寫個人歷史時，可以送給讀者的最好的禮物就是你自己。所以，允許你自己去寫自己吧，然後好好享受這個過程。

第十五章　寫科技

如果你有一班文學院的寫作課學生，並指定他們寫一篇關於科學的文章，教室裡會立刻傳來可憐兮兮的呻吟：「不要！不要科學！」學生都有共同的苦惱：恐懼科學。因為他們從小就被化學或物理老師認定沒有「科學頭腦」。

如果你有一班成年的化學家、物理學家或工程師，要他們寫一篇報告，你會看到近乎恐慌的反應。「不要！不要叫我們寫報告！」他們說。他們也有共同的苦惱：恐懼寫作。他們很早就被國文老師認定沒有「文字天分」。

這二者都是生命中不需要的恐懼包袱。不管你是屬於哪一方，我都希望這一章有助於減緩你的恐懼。本章的基礎就只有一個簡單的原則：寫作不是國文老師專屬的特殊語言。任何人只要思路清楚，下筆就會清楚，不管寫什麼題材都一樣。掀開神祕面紗後，科學無非也只是非虛構文類的另外一種題材，寫作也無非也只是科學家傳遞知識的另外一種方式。

在這兩種恐懼之中，我的恐懼是屬於科學的。我的化學課曾經被當掉，而且授課老師還是流傳三代學生的傳奇女老師，據說她可以教會任何人。及至今日，我對科學的理解也不會比詹姆斯．瑟伯

（James Thurber）的奶奶好到哪裡去，他在《想我苦哈哈的一生》（*My Life and Hard Times*）書中說，她認為有「看不到的電（從牆上的插座跑出來）在家裡到處亂竄」。但是身為作家，我學會了如何讓一般人也能理解科技題材。說白了，不過就是讓一句話接在一句話後面說。然而，關鍵就在於「後面」這二個字。在這個領域的寫作，必須更努力地寫出線性結構的句子；這裡沒有跳躍式幻想或是暗示真相的餘地，事實與歸納結論，才是這個家族的大家長。

我給學生的科學作業其實很簡單，就只是要求他們形容某件東西如何運作。我不在乎風格，也不要求優美的文筆，就只要他們告訴我——比方說——縫紉機如何做該做的工作，幫浦如何運作，蘋果為什麼會掉下來，或是眼睛如何告訴大腦看到了什麼東西。任何一種科學過程都可以，這裡所說的「科學」定義非常寬鬆，可以包括科技、醫學和自然。

新聞學的信條是：「讀者什麼都不知道。」以信條來說，這句話並不順耳，但是科技作家卻要牢記不忘。你不能假設讀者已經知道你假設大家都知道的事，或是他們還記得已經解釋過的事。我看過了數百次的示範，仍然不確定自己可以順利地套上空服員展示給我們看的救生衣：什麼「只要」將手臂套進帶子裡，「只要」將扣環用力往下拉（或是往兩邊拉？），「只要」從管子裡吹氣——但是不能太早。我唯一有自信能夠完成的步驟，就是太早吹氣。

描述某個過程如何進行是有價值的，在於兩個理由：一是強迫你確定自己真的了解這個過程是如何進行的；二是強迫你帶領讀者，重新走過那些讓你了解過程的相同思考邏輯與歸納方法。我發現許多學生的思考邏輯欠缺秩序，對他們來說這會是一個很大的突破；有一位耶魯大學裡一個天資聰穎的大二學生就是如此。他到了學期中，都還是滿紙荒唐言的泛泛之談，說不出個所以然；可是有一天，他興致高昂地走進教室，問我可不可以讓他在課堂上朗讀他針對滅火器如何運作所寫的報告。我原本以為會是一團混亂，結果他的作品卻簡潔有力、條理分明，非常清楚地解釋了如何使用三種不同的滅火器來撲滅三種不同的火源。他在一夜之間突然學會如何寫出邏輯連貫的文章，讓我感到十分得意，他也一樣。在大三學年度結束之前，他就出版了一本指南書籍，而且比我寫的任何一本書都還要暢銷。

還有許多其他思緒不清楚的學生也用了這樣的方法，此後文筆都變得清晰流暢。你一定要試試看，因為科技寫作的原則適用於所有非虛構文類的寫作。這個原則就是帶領一無所知的讀者，一步一步地掌握他們原本以為自己沒有天分、或是害怕自己太笨而無法理解的主題。

想像科技寫作是一個倒過來的金字塔。從底部的基礎開始，第一句話先寫讀者在進一步學習之前必須要知道的一個事實；第二句話再擴充解釋第一句話的內容，讓金字塔變得更寬闊；然後第三句話再擴充第二句話的內容，依此類推，你就可以逐漸從說明事實，進展到說明重要性與推論——一個新的發明如何改變已知的世界，可能會啟發哪些研究的新領域，這些研究又可以應用在哪些地方。這個金字塔可以變得多寬，並沒有限制，但是唯有你從一個狹窄的事實開始著手，讀者才能夠理解這些寬廣的應用。

小哈洛德．史梅克（Harold M. Schmeck, Jr.）為《紐約時報》頭版寫的一篇文章，就是很好的範例：

在加州有隻黑猩猩擁有玩井字遊戲的天分。它能夠學習的證據讓訓練師很開心，但是另外一件事情卻讓他們更驚訝。他們發現可以從這隻動物的大腦判斷任何特定的動作將會是做對還是做錯。這取決於黑猩猩的專注程度，當這隻受過訓練的動物集中注意力時，它就會做出正確的動作。

好吧，這個事實還算有趣，但為什麼能登上《紐約時報》的頭版呢？第二段就告訴我了：

更重要的是，科學家能夠確認它專注的程度。利用電腦精密分析腦波訊號，他們學會了如何分辨可稱之為「精神狀態」的情況。

可是，這不是以前就可以做得到的事情嗎？

這個計畫的企圖心，遠不只是簡單地偵測亢奮、倦怠、沉睡等粗略的精神狀態，而是踏出新的一步，要進一步理解大腦如何運作。

這個新的一步是要怎麼做呢？

加州大學洛杉磯校區的黑猩猩與研究團隊已經完成了井字遊戲的訓練階段，但是仍然持續進行腦波的研究工作。在太空飛行的實驗中，已經透露了一些有關大腦行為的重大發現，顯示有可能應用在地球上的社會與家庭問題，甚至改善人類的學習能力。

太好了，有太空、人類問題與認知過程，我簡直想不出還有什麼更寬廣的應用範圍了。可是，這只是個別的研究嗎？確實不是。

這是全美國與海外實驗室醞釀合作的當代大腦研究計畫中的一部分，涉及各類生物，從人類、猿猴，到鼠類、金魚、日本鵪鶉等。

我開始看到事情的全貌了。不過最終目的為何？

最終目的是要了解人類的大腦——這個只有三磅重的組織，有不可思議的能力，可以想像最遙遠的宇宙和原子的最核心，卻無法理解自身的運作與功能。每一個研究計畫都是這個巨大拼圖中的一小塊。

現在我終於知道加州大學洛杉磯校區的黑猩猩在這個國際科學研究計畫中所占的地位了。知道了這一點之後，我就準備好要進一步知道它在其中的特殊貢獻。

在教導黑猩猩玩井字遊戲的計畫中，就連受到嚴格訓練的眼睛也看不出這隻動物的大腦電波呈現在紙上的曲線有什麼異狀；但是藉由電腦分析，就可以分辨出哪一種軌跡顯示它會做出正確的動作，哪一種會出現錯誤的動作。

其中一個重要的關鍵，就是由約翰·韓利博士主導開發的電腦分析系統，它總是能夠預測出現正確答案前的精神狀態，就可以稱之為「經過訓練獲得的專注度」。如果沒有電腦來分析龐大而複雜的大腦電波紀錄，就無法偵測到這種狀態的「特徵」。

文章繼續以四欄的篇幅，描述這個研究可能的應用範疇——評量家庭緊張氣氛的成因、降低駕駛在交通尖峰時刻的焦慮——最後談到醫學界與心理學界已經在進行的一些工作。這樣的一篇文章，卻是從一隻黑猩猩玩井字遊戲開頭。

你可以協助讀者理解科學工作如何進行，藉此大幅度地降低科技寫作的神祕性。同樣地，這也意味著你必須尋找其中的人情趣味——就算你最後必須以黑猩猩為例，至少在達爾文眼中，那也是僅次於人類的次高級生物了。

其中一個人情趣味就是你自己。善用你自身的經驗，讓讀者與同樣觸及他們生活的某種機制產生聯結。在以下這篇討論記憶的文章中，請注意作者威爾・布萊德伯利（Will Bradbury）如何以他個人的經驗為引子，讓我們掌握一個複雜的主題：

即使到了現在，我仍然可以看到那片暗黑的沙子像雲一般襲到眼前，聽到我父親冷靜的聲音叫我哭出來，用淚水沖掉眼睛裡的沙子，更感受到胸膛那股憤怒與羞辱。自從那個玩伴為了搶奪我的玩具救護車，隨手抓起一把沙子，往我的臉上撒過來，已經過了三十餘年，但是那把沙和那輛救護車的樣子，我父親的聲音，還有我受傷感情的悸動，到今天依然尖銳鮮明。那是我最初的記憶，第一批影像、言語和情緒的玻璃，鑲嵌在後來成為**我**這個人的馬賽克拼圖之中，其中的媒介當然就是大腦最主要的功能——記憶。

少了這個可以讓我們儲存、回想資訊的神奇功能，大腦的主要系統，例如甦醒與睡眠、表達我們對事情的感覺、完成複雜的工作等等，就只能摸索當下的感官知覺了；人類也不可能會有真正自我的感覺，因為缺少過去的資料庫供我們審視、學習、享受或是在必要時躲藏進去。然而，經過數千年的理論建構、數千年來對自己行為怪癖的解讀與誤判，人類才剛開始對這個可以支解與儲存過去片段時光的神祕過程，有了初步的了解。

其中一個問題就是決定記憶是什麼，還有什麼東西會有記憶。比方說，亞麻籽油就有某種記憶，一旦接觸過光線，即使只是非常短暫的曝光，都會改變其濃度，並且在第二次曝光時，加快其變化的速度；它會「記得」曾經接觸過光線。電子與流體迴路也有記憶，而且是比較精細的記憶；植入電腦之後，可以儲存和讀取異常大量的資訊。而人體也至少有四種記憶……

這是一段很好的導言。誰不曾擁有一連串生動的影像，讓你回想起早到已經無法追溯的童年？讀者自然會急著想要知道這種儲存與讀取的功能是如何完成的。亞麻籽油的例子也夠有趣，讓我們不禁去揣想到底「記憶」是什麼玩意兒，然後作者又回到人類的參照框架內，畢竟是人類製造了電腦迴路，也只有人類本身才擁有四種不同的記憶。

另外一種個人化的手法，則是將科技故事編織到其他人的生活之中。這正是柏頓・盧薛（Berton Roueché）多年來在《紐約客》撰寫一系列〈醫學編年史〉（Annals of Medicine）的文章吸引人之處。這些文章都是偵探故事，幾乎每一篇都有一名受害者——一些罹患神祕惡疾的普通人——和一名堅決要找出壞人的刑警。其中一篇是這樣開始的：

一九四四年九月二十五日星期一早上大約八點鐘，一名衣衫襤褸、漫無目的的八十二歲老翁在哈德遜公車總站附近的戴伊街人行道上暈倒了。一定有無數的人看見他，但是他卻在那裡孤伶伶地躺了好幾分鐘，頭昏眼花，還因為腹痛而整個人蜷縮起來，痛苦地嘔吐。然後有一名警察來了，在警察彎腰去看這個老人之前，他或許還以為自己又要照顧另外一個醉倒在路邊的流浪漢；早上這個時候，在城市的這一帶，有流浪漢醉倒在路邊是司空見慣的事。但是他這樣的念頭沒有維持太久，因為那老人的鼻子、嘴唇和手指頭，都呈現天空藍的顏色。

到了中午，已經有十一個藍人被送進附近的醫院。但是別害怕：實地流行病學家奧塔維歐．派里特利醫師已經抵達現場，並且致電疾病預防管制局的莫里斯．葛林柏格醫師，兩人慢慢地拼湊出看似違反醫學史的片斷證據，最後終於破解這個案子，發現凶手是一種極罕見的毒物，許多毒物學的標準教科書甚至連提都不曾提過。盧薛的祕密其實就是老掉牙的說故事的藝術。我們在查案子、追凶手，試圖解開謎團。但是他並沒有從毒物醫學史的起源開始說起，也沒有講到毒物學的標準教材；他給了我們一個老人——可不是隨隨便便的一個老人，而是一個藍色的老人。

還有另外一種方法可以協助讀者了解一個他們不熟悉的事實，就是引導他們去連結到他們**已經**熟悉的事物，將抽象的原則歸納成他們可以看得到的圖像。建築師莫瑟．薩夫迪（Moshe Safdie）曾經為一九六七年的蒙特婁博覽會提出創新的居住單元概念，構建出宛如積木建築的生境館（Habitat）；他在《超越生境館》（*Beyond Habitat*）一書中解釋說，如果人願意花時間去看看大自然如何運作，就會蓋出比他還要好的建築物，因為「自然創造形式，而形式又是演化的副產品」：

> 一個人可以研究動植物的生命、石頭與結晶的形成，然後發現它們生成某種特定形式的理由。鸚鵡螺必須如此演化，唯有如此，當牠的外殼成長時，牠的頭才不會卡在開口處。這是所謂的日晷指針式成長方式；其結果就是呈現螺旋狀。數學理論上，牠只能以這種方式成長。
>
> 要讓某種特殊材料達到一定的強度也是同樣的道理。看看禿鷹翅膀及其骨骼結構，演化的結果是極度複雜的立體幾何形式，一種空間的架構，非常細瘦的骨骼到了末端就變得粗壯；對禿鷹來說，最主要的生存問題在於發展翅膀的力量（當禿鷹在空中翱翔時，翅膀會有巨大的彎曲動作），但是又不能太重，否則會限制牠的行動能力。經過演化之後，禿鷹擁有你能想像到的最有效率的結構——骨骼的空間架構。

「生命的每一個面向，都反映了形式。」薩夫迪寫道。他說，楓樹和榆樹的葉片寬大，是為了吸收最大量的陽光，才能在溫帶氣候中生存；而橄欖樹的葉片會旋轉，是因為它必須保存水分且不能吸收熱氣；至於仙人掌則是永遠都跟光線垂直——每個人都可以輕易地在在腦中模擬出楓葉與仙人掌植物的樣子。針對每一個難懂的原則，薩夫迪都用了一個簡單的例子說明：

經濟與生存是自然界的兩個關鍵詞。如果抽離生存環境的背景，長頸鹿的脖子似乎長得不太經濟，但是如果考量到長頸鹿的食物大都在高高的樹上，那麼長脖子就很經濟了。我們所理解的美，我們在大自然中欣賞的美，向來都不是絕對的。

再來看看黛安．艾克曼（Diane Ackerman）寫的這篇關於蝙蝠的文章。我們大多數人都只知道有關蝙蝠的三個事實：蝙蝠是哺乳類動物；我們不喜歡蝙蝠；蝙蝠有某種雷達，可以讓牠們在夜間飛行時不會撞到東西。任何人若是要寫蝙蝠，顯然都會遭遇到一個問題：必須解釋這種「回音定位」的機制是如何運作的。在以下這段引文中，艾克曼給我們如此精確的細節——讓我們可以輕易地連結到已知的事物——讓這個過程讀起來輕鬆怡人：

如果你將回音定位想像成蝙蝠以高頻率的聲音向其獵物呼喚或低語，就不會那麼難以理解了。我們大多數人聽不到這種聲音；人類最年輕、最敏銳的耳朵可以偵測到每秒震動兩萬次的聲音，但是蝙蝠發聲可以高達二十萬次。蝙蝠發聲並不是持續不斷，而是間歇性的——每秒二十到三十次。蝙蝠發聲後聽著聲音反彈回來，當回聲的速度開始變快、音量變大時，牠就知道牠在追蹤的昆蟲飛近了。藉由回聲反彈的時間，蝙蝠可以判斷獵物移動的速度與方向。有些蝙蝠甚至靈敏到可以發現甲蟲在沙子上走路，有些則能偵測到蛾停在樹葉上振動翅膀的聲音。

這才是我想像中的靈敏呀。我找不出任何作家可以給我兩個更精采的例子了，不過我不只是感激她的說明，更仰慕她的文筆。我同時也在想：她到底收集了多少個有關蝙蝠靈敏度的例子——十幾個？上百個？——最後才選出了這兩個？所以在蒐集資料時永遠都不嫌多，但是不必全部給讀者，只要夠用就行了。

當蝙蝠靠近時，牠會喊得更快，以便鎖定獵物。從磚牆反彈回來的回音穩定扎實，從搖曳的花朵反彈回來的聲音則是輕盈流動的，二者的性質不同。蝙蝠對著世界大聲呼喊，再仔細聆聽反彈回來的聲音，藉此勾勒出他們所處的地形地貌以及身處其中的萬物，包括質地、密度、動作、距離、大小，或許還有其他的特質。大部分蝙蝠都扯著嗓門大吼大叫，只是我們聽不到而已。站在滿是蝙蝠的叢林裡，想到他們正在嘶吼，但是四周卻一片寂靜，還真讓人有點毛骨悚然。他們終其一生都在大喊大叫：對著愛人喊，對著敵人喊，對著晚餐喊，對著這個巨大繁忙的世界喊。有些喊得快，有些喊得慢；有些喊得響亮，有些喊得輕柔。而長耳蝙蝠不需要用喊的，牠們只要輕聲細語就能夠清楚地聽到回音。

另外一個讓科學變得可親的方法，就是用人說的話來寫作，而不是用科學家的口吻。這又回到了那個老問題：要做你自己。就算你處理的是一個學術氣息濃厚的學門，通常都以一種枯燥乏味又愛吊書袋的風格撰寫報告，但是這並不構成你不應該用清新的好文字來寫作的理由。羅倫・艾斯利（Loren Eiseley）是位自然學家，他就拒絕受到自然的威嚇，因此在《無限的旅程》（*The Immense Journey*）一書中，不僅將他所知道的知識傳授給我們，更讓我們感受到他的熱情：

> 我向來喜愛章魚。頭足動物非常古老，並且演化成各種不同的形狀，變化多端；牠們是最聰明的一種軟體動物，對人類而言，我始終慶幸牠們沒有上岸，不過——有其他的東西上來了。毋需驚慌失措。沒錯，有些生物確實長得很古怪，但是我覺得情況非但不悲觀，反而還頗令人振奮。看到大自然仍舊忙著做實驗，活力充沛，並沒有因為某個泥盆紀時代的魚最後演化成有兩隻腳、頭戴草帽的人物，就以為大功告成而心滿意足，還真讓人有一種信心十足的感覺。在海洋這個巨大的盆子裡，還有其他東西在醞釀成長，這一點非常值得知道；未來的前景跟過去一樣光明，也同樣值得我們知曉。唯一不值得的，就是確認人類在其中扮演的角色。

艾斯利的天分在於協助我們感受到身為科學家的感覺。他作品中的交流重點，就是自然學家與大自然之間的愛情故事；誠如路易士・湯瑪斯作品中的重點，就是細胞生物學家對細胞的熱愛。「看著電視，」湯瑪斯博士在他優雅的《細胞生命的禮讚》一書中寫道，「你會以為我們的生命已經被逼到死角，陷入完全的危機，被吃人的細菌圍得四面楚歌，只能依賴化學科技來保護我們，讓我們得以殺光細菌，才免於感染、死亡。我們四處噴灑摻了除臭劑的噴霧藥劑，噴進我們的鼻孔、嘴巴、腋窩和私處——甚至噴進了我們最親密的電話筒裡——希望能夠帶來好運。」但是，即便在我們最感到恐慌的時刻，他說：「在廣大的微生物世界中，我們一直扮演著相對次要的角色。感染腦膜炎雙球菌的人，即使沒有化療，其生命受到的威脅其實還比不上於那個倒了大楣去感染到人的腦膜炎雙球菌。」

路易士・湯瑪斯正是科學家也可以寫得跟其他任何人一樣好的科學證據；未必要是「作家」才能得寫得一手好文章。我們認為瑞秋・卡森是作家，因為她以一本《寂靜的春天》開創了一個環境運動；但是卡森的正職不是作家，她是一位寫得一手好文章的海洋生物學家。她之所以寫得好，是因為她的思路清晰，而且對她的主題充滿熱情。查爾斯・達爾文的《小獵犬號航海記》（*The Voyage of the Beagle*）不但是自然史的經典，也是文學的經典，書中的文句生動、有力、勇往直前。如果你是有科技天分的學生，千萬別以為讀文學系才擁有「文學」的專利權；任何一個科學學門，都有自己的優良文學作品。找個你有興趣的科學領域，多閱讀那個領域裡寫得好的科學家——比方說，普萊莫・李維（Primo Levi）的《週期表：永恆元素與生命的交會》（*The Periodic Table*）、彼得・梅達渥（Peter Medawar）的《冥王的理想國》（*Pluto's Republic*）、奧立佛・薩克斯（Oliver Sacks）的《錯把太太當帽子的人》（*The Man Who Mistook His Wife for a Hat*）、史蒂芬・杰・古爾德（Stephen Jay Gould）的《貓熊的大拇指：聽聽古爾德又怎麼說》（*The Panda's Thumb*）、S・M・烏拉姆（S. M. Ulam）的《一位數學家的遭遇》（*Adventures of a Mathematician*）、保羅・戴維斯（Paul Davies）的《上帝與新物理學》（*God and the New Physics*）、傅里曼・戴森（Freeman Dyson）的《武器與希望》（*Weapons and Hope*）——以他們為寫作的範本，模仿他們的線性風格，學習他們如何避免使用專業術語，還有他們如何用任何讀者都可以輕易理解的例子來說明晦澀難懂的過程。

以下這篇刊登在《科學美國》（*Scientific American*）的文章叫做〈電晶體的未來〉（The Future of the Transistor），作者是羅勃特・凱伊思（Robert W. Keyes），他擁有物理學博士學位，是半導體與資訊處理系統的專家。百分之九十八擁有物理博士學位的人，下筆都脫離不了實驗室培養皿的味道，但是並不是因為他們不能，是因為他們**不願意**；他們不願意屈尊降貴，去學好文字這個簡單的工具——其實這項精確的工具就跟物理實驗室裡使用的任何工具一樣精細。凱伊思的文章是這樣開始的：

> 我寫這篇文章時所用的這台電腦，包含了大約一千萬個電晶體，以專為個人製造的物品來說，這個數目相當驚人。然而，它們的成本加起來比硬碟、鍵盤、螢幕顯示器和機殼還低；反之，一千萬個釘書針的成本大約就相當於一整台電腦。電晶體會變得這麼便宜，是因為這四十年來，工程師學會了在單一矽晶圓上蝕刻出更多的電晶體，因此任何一個製作步驟的成本，都會因

為電晶體數目不斷增加而攤平。

這樣的趨勢還能持續多久？過去，學者與業界專家曾經多次宣稱，微型化有其物理的極限，再小就做不了；但是他們被事實打臉的次數也幾乎一樣多。發明電晶體的四十六年來，在矽片上蝕刻電晶體的數量已經增加了八次方，至今仍看不到極限。

再看一下這個依序前進的風格，你會看到科學家以合乎邏輯的步驟，一個句子接著一個句子地引導你，沿著他想要說的故事路徑前行。他樂在其中，因此也寫得不亦樂乎。

我舉了這麼多的例子，這麼多的作家從這麼多的面向來書寫這個實體世界，無非只是要說明：他們首先全都是以人的身分說話——他們在自己、自身專業與讀者之間，找到了一條共同的人性連結。不管你要寫的是什麼樣的主題，也同樣能達到如此融洽的關係。這種依序寫作的原則可以適用於任何一個讀者需要有人護送才能克服艱難地形抵達終點的新領域。試想那些將生物及化學與政治、經濟、倫理學、宗教全都糾纏在一起的領域：愛滋病、墮胎、石棉、毒品、基因切片、老年病學、全球暖化、醫療衛生、核能、污染、有毒廢棄物、類固醇、生物複製、代理孕母和其他數十種不同的範疇。唯有仰賴專家的清晰寫作，我們其他人才能善盡公民職責，在這些所知甚少或是一無所知的領域，做出經過思考判斷的抉擇。

最後，我要再舉一個例子，總結這一章的所有重點。一九九三年，我在早報上看到報導全國雜誌獎的新聞時，發現在最受矚目的報導類獎項中，一個叫做《科技綜覽》（*I.E.E.E. Spectrum*）的雜誌竟然擊敗了像《大西洋月刊》（*The Atlantic Monthly*）、《新聞週刊》（*Newsweek*）、《紐約客》、《浮華世界》（*Vanity Fair*）等重量級期刊，贏得殊榮。我從未聽說過這份期刊，後來才知道它原來是美國電機電子工程學會（Institute of Electrical and Electronics Engineers）發行的旗艦會刊；這是一個擁有三十二萬會員的專業學會。據這份刊物的編輯唐納德・克里欽森（Donald Christiansen）表示，這本雜誌原本充斥著不可或缺的符號與縮寫，因此其中的文章甚至連不同領域的工程師也看不懂。「在電機電子工程學會中，光是叫得出來的不同學門就有三十七種，」他說，「如果你不能用文字形容某件事情，即便是我們自己人也無法彼此理解。」

我追蹤這篇得獎的報導時，發現克里欽森不止讓三十二萬名工程師看得懂這份雜誌，也讓一般讀者都看得懂。這篇得獎的報導是葛蘭・佐派特（Glenn Zorpette）撰寫的〈伊拉克如何反向製作炸彈〉（How Iraq Reverse-Engineered the Bomb），水準不下於我看過的一些優異的調查報導——正是那種最好的非虛構文類寫作，用以普及知識，造福社會大眾。

這篇文章的結構宛如偵探小說，描述國際原子能總署如何監測到伊拉克幾乎完成了原子彈的製程，也說明他們為什麼可以如此接近完工；因此這篇文章既是一篇科學史，也是一份政治文件，而且還是炙手可熱的話題，因為伊拉克進行的研究——據推測還一直進行到海珊垮台才結束——違背了國際原子能總署的規定；製造原子彈的原料大多是非法取自各個工業國家，包括美國在內。《科技綜覽》的報導著重在一個名為「電磁同位素分離術」（electromagnetic isotope separation，簡稱 E.M.I.S.）的技術，大部分的實驗都在巴格達南邊的「艾爾特法塔核能研究中心」（Al Tuwaitha）進行：

電磁同位素分離計畫不只震驚了國際原子能總署，也震驚了西方國家的情報機構。這個技術是利用電磁作用，讓鈾離子流在真空儀器中轉移方向；這個儀器及其周邊設施稱為卡留管[1]。較重的鈾238離子轉移方向的量不如鈾235，因此可以利用這個細微的差別分離出可裂變的鈾235。然而，「這個理論上來說非常有效率的過程，實際上卻是一件非常、非常麻煩的事。」李斯利・索恩說。他是國際原子能總署行動小組的現場行動負責人，最近才剛退休。實際操作時，總是會有一些鈾238仍然跟鈾235混在一起，離子流也很難控制。

好吧，這寫得很清楚。但是，**為什麼**這個過程很麻煩呢？**為什麼**離子流很難控制呢？作者天生慈悲，不會忘記他在前面一段把讀者丟什麼地方，沒把讀者晾在那裡，也知道他們接下來想知道什麼：

兩種不同的同位素原料會在杯狀的石墨容器中不斷累積，但是由於電磁的溫度與作用於電磁上的能量會有細微的變化，導致積存在兩個容器中的同位素發生劇烈的偏離，因此在實際情況中，原料會在真空容器中噴濺得到處都是，每運作十幾個鐘頭就必須要清理一次。

嗯，任何人都會同意這確實很麻煩。但是話說回來，這個過程成功過嗎？

為此，需要用掉數以百計的磁石和上千萬瓦的電力。舉例來說，在曼哈頓計畫中，位在田納西州橡樹嶺的Y-12電磁同位素分離設施就用掉了比整個加拿大還要多的電力，還用光了美國所有的銀儲備；後者是用來纏繞在過程中所需要的許多電磁石（因為在戰爭期間，銅都用到其他地方去了）。主要就是因為這些問題，所以美國科學家深信沒有任何國家會採用電磁同位素分離術，生產體積相對龐大的濃縮材料，用來製造原子武器……

發現伊拉克進行電磁同位素分離計畫的過程極富戲劇性，幾乎像是一部間諜小說。第一個線索顯然來自美國人質的衣服，他們被伊拉克軍方拘留在艾爾特法塔；在他們獲釋之後，情報專家分析他們身上的衣服，發現了極微量的核幅射物質樣本，而且是只有用卡留管才能生產出來的濃縮同位素……

「我們就像突然發現了一隻活恐龍。」狄米特力歐斯．派里可斯說，他是國際原子能總署伊拉克行動小組副組長。

1 譯註：Calutron，即電磁同位素分離器。

即使是寫高科技的題材，作者仍然不失人味。這不是一篇講「科學」的故事；而是講人如何從事科學研究的故事——一夥祕密製造炸彈的人和一組高科技警察。恐龍的那段引文更是神來之筆，一個我們全都能夠心領神會的比喻——就連小朋友也知道現在沒有恐龍了。

任何一篇好的偵探故事都無可避免地要推論出最後的結局，這篇文章也不例外，最後的結局正是整個調查工作的重點：發現伊拉克「不只是生產武器級的原料，還同時利用這些材料，努力地製造出可以使用的武器，進行所謂『武裝』的威懾任務。」首先，作者告訴我們，任何人如果想要進行這樣的任務，有哪些選項：

原子彈有兩種基本形式，分別是砲射性與內爆性武器。後者的設計與建造比前者要困難許多，但是用同樣多的可裂變原料，後者卻可以提供更高的爆裂能量。國際原子能總署的調查並未發現伊拉克積極研製砲射性武器的證據；他們說，伊拉克顯然集中所有的財力與資源，投注在內爆性武器上，甚至還開始設計相當先進的內爆性裝置。

什麼是內爆性裝置？讓我們繼續看下去。

在內爆性裝置中，傳統炸藥產生的震波力道，會壓縮可裂變原料，然後在幾乎同一瞬間釋放出中子，啟動超快速的分裂連鎖反應——原爆。因此，內爆裝置的主要元素就是點火系統、爆裂物組合與核心。點火系統包括了以真空管為基礎的高能發射裝置，稱之為「弧光放電充氣管」，可以釋放出足夠的能量啟動傳統炸藥。爆裂物組合則包括「鏡片」，可以將球狀的內爆震波精確地集中在裂變核心，藉以引爆核子中央的中子。國際原子能總署蒐集了大量的證據，證實伊拉克在這些領域上都有長足的進展。

講到「壓縮」，這段文字正是緊湊線性書寫的最佳範例，一步步地解釋內爆裝置及其三個主要元素。但是（我們現在想要知道了）國際原子能總署又是如何蒐集到這些證據的呢？

伊拉克想從加州聖馬可斯的CSI科技公司進口弧光放電充氣管的事件，在一九九〇年上了新聞，當時英美兩國海關聯手布線了十八個月的「刺針」行動收網，在倫敦的希斯洛機場逮捕了兩名伊拉克人。然而，早在此事發生的好幾年前，伊拉克就企圖從另外一個美國關係人那邊取得武器級的電容器，同時也自行生產電容器……

看到這裡，我沒有任何問題了——或者更應該說是《科技綜覽》已經回答了我的所有問題。如果這麼複雜的科學主題都能用好的文字，寫得如此生動又清晰易懂，只用到少數幾個科技詞彙，而且也都立刻加以解釋（弧光放電充氣管）或是可以輕易地查知（可裂變），那麼所有害怕科學的作家以及害怕寫作的科學家，也都可以將**任何**一個主題寫得如此生動清晰。

第十六章　商務寫作：工作中的寫作

如果你在工作上需要寫任何東西的話，看這一章就沒錯了。正如同科技寫作，商業寫作絕大部分的問題都出在焦慮，而解決的方法也有很大一部分必須靠人情趣味與清晰的思考。

雖然這本書講的是寫作，但是絕對不只是寫給作家看的；書中的原則適用於任何一個在日常工作中必須寫東西的人。備忘錄、商業書信、行政報告、財務分析、行銷企畫、給老闆的字條、傳真、電子郵件、便利貼等等——各式各樣的文件每天都在你的辦公室流通，而它們全都是寫作形式之一。你必須認真看待這些文件，因為有數不清的升遷或降職，都取決於員工有沒有能力清楚地陳述完整的事實、總結會議內容或是有條理地說明自己的想法。

大部分的人都在機構內工作：企業、銀行、保險公司、律師事務所、政府機關、學校體系、非營利組織或其他的機構；其中有很多人是經理職，而他們寫的東西會向一般大眾公開：董事長寫給股東的信、銀行說明手續上的變動、校長寫給家長的通訊。不管他們是什麼人，他們似乎都很害怕寫作，導致他們的句子——乃至於他們所屬的機構——都少了一點人味。很難想像這些地方真實存在，真的每天早上都有真實的人類進來上班。

然而，就算是因為在某個機關裡工作，並不表示人們寫起東西來也必須像機器一樣。即便是機關，也可以有一點溫度。行政管理人員也可以是個人，訊息也可以用不浮誇的字眼傳遞出去──只要記得：讀者認同的是人，而不是像「profitability」（獲利能力）這樣的抽象名詞，或是像「utilization」（利用）、「implementation」（實施）這樣的拉丁化名詞，或是沒有生命的句型結構，看不到任何人在做任何事情，如：「前期的可行性研究已經在紙上作業的階段」。

喬治．歐威爾將聖經傳道書中著名的詩句譯成現代官方模糊的語言，就是最好的證明：

我轉念一想，見到太陽下，快跑的未必能贏、力戰的未必得勝、智慧的未必得到糧食、明哲的未必得到財富、靈巧的未必得到喜悅；真正影響眾人的是在於當下的機會。

歐威爾的翻譯如下：

對當前現象的客觀思索迫使我們得到這樣的結論：競賽活動的成敗並未展示與內在能力等量齊觀的趨勢，但是相當不可預期的因素則一定要列入考量。

先看看這兩段文字的外形。上面的那一段會讓人想要讀下去，因為句子短，留下很多空隙供讀者呼吸，此外，句子有節奏，像是人在說話；而第二段文字則是又臭又長的字句凝結成一團，立刻顯示出正在運作的是個遲緩笨重的腦袋。我們不會想要跟著這樣的腦袋去任何地方，因為它用如此令人窒息的語言來表達思緒；我們甚至不會想要開始讀第一個字。

再看看這兩段文字的內容。第二段少了簡短的句子和日常生活中的生動意象——快跑和力戰、糧食與財富——取而代之的是舉步維艱的長句，以及沒有特別意義又軟弱無力的名詞。換言之，少了一個人在做什麼事的感覺（「我轉念一想」）或是他發現（「見到」）的生命中心之謎：生命無常。

我舉些例子來說明這樣的毛病如何影響到大部分人在工作上的寫作。我的第一個例子是學校的校長，並不是因為他們犯的錯誤最嚴重（絕對不是），而是因為我手邊剛好有這樣的例子。然而，我要說的重點適用於在所有以下這種機關組織內工作的任何人——這個機關或組織內使用的語言毫無人味，沒有人知道這些人在說些什麼。

我跟這些校長的第一次接觸，是接到康乃狄克州格林威治區學校總督學厄尼斯特・佛萊胥曼的電話。「我們希望你能來一趟，替我們『去術語化』，」他說。「我們認為，除非我們這些學校體系頂端的人，能夠先好好清理一下我們自己的文字，否則沒辦法教學生寫作。」他說，他會先寄一些發自這個體系的典型文件資料給我看，他希望我分析一下這些文字，然後辦一個工作坊。

這位佛萊胥曼博士和他的同僚願意承認自己的弱點，讓我深受感動；承認弱點反而增強了他們的力量。我們決定好日期，不久之後，我就收到一個厚重的信封，裡面裝了各種內部文件備忘錄，還有這個小鎮上十六所小學和初高中寄給家長的油墨印刷書信通訊。

通訊看起來很活潑，不拘泥形式，顯然這個學校體系很努力跟學生家庭保持溫暖的溝通。但是，我第一眼就看到好幾個令人不寒而慄的詞句，例如：「評量過程列為優先」、「修正過的分科程序」；有位校長還承諾他的學校會提供「強化正面學習的環境」。這個體系跟家長之間的溝通，顯然不如其預計的那麼溫暖。

我研究完這些校長的文件，分成好壞兩種範例。到了約定的那天早上，我到格林威治，發現有四十位校長和課程協調委員聚集在現場，迫不及待地想要學習寫作。我跟他們說：他們願意放下身段，投入這個可能會威脅到他們身分地位的過程，讓我深感佩服，一定要給予喝采。在全國一片詢問為什麼小孩子不會寫作的質疑聲之中，佛萊胥曼博士是我見過第一個願意承認書寫拖泥帶水並不是孩童專利的成年人。

我跟校長們說，我們希望看到在自己孩子的學校裡，管理者就跟我們本身一樣，都是平凡人。我們會質疑那些裝腔作勢的態度和社會科學家創造出來的流行用語，懷疑他們只是為了避免讓一般人聽懂他們在說什麼。我鼓勵他們保持自然，因為我們如何寫作、如何說話，都會決定我們是什麼樣的人。

我請他們聽聽看自己如何向他們所屬的社區呈現自己。我影印了幾份不好的範例，改掉學校的名稱和校長的名字，跟他們說明：我會大聲朗讀幾個例子，然後我們再來看看是否能夠將他們寫的內容改成平實的文字。以下是我舉的第一個例子：

親愛的家長：

我們已經建立了特別的電話溝通系統，提供家長表達意見的額外機會。在這一年中，我們會格外強調溝通的目標，並且運用各種手段來達成這個目標。處在家長這個獨特的地位，您們提供的意見將有助於我們計畫並推動符合貴子弟需求的教育方案。家長與老師之間的公開溝通、意見回饋和資訊分享，能夠讓我們以更有效率的方式與貴子弟合作。

校長

喬治．瓊斯博士

不管我這個家長的意見有多麼獨特，我都不希望有這樣的溝通。我希望學校清楚地跟我說：學校讓我可以更容易打電話找到老師，而且他們也希望我能常常打電話去討論我的孩子在學校裡過得好不好。可是沒有，家長接到的都是垃圾訊息：「特別的電話溝通系統」、「格外強調溝通的目標」、「計畫並推動教育方案」；至於「公開溝通、意見回饋和資訊分享」，只是用三種說法來講同一件事。

瓊斯博士的出發點顯然是善意的，他提出來的方案也是我們樂見的：有機會可以拿起電話跟校長說強尼是多麼棒的一個孩子，雖然上星期二在操場上發生了不幸的意外。然而，瓊斯博士聽起來卻不像是一個我會想要跟他說話的人；事實上，他聽起來根本就不像一個人，他的訊息很可能是電腦寫出來的。他虛擲了寶貴的資源：他自己。

我選的另外一個例子是在學年開始之際寄給家長的「校長的問候」，信中有兩段風格截然不同的文字：

基本上，福斯特是所好學校。在某些特定科目或是學習技能領域上需要協助的學童，都能獲得特別的關照。在未來這個學年，我們會努力提供強化正面學習的環境。學童與教職員必須在有助於學習的氣氛中共同努力，需要廣泛多樣的學習材料，以及更仔細地關注個人的能力與學習風格。對學習的過程來說，校方與家庭的合作極為重要；對每一個孩子，我們所有人都應該要知道想要達到的教育目標。

我們會持續告知您在這一年給孩子的計畫，如果您本身有任何問題和您的孩子有任何特殊的需求，也請讓我們知道。在剛開始的這幾個星期，我也許已經見過你們當中的許多人，請持續蒞臨學校，停下腳步，和我們介紹一下您自己或是討論福斯特的事情。我希望我們每一個人都有成果豐碩的一年。

校長

雷・道森博士

在第二段，是真的有一個人在問候我；但是在第一段，卻只聽到一個教育家在說話。我喜歡第二段裡那個真正的道森博士，他的遣詞用句讓人感到溫暖舒適：「我們會持續告知」、「讓我們知道」、「我也許已經見過」、「請持續」、「我希望」。

反之，第一段裡的那位教育家從來就不用第一人稱的「我」，甚至不帶有任何「我」的意思。他躲在他們那一行的術語背後，覺得很有安全感，卻沒發現自己其實什麼都沒有告訴家長。什麼是「學習技能領域」？跟「科目」又有什麼不同？什麼是「強化正面學習的環境」？跟「有助於學習的氣氛」又有什麼不同？什麼是「廣泛多樣的學習材料」：鉛筆、筆記本、幻燈片？而「學習風格」指的到底是什麼？什麼樣的「教育目標」才是「想要達到的」？

簡言之，第二段溫暖而有人味；另外一段則只是言語模糊的吊書袋。我發現這是校長們一再重複的模式。當他們要通知家長關於一般生活的細節時，筆下就會有人味：

> 校門前的交通似乎又開始堵塞了。如果可以的話，在每天下課後，請盡可能到學校後門來接您的孩子。
>
> 請找個機會跟您的孩子談一談他們在學校餐廳裡的行為，我會感激不盡。如果您親眼看到自

> 己的孩子們在吃飯時的樣子，可能會有很多人感到驚愕。也請您不時查問孩子們是否積欠午餐費，有時候，孩子們會遲遲不付錢。
>
> 可是當教育家現身，寫信解釋他們打算如何教育孩子時，這些人就消失得無影無蹤了。
>
> 在這份文件中，您會看到明確指出並列為優先的計畫宗旨與目標，並且基於可以接受的標準，訂定出評量程序。
>
> 在實施上述練習之前，學生們沒有什麼機會接觸到選擇題的題型。大家覺得：使用與學生正在學習的單元相關的練習題有極大的正面效果，而考試成績也證實了這點。

在我念了各種好壞範例之後，校長們開始聽出他們的真正自我與教育家自我之間的差別。問題是：要如何弭平二者之間的鴻溝？我再度強調了我的四大信念：清晰、單純、簡潔和人味。我解釋了為何要使用主動動詞，避免「概念名詞」（concept nouns）；我跟他們說：不要依賴教育界的專門詞彙——幾乎任何一個學門都可以用好的文字來陳述。

這些原則都很基本，但是校長們卻認真地寫下來，彷彿他們以前從未聽過似的——或許真的沒聽過，或者說至少好幾年沒聽過了。也許這正是行政部門裡的官樣文章變得如此華而不實的原因吧——不管哪個部門都一樣。行政人員一旦升到某個職等，就再也沒有人會向他指出簡單陳述句之美，或是跟他說他的文章是如何充斥著浮誇的概括性詞彙。

最後，我們的工作坊要求學員自己動手做。我把影印好的文件發給大家，要求校長們重寫那些盤根錯節的句子。這是嚴峻的時刻，因為他們首次要面對敵人。他們在筆記紙上振筆疾書，然後又畫掉剛剛寫好的句子；有些人什麼都沒寫，有些人則揉掉紙張。他們開始看起來像是作家了。室內籠罩著可怖的寂靜，只有畫掉句子和揉掉紙張的聲音打破沉寂。他們開始聽起來像是作家了。

隨著時間推移，他們開始慢慢放鬆。他們開始用第一人稱，也開始用主動動詞。有好一會兒，他們仍然無法放掉長字和模糊名詞（如：「家長溝通反應」），但是漸漸地，他們的句子開始有了人味。我要求他們重寫「並且基於可以接受的標準，訂定出評量程序」這句話，其中一個人寫道：「在學年結束時，我們會評量我們的進展。」另外一個人這麼寫：「我們會看看我們取得的成果如何。」

這才是家長想要看到的平凡用語。這也是股東期望公司會說的話、顧客期望銀行會用的詞、遺孀期望處理社會保險的機構對她說的話。我們深切地渴望有人味的接觸，厭惡浮誇不實的用語。最近，我收到提供電腦用品的公司寄給我一封致「親愛的客戶」的信，開頭就說：「敝公司即將移轉終端用戶入口和用品轉介程序至新的電話行銷中心，自三月三十日起生效。」我看了半天，才終於看懂：原來他們換了新的〇八〇〇免付費服務電話號碼，而那個終端用戶就是我。任何組織若是不肯花一點工夫把信寫得清楚又有人味，終將會失去朋友、客戶和金錢。且讓我用企業主管的口吻來說吧：在預期的獲利上會出現赤字。

再舉個例子說明公司使用裝腔作勢的語言，會如何失去人味。這是一家大企業發行的「客戶通訊」；客戶通訊的唯一目的，就是提供客戶有用的資訊。這份通訊開宗明義寫道：「各公司行號逐漸訴諸能力計畫技巧，決定未來的處理負載量何時會超過處理負載力。」這句話對客戶一點幫助也沒有，充斥著「負載量」和「負載力」這一類歐威爾式的名詞，完全沒有任何讓客戶可以聯想或勾勒的圖像。什麼**叫作**能力計畫技巧？誰的能力需要計畫？由誰來計畫？「能力計畫增加了決策過程的客觀性。」只是更多沒有生命的名詞。然後是第三句話：「管理階層在資訊系統資源的主要領域被賦予強化決策參與。」

客戶每讀一句話，就要停下來，想一下，翻譯成他能理解的語言。這通訊簡直就是用匈牙利文寫的嘛！他得先翻譯第一句——就是講到能力計畫技巧的那一句。這句話的意思是：「知道你給電腦的工作量，在什麼時候會超過電腦的處理能力，對你會有幫助。」第二句話——「能力計畫增加了決策過程的客觀性。」——的意思是：你在做決策之前，應該知道一些事實。第三句話——「管理階層在資訊系統資源的主要領域被賦予強化決策參與。」——是說：「你對你的系統知道得愈多，這個系統就運作得更好。」還可能表示其他好幾種意思。

客戶才不會傻傻地一路翻譯下去，不用多久，他們就去找別家公司了。他會想：「如果這些傢伙真的這麼聰明，為什麼不能告訴我他們在做什麼？也許他們**並沒有**那麼聰明。」這份通訊接著又說：「為了避免未來的費用，產量會被強化。」這似乎在說：產品會免費——所有的費用都會免掉。然後，通訊向客戶保證：「系統以功能性運作。」這表示系統功能正常。但願如此。

到了最後，我們終於看到一絲人味。這份通訊的作者詢問一位滿意的客戶，問他為什麼選擇這家公司；這個人說，他選擇這家公司，因為這家公司以服務聞名。他說：「一台電腦就像是一枝精緻的鉛筆。你不在乎它是如何運作，但是如果它壞了，你希望能夠找到人來修理。」你看看，在這麼多的垃圾文字之後，這句話是多麼的清新可人呀，不論是語言（聽起來舒服的用字）、我們可以聯想到的細節（鉛筆）或是人味。作家用我們可以聯想的熟悉經驗——東西壞掉的時候等候修理人員的焦慮——取代了冷冰冰的技術程序。這讓我想起我在紐約看到的一個標語，證明即使是大都會的官僚體系也能很有人味地跟市民溝通：「如果您是地鐵常客的話，可能會看到標誌指引你去搭以前從未聽過的車次，這些都是我們熟悉的車次，只是換了新的名稱罷了。」

不過，要美國企業使用平實的英語可沒有那麼簡單，因為有太多的虛榮心作祟。各階層的管理人員都緊抱著一個觀念，認為簡單的風格反映出簡單的頭腦。其實，簡單的風格是辛勤工作與努力思考後的成果；反之，含糊不清的風格才是反映含糊不清的頭腦，或是作者太愚蠢、太自負或太懶惰，所以才無法好好組織自己的思緒。要記得：如果你需要跟某人做生意或是需要他的錢或貨物，那麼你寫的東西往往是你向他表現自我的唯一機會；如果你的文字太花俏、太浮誇或是太含糊，那麼你就會被視為這樣的人。讀者別無選擇。

我對美國企業的狀況有所了解，是因為在格林威治之後，又有一些大企業也想要「去術語化」，於是邀請我舉辦工作坊。「我們甚至看不懂自己寫的備忘錄。」他們跟我說。我跟這些公司裡的人見了面，他們都寫了大量文件供內部參考和對外流通。內部使用的資料包括內部刊物和通訊，其目的是告訴員工他們的工作場所發生了什麼事，讓他們有一種歸屬感；對外的文件則包括發給股東的精美雜誌和年度報告、主管的談話稿、給媒體的新聞稿，還有說明產品如何運作的使用手冊。我發現這件文件全都缺少人味，而且有很多都讓人看不懂。

以下就是通訊中會出現的典型句子：

> 與上述強化功能同時宣布的是系統支援程序的變動，這個程序的產品與NCP一起進行在額外的強化功能之中，有動態的重新組態與系統間的聯繫。

寫這樣的東西，對作者來說是苦差事，對讀者來說也不遑多讓。這是簡直是《星際爭霸戰》裡使用的語言；如果我是員工的話，這些為了激勵士氣的努力一點也不會讓我覺得開心，或是對公司了解更多，最後就再也不讀了。我跟這些企業裡的文件撰寫者們說，他們必須找出筆下描述的這些美好成就的背後有哪些人。「去找那些想出這些新系統的工程師，」我說，「或是設計系統的設計師、組裝系統的技術人員，讓他們以自己的話跟你說他們是如何想到這個點子、如何把點子組裝在一起，或是現實世界中的真人要如何使用這些系統。」讓冷冰冰的機關溫暖起來的方法，就是找出那些遺失的「我」。要記得：「我」才是任何文章中最有趣的元素。

文件撰寫者們跟我解釋說，他們確實經常去採訪工程師，但是卻無法讓工程師開口講人話。他們給我看了一些典型的引文，都是工程師用滿是縮寫又晦澀難解的語言講的。（例如：「只有VSAG和TNA可以支援次系統。」）我跟他們說，他們應該要不斷地回去找工程師，直到他說的話終於可以讓人聽懂為止；但他們說，工程師就是**不想**讓別人聽得懂：他如果講得太直白、太簡單，會被同儕認為是個笨蛋。我說，但他們的工作是對事實、對讀者負責，而不是要滿足工程師的虛榮心。我鼓勵他們對自己的寫作者身分要有自信，不要輕易放棄控制權。他們回答說，是啦，但是說比做要簡單的多，因為在一個講究階級輩分的企業裡，所有的書面文件都需要經過層層關卡，由更高層的長官審核批准。我意識到一股暗中瀰漫的恐懼：照著公司的規定去做吧，別為了讓公司聽起來更有人味，而冒著失去工作的風險。

其實，為了要聽起來很重要，高層主管也淪為了受害者。有一家企業每個月都會發行一份通訊，讓「管理階層」可以跟中階主管和基層員工分享他們的關切。在每一期通訊中，最顯眼的文章就是部門副總的話，我就姑且稱之為湯瑪斯．貝爾先生吧。從他每個月說的話看來，我研判這位貝爾先生是個愛說大話的混蛋，他只會用膨風的語言，實際上卻什麼都沒說。

當我提到這一點時，作者卻說那位湯瑪斯・貝爾先生其實人很害羞，而且是很好的主管；他們同時也指出，其實那些話都不是他親口說或是親筆寫的，而是有人替他代筆。我說，這位湯瑪斯・貝爾先生真是遭人幫了倒忙——還說，作者應該每個月去找他（必要時還可以帶著錄音機），一直待在那裡，直到貝爾先生可以用每天回家跟貝爾太太說話的方式來表達他的關切。

我發現，在美國，大部分的企業主管簽了名的文章或發表的演說，內容都不是他們自己親筆寫的；他們自願放棄了可以讓他們獨樹一格的特質。如果他們及其所屬的企業讓人感覺冷淡無味，那是因為他們默許了這樣讓他們說話浮誇而變得枯燥乏味的程序。他們都忙著使用高科技，卻忘了自己擁有一個最強大的工具——不管是好是壞——就是文字。

如果你替企業寫作，不管是什麼職位，也不管是什麼階級，下筆時仍然要忠於自己，那會讓你在一群機器人之間鶴立雞群，而你的範例甚至可能說服湯瑪斯・貝爾先生自己動筆呢！

第十七章　寫運動

我從小就是運動迷，痴迷於報紙的體育版，在還沒有學會「electrical circuit」（電路）之前，就知道什麼是「circuit clout」（全壘打）。我知道「hurler」或說「twirler」（投手）站上投手丘時若是面向左方，就是「southpaw」或說「portsider」（左投手）；「southpaw」總是身材「lanky」（瘦高），而「portsider」卻總是「chunky」（矮胖），但是我從未聽過有人用「chunky」形容其他事情——除了用來形容帶有顆粒的花生醬之外（藉以與滑順口感的花生醬區別）——而且我也從來不知道「chunky」的人長得什麼樣。當投手投出「old horsehide」（棒球），打擊手就要「solve their slants」（揮棒），如果成功的話，可能就會打到外野形成「bingle」（安打），替「home contingent」（母隊）贏得比賽或是至少「knotting the count」（追平比分）；如若不然，可能就只能「bounce into a twin killing」（擊出滾地球，造成雙殺），「snuffing out a rally」（結束賽事），而他的球隊能夠「flag scramble」（掄魁）的機會就更渺茫了。

我大可以繼續說下去，挖掘每一種運動專用的行話或俚語，從母礦中提煉出更多在母語中從來不用的詞彙。我也可以寫「hoopsters」（籃球選手）和「pucksters」（冰上曲棍球選手）、「grapplers」和

「matmen」（摔跤選手）、「strapping oarsmen」（划船選手）和「gridiron greats」（橄欖球選手）。我可以自我陶醉，瘋狂地寫「old pigskin」（橄欖球）——比任何一位養豬戶還要更熱情洋溢——形容那些瘋狂的「bleacherites」（坐在露天看台的觀眾）是如何沉醉在秋季經典賽事的激情之中。簡言之，我可以使用運動語言，而不是好的文字，彷彿這根本是兩種不同的語言似的；其實不然。跟寫科學或是其他任何領域一樣，好文字就是好文字。

你或許要問：用「southpaw」形容左撇子有什麼不對嗎？我們不是應該要感謝有如此生動別緻的詞彙可以用嗎？用「twirlers」和「circuit clouts」來取代傳統老舊的「pitchers」和「home runs」，為什麼就不是一種調劑呢？答案是：這些字眼已經貶值了，甚至比我們想要用它們來取代的銅板還要更不值錢。從每一個記者席上每一位新聞記者的打字機裡，這些字眼就這樣自動流瀉出來。

第一個想出「southpaw」的人，確實有充分的權利可以感到高興；我可以想見他會心一笑，就像每一位發明新奇玩意的人一樣，都是他們應有的榮耀。不過，那是多久以前的事了？經過幾十年的重覆使用，「southpaw」一詞為語言增添的色彩早已褪色，就跟編織出每日運動新聞的數百個慣用俚語一樣出現了疲態。我們看新聞，知道誰贏誰輸，但是享受不到閱讀的樂趣。

最好的體育記者都知道。他們會避免使用已經出現倦容的同義詞，並會努力地在句子中增加一些清新的氣氛。你可以去找找雷德・史密斯（Red Smith）的專欄，絕對不會看到他因為害怕讓打擊手「hit into a double play」（打出雙殺），而用「bounce into a twin killing」這樣的句子取代。你會看到他選擇了數以百計不常見的詞彙——全都是好的英語——精準地用在該用的地方，讓其他體育記者難以望其項背。這些字讓我們讀得開心，因為作者在新聞體中認真地尋找清新的意象，而其他的競爭對手卻只是沿用舊有的東西就感到滿意了。這正是雷德．史密斯在寫了半個世紀之後，仍然得以在他這個領域稱王的原因，同時也是他的競爭對手早早就——以他們最慣用的話來說——「**sent to the showers**」（下台一鞠躬）的原因。

我到現在仍然記得在雷德．史密斯的專欄中看到的一些令人驚喜的句子，充滿了幽默與創意。史密斯是虔誠的垂釣客，看他裝上釣餌，釣起滑不溜湫的大魚——那些職業運動執行長——看他們張口喘息，真是一大樂事。「大部分的職業運動都要在沙皇企業的操控下跌到谷底了。」他寫道，指出球團老闆的趨勢，就是他們的貪婪愛財已經超越了運動監管人應有的勇氣。「在這些（棒球的）封建領主之中，最早也是最強悍的，莫過於肯尼索．蒙頓．藍地斯[1]了；他在一九二〇年上台，一直以強硬的手段控制，直到他在一九四四年過世為止。可是，如果說棒球是從小沙皇開始，那麼最後就是落在沒有準備又領導無方的埃塞爾雷德[2]手上。」雷德．史密斯每天盡責地守護我們的觀點，是一個讓我們保有正直誠實的作者，這大半是因為他寫了一手好文章。他的風格不但優雅，更堅定有力，足以傳

1 譯註：Kenesaw Mountain Landis（1866-1944），美國聯邦法官，曾經審理一九一九年美國職棒世界大賽的假球案「黑襪事件」，此一醜聞催生了大聯盟的執行長制度，並由藍地斯擔任第一任的執行長。

2 譯註：指盎格魯－撒克遜時代的英格蘭王國國王 Æþelred Unræd。他的名字在現代英語中被譯為 Ethelred the Unready（無準備者），好像在諷刺國王，其實在古英語中指的是「ill-advised」（不好的建議或決策），反而是諷刺在他身邊提供建議的策士。

遞強烈的信念與說服力。

導致大多數體育記者不寫好文章的原因，是他們誤以為自己不應該這樣寫。他們從小到大，看了太多的陳詞濫調，誤以為那就是這一行的必要工具；此外，他們也害怕重覆使用最容易讓讀者產生視覺聯想的詞彙——打擊手、跑壘者、高爾球員、拳擊手——只要有其他的同義詞，就一定要用，而通常你只要認真找一下就能找到。以下這段摘錄自大學校刊的報導，就是典型的範例：

> 鮑伯．洪斯比昨天延續了他的連勝紀錄，以六比四、六比二擊敗達特茅斯學院的傑瑞．史密瑟斯，帶領他的網球隊員擊敗了意外強勁的對手。這位身材瘦高的年輕選手善用他強而有力的發球，讓綠隊隊長栽了跟頭。這位在曼菲斯土生土長的選手以極佳的狀態，拿下了前四局，並且在前四局中，兩度破了印地安人的發球局。然後這位艾克斯特學院的畢業生開始出現漏洞，讓漢諾瓦學院的主將連下三局；但是球拍王牌也不是省油的燈，這位洋基佬在四十比四十平分的情況下企圖搶下第一盤，但是在第六個平分點被對手一記對角截擊球給穿越了。紅髮小子就是打定主意要……

那個鮑伯．洪斯比跑到哪裡去了？還有傑瑞．史密瑟斯呢？在同一個段落裡，洪斯比已經多次變身，成為身材瘦高的年輕選手、在曼菲斯土生土長的選手、艾克斯特學院的畢業生、球拍王牌和紅髮小子；傑瑞．史密瑟斯則化身為綠隊隊長、印地安人、漢諾瓦學院的主將和洋基佬。讀者不會知道——也不在乎——選手的這些分身，他們只想看清楚究竟發生了什麼事。千萬別害怕重覆選手的名字，也別怕只提供簡單的細節；不必為了避免重覆，硬是讓一盤（set）或一局（inning）球賽變成「stanza」（盤）或「frame」（局）。

另外一種執著則是數字。每個運動迷都有滿腦子的統計數字，縱橫交錯地儲存在大腦裡，準備隨時取用；任何一個棒球迷，即使在學校裡的算術不及格，也能像天才一樣在球賽上即時統計出數字。話雖如此，有些統計數字還是比其他數據重要。如果有位投手贏得第二十場勝利，或是某位高爾夫選手打出六十一桿，或是某個田徑選手跑出一英里三分四十八秒的成績，請務必要特別寫出來，但是也不必太過：

阿拉巴馬州奧本市，十一月一日（合眾國際社）——派特．蘇利文，奧本大學二年級的四分衛，今天兩度達陣得分，還有兩次傳球得分，讓佛羅里達大學吃了一場三十八比十二的敗仗，是排名第九的鱷魚在本季的第一場敗績。

佛羅里達大學的約翰．李佛斯打破了兩項東南聯盟的紀錄，追平了另外一項。這位身材高大的大二學生，來自佛羅里達州塔帕市，今天傳了三百六十九碼的球，讓他在本季六場比賽的總和達到兩千一百一十五碼，打破了海斯曼獎盃得主在一九六六年創下的東南聯盟單季紀錄，當時他

> 在十場比賽中傳了兩千零十二碼。
>
> 李佛斯傳了六十六次球——創下東南聯盟的新紀錄——同時平了密西西比大學的亞契．曼寧在今年秋季創下的單場三十三次成功前傳的紀錄。
>
> 對奧本大學來說，幸運的是，李佛斯有九次傳球遭到攔截——打破了喬治亞大學的齊卡．布萊考斯基在一九五一年對抗喬治亞理工大學時創下的單場八次傳球遭到攔截的東南聯盟紀錄。
>
> 李佛斯的表現讓他只差幾碼就可以打破由喬治亞大學的法蘭克．辛維琪在一九四二年十一場比賽創下的兩千一百八十七碼進攻紀錄。而他對奧本大學的兩次達陣傳球，也讓他只差一次達陣傳球，就可以打破肯德基大學的貝比．帕立里在一九五〇年創下的單季二十三次東南聯盟紀錄。

這篇報導醒目地刊登在一份紐約的報紙上——離奧本還很遠呢——全文共有六段，這裡引述的已經包含了前五段。報導中透露某種愈來愈高的興致，有個數字狂在打字機上愈寫愈開心。可是，有誰看得懂呢？又有誰在乎呢？大概只有那個齊卡．布萊考斯基吧——他終於解脫了。

運動是一個寫作資源豐富的領域，而且對非虛構文類作家很開放。許多以創作「嚴肅」書籍的作家也曾經以運動競賽旁觀者的身分，寫出最堅實的作品。約翰．麥克菲的《競賽人生》（*Levels of the Game*）、喬治．普林波頓（George Plimpton）的《紙獅子》（*Paper Lion*）和喬治．威爾（George F. Will）的《工作中的男人》（*Men at Work*）——寫的分別是網球、美式足球和棒球——都帶領我們深入球員的生活；只需要少許的細節，他們就有足夠的資訊讓球迷看得不亦樂乎。但是這些作品真正特殊之處，在於其中的人情趣味。這個怪咖——這個獲勝的運動員——是何許人也？又是什麼動機讓他堅持下去？在棒球文學中，有一篇經典作品，是約翰・厄普代克（John Updike）的〈主場球迷告別小子〉（Hub Fans Bid Kid Adieu），描述泰德・威廉斯（Ted Willams）在一九六〇年九月二十八日的最後一場比賽，這位四十二歲的「小子」最後一次站上芬威球場的打擊區，大棒一揮，將球擊出牆外。可是在此之前，厄普代克已經淬鍊出「這位喜怒無常、難以相處的球員」的精髓：

……在所有團隊運動中，棒球——以其優雅的動作周期性，廣大靜謐的球場偶爾點綴幾個穿著白衣、神情泰然的男子，還有冷靜客觀的數學運算——在我看來，似乎是最適合獨來獨往的人，也最受到這些獨行俠的增色美化。棒球在本質上就是一個孤獨的比賽。在我們這一代人的眼中，沒有其他選手能夠像他這樣將這種運動的辛辣濃烈集於一身，像他這樣精煉天生的技能，像他這樣不斷地將自己能力在球場上發揮得淋漓盡致，同時讓人看得滿心喜悅。

這篇文章出自作家之手，而非體育記者的報導，因此被賦予了特有的深度。厄普代克知道威廉斯在球場上無與倫比的能力已經沒有什麼好說的了：著名的揮棒、銳利的眼神，可以看到以九十哩球速飛來的棒球上的縫線。但是即使到了他運動生涯的最後一天，這個人的謎還是沒有解開，於是厄普代克就將焦點轉移到這方面，指出棒球最適合像他這樣喜歡品味孤獨的明星，因為這是一種孤獨的比賽。棒球孤獨嗎？我們偉大的美國部落儀式？好好想一想吧，厄普代克說。

厄普代克與威廉斯之間彷彿有一些若有似無的聯繫：兩個人都是在眾目睽睽之下不斷精進自己技藝的工匠。你該去找找像這樣的人性共同點。要切記：運動員是在球季中成為我們生活一部分的男男女女，替我們實現夢想，滿足我們的某些其他需求；我們希望能夠彰顯這樣的聯繫。不要誇張不實的炒作，給我們值得信賴的英雄。

就連棒球傳奇明星貝比．魯斯（Babe Ruth），也都在羅伯特．克林姆（Robert Creamer）的優異傳記《貝比．魯斯傳》（*Babe*）之中，從奧林帕斯山上經過淨化的神壇給請下凡間了，書中形容他的胃口跟腰圍一樣大。克林姆後來的作品《史坦杰傳》（*Stengel*），也有相同的特質；直到此書出版，讀者才開始接受這個標準版本的凱西．史坦杰——一個連話都說不清楚的傻老頭，卻有本事奪下十次冠軍錦旗。克林姆筆下的史坦杰要有趣多了：他不是一個簡單的人物，生性精明能幹，一生的故事幾乎就是一部棒球史，甚至還可以回溯到十九世紀的美國鄉間。

在過去那個童話故事般的世界裡，誠實的人物描繪只是許多新寫實作風的其中一種方法而已。現在的運動賽事已經成為社會變遷的主要前鋒，這個國家某些最複雜的問題——藥物濫用與類固醇、群眾暴力、女權、管理階層的少數族裔、電視轉播合約等等——正在球場、看台與球員更衣室裡一一發生。如果你想寫美國，這是一個你可以紮營深耕的地方。認真地看看高中與大學運動員受到金錢誘惑的故事，這可不只是關於運動，更關乎我們的價值與我們對孩子教育的優先順序。美式足球王與棒球王都端坐在他們的寶座上。有多少教練拿的薪水比大學校長、高中校長和老師還要高？

金錢是潛伏在美國運動界的巨獸，黑暗的陰影隨處可見。「某人的薪水高到令人厭惡」，這樣的新聞充斥報紙的體育版，現在這一版的金融新聞簡直跟金融版一樣多。當今新聞報導的導言都會提到選手贏得高爾夫或網球錦標賽的冠軍可以拿到多少獎金，出現的位置甚至比分數還要更前面。巨額的金錢也引來巨大的情緒問題。現今的運動賽事報導，有很多內容都跟運動無關。首先，要告訴我們誰的感情受到傷害，因為他出場時遭到球迷的噓聲，他們認為年薪一千兩百萬美元的球員打擊率應該要比零點二二五要高，應該要能夠追得到往他這個方向飛來的高飛球。在網球比賽中，總獎金的金額還要更高，每位球員都繃得跟他們的高科技球拍一樣緊——百萬富豪們很快就對著主審和線審苦苦哀嚎或大聲叫囂。在美式足球與籃球比賽中，球員的怒氣也跟著高昂的薪水一樣水漲船高。

在現代體育記者的筆下，現代運動員的自我也一點一點地被消磨殆盡。如今，不知道有多少體育記者覺得**他們**才是新聞的焦點、他們的看法比他們受命去採訪的比賽還要更有趣，這樣的人多到令人咋舌。我好懷念以前記者都虛懷若谷的時代，總是直截了當地告訴我們誰贏了比賽；如今，新聞總是姍姍來遲。有半數的體育記者覺得他們是莫泊桑，是在導言中精心製造懸疑的大師；其他的則自認為是佛洛伊德，可以探知運動員的心理需求與受傷的情感。有些人甚至還兼做骨科與關節內視鏡手術，比球隊醫師還能更早評估核磁共振影像，知道掃瞄的結果有沒有照出投手的旋轉肌群是否有撕裂傷的情況，最後下結論：「他的狀況時好時壞，每天不一樣。」請問誰不是這樣？

這些一心想成為莫泊桑的記者專寫比賽之前發生的事情，成天守在球隊裡搜集資料，找尋一些「色彩」。不管是什麼雞毛蒜皮的小事，只要最後能夠成為導言——這座巴洛克式雄偉建築——的一部分，都不算太瑣碎或太無聊。以下這個例子是我自己杜撰的，但是每位球迷應該都認得這一類的文風：

兩個星期前，A-Rod艾歷克斯．羅德里奎茲的祖母做了一個夢。她跟他說，她夢到他跟一些洋基隊的隊友到一家中國餐廳吃晚餐，到了上甜點時，羅德里奎茲請服務生送上幸運餅乾。「有時候，這玩意還真的會一語中的呢！」他祖母說他對德瑞克．傑特這樣說，然後打開包裝紙，看到上面的籤語寫著：「你很快就會做一件強而有力的事，讓你的敵人不知所措。」

昨天晚上在洋基球場，當A-Rod站上打擊區，面對紅襪隊的王牌投手寇克．席林時，腦子裡或許就在想著他祖母做的夢。他在二〇〇四年面對席林的戰績是三勝二十七敗，而且又陷入本球季最長的一段低潮期。不需要別人提醒他說球迷已經看他不順眼：因為他已經聽到噓聲。這正是讓敵人不知所措的最佳時機。八局後半，兩壘有人，紅襪隊以三比一領先。快要沒有時間了。

在球數快滿時，A-Rod從席林那裡得到一顆及腰高的曲球，他一棒揮出。球在空中畫出一道高高的弧線，光是看著A-Rod，你就知道他認為這球會一路飛到左外野的觀眾席上。一股強風吹進球場，但是幸運餅乾所說的「強而有力的事」可不是空穴來風；當馬里安諾．里維拉在九局上半結束了紅襪隊的攻勢時，計分板上寫著洋基四分、波士頓三分。謝謝妳啦，老奶奶。

那些一心想成為佛洛伊德的記者吹起牛皮來也不遑多讓。「應該有人去跟安德烈．阿格西說，他昨天在球場上挑戰一個比他年輕二十歲的對手，簡直是自找死路，」他們寫道。這些研究人性動機的專家用了一些像「早就知道是徒勞無功」之類的字眼——這根本不是任何記者應該用的字眼——來顯示他們比居於弱勢的運動員還要高人一等。「昨天晚上，大都會隊上了場，打定主意要找到另外一種可笑的方式輸掉比賽。」我們本地一家報社負責報導那個球隊的記者一再跟我說這樣的話，尤其在最近一個大都會隊陷入低潮的球季，對他們極盡諷刺之能事，卻沒有報導事實。大都會隊絕對不會做出這樣的事情：沒有任何一位運動員在上場時是打定主意要輸的。如果你要寫運動，千萬要記得：你筆下所寫的這些男男女女，他們都面對極艱鉅的考驗與挑戰，而且他們也有尊嚴。你也是一樣，你所從事的工作也有自己的一套榮譽規則——其中之一就是：你不是新聞。

雷德．史密斯就無法容忍這些自以為是的體育新聞。他說，永遠都要記得：棒球是小男孩在玩的比賽，記得這一點會讓你獲益良多。這句話也適用於足球、籃球、曲棍球、網球和大部分的其他球類運動。曾經參加過這些比賽的小男孩——還有小女孩——長大之後就成了體育新聞版的讀者，但是在他們的想像中，他們仍然年少，仍然在球場上比賽；因此當他們翻開手上的報紙時，真正想知道的是選手表現如何，還有比賽的過程與結果。請告訴我吧！

體育記者還有一個新角色，就是讓我們知道真正上場比賽時是什麼樣的感覺：如果你是馬拉松選手、足球守門員、滑雪選手、高爾夫選手或是體操選手，會是什麼樣的感覺？這樣的時機已然成熟——社會大眾對於人體極限的興趣從未像現在如此高昂。美國人熱中於追求健康，在健身器材上運動健身，對體重的增減斤斤計較，講究心肺功能與壓力。對非虛構文類的作家來說，這些周末戰士形成全新的讀者群：運動迷到了閒暇時間就成了運動員，迫不及待地想鑽進運動員的腦袋裡，一窺他們在巔峰狀態的情況。

追求高速，是很多運動之所以刺激的主因，也是一般人只能靠想像揣摩的典型感官刺激。我自己的車子開到時速六十五英里就開始搖搖晃晃，所以根本無從體會駕馭賽車的感覺。我需要像萊絲莉・海佐頓（Lesley Hazleton）這樣的作家，讓我坐上一級方程式賽車、繫上安全帶。「每當我開起快車，」她寫道，「我總是意識到自己僭越了自然法則，賽車移動的速度快到超過身體可以負荷的範圍。」但是這樣的意識，海佐頓寫道，要從駕駛員感受到G力拉扯才會開始，「在你身上施加極大的壓力，彷彿你的身體先動，五臟六腑要稍後才會跟上。」：

> 賽車駕駛必須跟G力激烈奮戰，常常要承受正常重力的三或四倍壓力。從起點出發，一級方程式賽車會在僅僅三秒之內，就達到一百英里的時速；在第一秒鐘，駕駛的頭部會劇烈地向後

傾，臉部擴張扭曲，讓他臉上浮現詭異的笑容。

再過一秒鐘，他就已經換過兩次排檔，每一次換檔加速的力道，都會再一次將他推向座椅深處。三秒鐘之後，時速從一百英里向上攀升到兩百英里，他的眼角視線已經完全模糊，只能直直地看著前方。八百匹馬力的引擎怒吼，發出一百三十分貝的噪音，每一個活塞都在一分鐘之內完成一萬次的四行程燃燒，也就是說，他也感受到同樣速度的震動。

他的肩頸肌肉也承受龐大的壓力，還要在G力讓他頭部猛烈地左右搖晃時，努力保持眼睛平視前方。劇烈的加速讓血液全都集中在腿部，輸往心臟的血液變少，也就是說，心臟輸出的血液變少，導致脈搏加快。一級方程式賽車選手的脈搏往往高達一百八十，甚至兩百，而且在兩個鐘頭的賽事中，大部分都維持在最大心率的百分之八十五。

因為肌肉要求更多的血液，導致呼吸加快——速度真的會讓你喘不過氣來——全身進入緊急狀態。維持兩個鐘頭的緊急狀態。在正常心跳一次的時間，就要開車跑完一整個足球場的距離，會讓你口乾舌燥，瞳孔放大；大腦同時要以驚人的速度處理資訊，因為速度愈快，反應的時間就愈短，而且反應不只要快，還要極度精確，不管肉體上承受了多大的壓力。幾分之一秒的時間轉眼即逝，卻可能是輸贏與否的差別，甚或是能否避免撞車的關鍵。

簡言之，一級方程式的賽車選手必須在肉體承受極度壓力的情況下，保持幾乎超自然的警戒。不用說，腎上腺素當然會加速分泌……但是，除了要有頂級運動員的體能之外，他還需要有棋手的心智，才能準確地消化遙測數據、計算超車點、執行賽車技巧與策略。對我們大多數人來說，這些都是速度很危險的原因：我們可沒有那樣強健的體能和堅定的心智來處理這些問題。

從心理上來說，賽車場上發生的事情還要更複雜，牽涉到肌肉、大腦化學物質、物理法則、震動、賽車的情況等等——這些因素加起來，形成體內高度的刺激與緊繃，讓駕駛感到頭腦絕對的清晰與警惕。當然還有興奮。

雖然海佐頓一直使用男性的代名詞「他」——他的肌肉、他的眼睛、他的腿——其實她這篇文章的主詞應該是女性的「她」才對。在當前運動賽事與體育新聞都如江河日下的時代，海佐頓代表一種巨大的進步：有愈來愈多優秀的女性運動員出現在過去由男性壟斷的賽場上，而且女記者也獲得進入男球員的更衣室或是新聞記者應有的其他權限。珍妮絲·卡普蘭（Janice Kaplan）就是這樣的一位作者，看看以下這篇由她執筆的文章，想一想其中體現了多少的進步——不論是在表現或是態度上：

要了解女性在運動場上的表現有多好，你必須先知道她們在十年前的表現有多糟。在七〇年代初期，當時的爭論點還不是女性在運動場上能有多少表現，而是正常女性應不應該成為運動選手。

比方說，就有人說馬拉松對小孩、老人和女性都不好。令人聞之色變的波士頓馬拉松比賽一直到一九七二年才正式開放女性選手參賽；當年，妮娜・庫絲克（Nina Kuscsik）力搏性別歧視，在賽事中還腹瀉，最後終於成為女子組的第一位冠軍得主。我們知道這些事情的人都會不由然地感到自豪，卻也有一絲的尷尬。自豪，是因為庫絲克證明了女性終究也能跑完二十六英里；尷尬，則是因為她的成績是三個小時又十分鐘，比男子組的最佳成績足足慢了五十分鐘。五十分鐘！對賽跑界來說，就是永恆了。一個擺在眼前的解釋，就是在此之前女性少有機會跑馬拉松，因此缺乏訓練與經驗。這個解釋固然明顯——但是有誰真的相信呢？

轉眼到了今年。女子馬拉松終於首次成了奧運會的比賽項目，其中一名頂尖選手可能就是瓊安・班諾特（Joan Benoit），她是目前的世界紀錄保持人——兩個小時又二十二分鐘。從第一次有女性參加波士頓馬拉松以來，短短十幾年的時間，女子組的最佳成績進步了將近五十分鐘。又是另外一個永恆。

在此同時，男子組的最佳成績只進步了幾分鐘而已，因此這種引人注目的進步應該可以回答「訓練或荷爾蒙」的問題了：女性的速度比男性慢，體力比男性弱，是因為天生的差異——還是因為文化偏見或是因為我們沒有機會可以證明自己也做得到？……男女之間的鴻溝是否能夠完全弭平似乎已經不是重點；重要的是，現在女性正從事許多她們過去從來不曾夢想過自己能夠做的事情——認真地看待她們自己和她們的身體。

在這個改變認知的革命中，有一件極為關鍵的事件，就是一九七〇年代中葉，比莉・珍・金恩（Billie Jean King）與巴比・李格斯（Bobby Riggs）之間的網球對決。「海報宣傳說這是一場男女對決，」卡普蘭在另外一篇文章回憶道：「而事實上也是。」

或許從來不曾有任何一場運動賽事比這場球賽還要更與運動無關，反而與社會議題更相關。這場球賽中的最大問題就是女性：我們屬於哪裡？我們能做什麼？姑且不論最高法院的判決與平權法案的投票結果，我們只關注兩名運動選手以真正重要的方式來解決女性平權的問題。在運動場，一切都是如此的具體而黑白分明；勝負輸贏，沒有爭論的餘地。

對許多女性來說，比莉・珍獲勝也讓她們有個人的勝利感，全國女性的能量似乎都釋放了出來。年輕女性要求——也如願以償——在大學運動中扮演更重要的角色；許多女性職業運動的獎金也跟著水漲船高；小女生開始打小聯盟，參加男生的球隊，證明男女之間生理上的差別並沒有他們以前想像的那麼大。

美國運動始終都跟社會史交織在一起，而最好的作者就會將二者結合為一。「將籃球變成避稅的娛樂業並不是我的主意。」比爾・布雷德利（Bill Bradley）在《球賽人生》（*Life on the Run*）一書中寫道。這本書記錄了前參議員布雷德利在紐約尼克隊的職業球季生涯，是現代運動寫作中的極佳範例，因為書中反思了一些破壞力量，改變了美國運動界——球團老闆的貪婪、明星崇拜、無法接受失敗……

在范恩離開球隊之後，我才知道不管球團老闆是多麼和藹、友善，對運動有多大的興趣，到頭來，在他們的眼中，球員都是會折舊的資產。

球員的自我定義來自外在因素，而非內在自我。職業運動員的體能技巧若是維持在巔峰，他們就是社會名流——備受寵愛，做錯事也可以原諒，受到各界推崇與信賴。只有在他們的事業走到終點時，這些運動明星才赫然驚覺他們的自我認同感有多不足。

獲勝的球隊就像打了勝仗的軍隊一樣，占據了路上的一切，彷彿在說：贏球才重要。然而，勝利的定義非常狹隘，甚至可能變成一種破壞的力量。有時候，挫敗嚐來也會是別有風味的。

布雷德利的書也是一本優秀的遊記，精準地捕捉到職業運動員游牧民族般的生活中那種疲憊與孤寂——數不清的夜航班機與長途巴士，在汽車旅館房間和航廈內，無數的沉悶日子與無窮盡的等待：「在已經成為我們通勤車站的機場內，我們看到太多個人的戲劇化時刻，看到都麻木了。在某些人的眼中，我們過著浪漫的生活；但是在我看來，每一天都必須很努力才不至於跟現實生活中的幽微差異脫節。」

這些都是你在書寫運動時必須尋找的價值：人物與地方，時間與轉折。以下這份人物清單讀來令人莞薾，但是每一種運動都應該要有這些人才對。這份清單出自G・F・T・萊雅爾（G. F. T. Ryall）的訃聞，他以筆名奧德克斯・邁納（Audax Minor）替《紐約客》寫了半個多世紀的賽馬新聞，一直寫到他以九十二歲高齡去世前的幾個月為止。這篇訃聞上說，萊雅爾「認識跟賽馬有關的**每一個人**——馬主、飼養員、裁判、評審、計時員、賭馬獎金管理員、私家馬探、馴馬師、廚師、馬伕、級別判定員、遛馬員、起跑司令員、樂師、騎師及其經紀人、賽馬情報探子、一擲千金的賭徒、裝闊的賭客。」

多去田徑場、賽馬場、運動場、溜冰場晃晃，仔細觀察、深度訪談，聽聽老前輩怎麼說，好好思索變化，然後好好寫。

第十八章　寫藝術：評論與專欄

藝術無所不在，不論是從事藝術工作——表演、舞蹈、繪畫、寫詩、演奏樂器——或是走進劇場、音樂廳、畫廊、博物館去尋找藝術，都讓我們的生活變得更豐富。我們也會想閱讀有關藝術的文章——無論是什麼地方的藝術——以免跟當代的文化浪潮完全脫節。

新聞報導達成了一部分這個工作——採訪新上任的交響樂團指揮、新建博物館的建築師或策展人的巡迴講座——其中的寫作方法跟本書已經討論過的其他寫作形式一樣：描述新的博物館是如何設計、籌資、興建，跟說明伊拉克如何差一點就製造出原子彈的原則並無二致。

但是如果不僅止於外在，而是寫到藝術的內涵——評價一部新作品、評估一場演出、認定什麼是好什麼是壞——那就需要一套特殊的技能與專業的知識體系。簡單來說，你必須成為評論家——幾乎每一位作者在某種程度上都希望能夠達到這個境界。小鎮記者成天夢想著編輯會指派他們去採訪即將到當地場館來演出的某位鋼琴家、某個芭蕾舞團或劇團，等到這個夢想中的時刻到來，他們會迫不及待地搬出在大學時代好不容易學會的艱澀字眼——「intuit」（憑直覺知道）、「sensibility」（情感）、「Kafkaesque」（卡夫卡式的）——向全國讀者炫耀，表示他們知道音樂的滑奏與舞蹈的雙腳騰躍交叉有什麼不一樣，他們在易卜生的作品中能夠破解的象徵比易卜生本人還要多。

這是一種激情。評論文章是讓新聞記者可以展現最花俏步伐的舞台，也是讓機智幽默的才子得以揚名立萬的所在。美國話裡充斥著各類的雋語金句（例如：「她表現出從A到B的全音域情感」），全都是由桃樂蒂．帕克（Dorothy Parker）和喬治．考夫曼（George S. Kaufman）這類的名家鑄造出來的，而他們的名聲也有一部分是因此得來的；這樣的誘惑太大，只有聖人才能抗拒，否則誰不想犧牲幾個沒有才華的業餘藝術家來出名呢？我特別喜歡考夫曼暗示雷蒙．麥希（Raymond Massey）在《伊利諾州的林肯》（*Abe Lincoln in Illinois*）一劇中把主角演得太過頭的說法：「直到他被暗殺了，麥希才終於心滿意足。」

然而，真正的才子很少見；一千名射手拉弓射箭，大約只有一支箭能夠真的飛出去命中目標，其他的箭大概都落在射手腳邊。再說，如果你只想用一些機鋒雋語來寫嚴肅的評論文章，那未免也太簡單了，因為能夠流傳至今的機鋒雋語多半都是殘酷的毒舌評論，畢竟埋葬凱撒比歌頌他要容易得多——對付埃及艷后克麗奧佩托拉也是一樣。但是如何用不流於陳詞濫調的文字說明為什麼一齣戲是**好戲**，那才是這一行裡最困難的任務。

所以，千萬不要誤以為寫評論是出名的捷徑，這份工作也不像一般人所想的那麼有影響力。或許只有《紐約時報》的每日劇評有足夠的影響力可以捧紅或砸掉一齣戲；樂評家幾乎使不上勁，因為他們寫的是一連串消失在空氣中的音符，永遠都不會以完全一樣的方式再演奏一次；文學評論家也從來無法阻止暢銷書排行榜變成孕育丹妮爾．絲蒂爾[1]這一類作家的溫床，因為他們無從「憑直覺知道」這些作家的「情感」。

因此，我們應該嚴格區分「評論家」（critics）與「評介員」（reviewers）。評介員替報社或暢銷雜誌寫文章，主要是介紹一個產業的產出作品——比方說，電視業、電影業，或是出版業中愈來愈多的烹飪書、健康書、實用工具書、「口述筆錄」書、禮物書和其他林林總總的商品項目。評介員的工作主要是報導，而不是做美學評斷。你是代表一般民眾去探知：「這齣新的電視劇是講什麼的？」、「這部電影會不會太淫穢，不適合小孩子看？」、「這本書真的會改善我的性生活或是告訴我如何做巧克力慕斯嗎？」想一想，如果是**你**要花錢去看一場電影，去找臨時褓姆來照顧小孩，去一家好餐廳吃一頓講了很久都還沒實現的晚餐，你會想要知道些什麼？如此一來，你肯定會讓你的評介文章簡單易懂，不會像是評論一齣契訶夫新戲那樣的咬文嚼字。

不過，還是有一些同時適用於好的評介文章與好的評論文章的條件。

第一，評論家應該喜歡——或者說喜愛會更好一點——他們所評論的媒介。如果你覺得電影很蠢，那就別去寫電影，因為讀者應該得到影迷級的評論，帶給他們豐富的電影知識、熱情，甚至偏見。評論家當然不必每一部電影都喜歡，畢竟評論只是一個人的意見，但是他應該「想要」去喜歡他

1 譯註：Danielle Steel（1947–），美國暢銷小說家，作品以多產、煽情聞名。

所看的每一部電影，就算結果讓他失望比開心的時候多，那也是因為電影沒能完全發揮潛能，這跟評論家從一開始就高高在上，什麼都討厭並且以此為傲有所不同；那種評論家在還沒有聽完「卡夫卡式」這幾個字前就感到厭倦了。

第二個原則是：別洩漏太多的故事情節。不管跟讀者說什麼，只要足以讓他們決定這是不是他們會喜歡的故事型態就可以了，千萬別說太多，破壞了他們欣賞的樂趣——通常只需要一句話就夠了。「這部電影講述一名行徑詭異的愛爾蘭神父找了三個打扮成妖精的孤兒到村子裡作怪，村子裡有個邪惡的寡婦，在家裡藏了一甕金子。」打死我都不會去看這部電影——我已經看夠了舞台和銀幕上的「小小人兒」——但是我相信很多人不像我這麼古怪，所以會有大批觀眾蜂擁進電影院，所以千萬別洩漏故事情節中的每一個轉折，尤其是有趣的橋下怪物，以免破壞了觀眾的興致。

第三個原則是使用明確的細節，避免講得太籠統，因為講得太籠統就等於什麼都沒說。「這齣戲從頭到尾都很精采」就是評論家的典型句子。但是它究竟是怎麼個精采法？你眼中的精采或許跟別人又不一樣。所以，最好是舉幾個例子，讓讀者自己去判斷精采的程度。以下這兩段文字分別出自兩篇影評，評論約瑟夫．羅西（Joseph Losey）執導的一部電影：(1)「這部電影試圖表現文明而有所節制，摒棄了低俗的可能性，卻誤以為沒有血腥就是有品味。」這句話講得很含糊，我們只能大致知道這部電影的基調，卻沒有任何可以讓我們聯想的畫面。(2)「羅西採用的風格讓我們從燈罩看出凶兆，在餐桌擺設中找出特別意涵。」這句話就很具體——我們知道這究竟是哪一類的藝術電影，幾乎可以看到鏡頭在水晶餐具上流連不去，慢慢地研究其隱喻。

以寫書評來說，這就表示讓作者自己的文字來證明你的看法。別只嫌湯姆．伍爾夫的風格俗艷華麗，引述一、兩段俗艷罕見的句子，讓讀者自己看看到底有多詭異。在寫劇評時，也不要只說舞台布景多「驚人」，描述一下布景有幾層，形容一下燈光運用是如何地靈活，如何協助演員上下場，如何有別於傳統的舞台布置；讓你的讀者有如置身戲院，幫助他們看到你所看到的一切。

最後一個要小心的地方，就是避免使用著迷狂喜的形容詞，每個評論家在看到入迷時，往往會不成比例地使用這類的文字——如：「enthralling」（引人入勝的）、「luminous」（光輝燦爛的）。好的評論文章需要精簡生動的風格來表達你的所見所思。堆砌詞藻的形容詞讓人讀來喘不過氣，《時尚》雜誌（*Vogue*）最喜歡使用這種裝腔作勢的風格來形容最新的發現：「我們剛剛聽說在柯蘇梅爾有個最最迷死人的小小海灘！」

好了，講了這麼多關於評介文章的事以及比較簡單的規則，那麼嚴肅的評論又是怎麼一回事呢？

寫評論文章是一件嚴肅、知性的事，其目的是拿嚴肅的藝術創作跟同一種藝術媒介以前曾經創作的其他作品或是同一位藝術家的其他作品相比，放在歷史脈絡中給予評價。這倒不是說評論家只能局限在小眾的純藝術作品，他們還是可以選擇像《法網遊龍》（*Law & Order*）這樣的商業節目，來評論美國社會與價值取向。但是整體而言，他們不想把時間浪費在沒有意義的瑣事上。評論家自認是學者，只有他們那個領域裡的思想遊戲才會讓他們感興趣。

因此，你若是想要成為評論家，就必須浸淫在你希望成為專業的那個領域裡，熟讀所有的文獻。你若想為成劇評家，就盡可能地去看每一齣戲——不管好壞，也不管新舊；如果是舊的戲碼，就必須閱讀劇本或是趁重演的時候去看；你必須認識你的莎士比亞與蕭伯納（George Bernard Shaw）、你的契訶夫與莫里哀（Molière）、你的亞瑟．米勒（Arthur Miller）與田納西．威廉斯（Tennessee Williams），同時還要知道他們如何開創新局面；你還得認識所有偉大的演員與導演，知道他們的演技與手法有什麼特別之處；你必須知道美國音樂劇的歷史：認識一些名人的貢獻，如傑羅姆．柯恩（Jerome Kern）、蓋希文兄弟（Gershwin brothers）、柯爾．波特（Cole Porter）、羅傑斯與哈特與漢默斯坦（Rodgers and Hart and Hammerstein）、法蘭克．羅伊瑟（Frank Loesser）、史蒂芬．桑德海姆（Stephen Sondheim）、艾格妮．狄米勒（Agnes de Mille）、傑若姆．羅賓斯（Jerome Robbins）。唯有如此，你才能夠將每一齣新戲或音樂劇與放進更古老的傳統脈絡，辨別誰是創新、誰是模仿。

每一種藝術媒介，我都可以列出一張同樣的人名清單。比方說，影評家如果沒有看過羅勃．阿特曼（Robert Altman）以前的電影就評論他的新作，那麼對認真的影迷來說一點幫助也沒有。樂評家不只要熟悉巴哈（Bach）與帕勒斯提納（Palestrina）、莫札特（Mozart）與貝多芬（Beethoven），也要認識荀白克（Schoenberg）、艾伍士（Ives）與菲利浦．葛拉斯（Philip Glass）——理論派、異議派與實驗派。

顯然，我現在是假設你面對的是一群有藝術修養的讀者。身為評論家，你可以假設讀者對你評論的領域都有一定的基本認識，你不需要告訴他們威廉・福克納（William Faulkner）是美國南方小說家；但是你**必須**要做的事情是：當你評論某位南方作家的第一本小說，並且衡量福克納對他的影響時，你必須提出有煽動性的創見，並且形諸紙上，讓你的讀者可以好好品味。他們也許不同意你的觀點——這正是這場知性遊戲的部分樂趣——但是他們會欣賞你動腦的過程，看你是如何得到這樣的結論。我們喜歡好的評論家，不只是因為他們的觀點，更是因為他們的個性。

沒有什麼其他的藝術媒介可以像電影一樣，更能讓我們享受跟著評論家去旅行的樂趣，因為它和我們共有的領域太廣泛了。電影跟我們的日常生活、態度，還有我們的記憶與迷思，全都緊密地交織在一起——《北非諜影》（*Casablanca*）一片中就有四句經典台詞入選《巴特雷名句辭典》（*Bartlett's Familiar Quotations*）——而我們仰賴評論家替我們產生這樣的連結。評論家提供的一項最有代表性的服務，就是讓演員在不同電影中的畫面停格，讓我們好好檢視，有時候這部電影甚至還是來自追星族不知道的銀河呢。莫莉・哈斯克（Molly Haskell）在評論《暗夜哭聲》（*A Cry in the Dark*）時——梅莉・史翠普（Meryl Streep）在劇中扮演一位被控在露營區殺害自己寶寶的澳洲婦女——特別提到史翠普「樂在偽裝——戴上怪異的假髮、不正統的服裝與外國腔——扮演一個不在觀眾正常同情範圍內的女人」，同時還將她的演出納入歷史脈絡中——好的評論家本來就應該這樣做——來討論：

> 一種自我感散發出老明星的氛圍，一種投射在每一個角色的核心認同。然而，跟蓓蒂・戴維

絲（Bette Davis）或凱薩琳・赫本（Katharine Hepburn）或瑪格莉特・蘇利文（Margaret Sullavan）等老牌明星的表演不同之處在於我們始終都覺得眼前看到的是我們認識、熟悉也一直都存在的東西，像是容易辨識的聲音、念台詞的方式，甚至每一部電影裡都會出現的特定表情。喜劇演員可以模仿諧擬，你可以喜歡，也可以不喜歡，百變史翠普卻輕易地化解了這些反應，因為她從來不會在同一個地方停留太久，讓你將她定型。

蓓蒂・戴維絲更將這種類型發揮到了極致，她可以演古裝戲，如：《童貞女王》（*The Virgin Queen*），也可以演時代劇，如：《老處女》（*The Old Maid*），但是她始終都是蓓蒂・戴維絲，而沒有人會想要看到她變得不像蓓蒂・戴維絲。她跟梅莉・史翠普一樣，也會勇於挑戰不討喜，甚至在道德上有瑕疵的女主角，其中最出色的角色，就是在《香箋淚》（*The Letter*）片中扮演莊園主人的妻子，不但冷血地殺死了背叛她的情夫，還拒絕悔改；不同之處在於蓓蒂・戴維絲完全融入角色，並且將自己的強烈熱情灌注到角色之中，她飾演的女主角就像冰冷高傲、絕不屈服的米蒂亞——或許正因如此，影藝學院的會員才會把她應該得到的奧斯卡獎頒給了《女人萬歲》（*Kitty Foyle*）中比較甜美溫馴的琴吉・羅傑斯（Ginger Rogers）——但是戴維絲演活了內心的火焰，讓我們起了共鳴。我們很難想像如史翠普這種始終跟角色保持一定距離的演員會攀昇至這樣的高度……或是跌入如此的深淵。

這段文字巧妙地將好萊塢的過去與現在連結起來，讓我們深思梅莉・史翠普這種後現代的冷冽風格，同時也讓我們知道對蓓蒂・戴維絲這位演員所有該知道的事情；此外，評論還告訴我們關於那個明星制度的黃金年代，在那個由戴維絲等人主導的巨星時代——還有像瓊恩・克勞馥（Joan Crawford）與芭芭拉・史坦薇克（Barbara Stanwyck）等大牌明星——她們不怕觀眾痛恨她們在銀幕上的角色，只要票房喜歡她們就行了。

講到另外一種媒介，以下這段引文摘自邁可・亞倫的《客廳戰爭》（*The Living-Room War*）一書，這本書收錄了亞倫在一九六〇年代中期所寫的電視評論專欄：

> 越戰常被稱為「電視戰爭」，因為這是第一場透過電視將戰場帶到民眾眼前的戰爭。民眾確實盯著電視看。他們看著迪克・凡・戴克，變成了他的朋友。他們看著深思熟慮的契特・韓特利，覺得他很深思熟慮；看著慧黠風趣的大衛・布林克利[2]，也覺得他很慧黠風趣。他們看著越南。他們看著越南，就好像是小孩子跪在走廊上，眼睛湊近到鑰匙孔，看著兩個大人在上了鎖的房間裡吵架——鑰匙孔的縫隙太小，只能瞄到影子，大部分都看不到人；聲音也是模糊不清，偶

2 譯註：Chet Huntley 和 David Brinkley 是美國國家廣播公司（NBC）晚間新聞的主持人，是美國電視史上第一個雙人搭檔播報，也是當時收視率最高的新聞節目。

爾聽到片段而無意義的恐嚇威脅，偶爾瞄到部分的手肘、男人的夾克（誰是男人？）或是部分的臉孔，女人的臉孔。啊，她在哭泣。有人看到眼淚。（聲音依舊模糊不清，難以辨識。）有人數著淚水，一滴眼淚、兩滴眼淚。兩次空襲。四次覓蹤摧毀任務。六次行政公告。真是個漂亮的女人哪。有人想要找另外一個大人，卻遍尋不著，因為，啊，鑰匙孔實在太小了，有時候他根本就不在視線範圍內。你看！阮高祺將軍出來了！你看！有些飛機回到提康德羅加號航空母艦！我（有時候）想：這些搞電視的人到底是怎麼看這場戰爭的？因為是他們給我們這個鑰匙孔；我們把無線電波給他們，結果到了這個關鍵時刻，他們卻只給我們鑰匙孔——我在想：他們是不是真的認為讓我們這些小孩子瞄一眼手肘、臉孔、裙擺搖晃的片段就夠了（話說回來，另外一個人到底是誰呢？），要是讓我們看到房間裡的全貌，我們會受不了？

這篇評論的過人之處在於風格優雅、用典精確，又讓人感到不安——好的評論本來就應該讓人感到不安——因為它撼動了原本不動如山的信念，強迫我們重新審視現狀。而特別讓人眼睛一亮的，則是鑰匙孔的隱喻，如此地鮮明實在，又神祕難解。但是歸根究柢，這篇文章提出了一個最基本的問題：這個國家裡最有影響力的媒體，是如何向民眾描述這場他們正打得如火如荼，而且眼看著愈演愈烈的戰爭呢？這篇專欄在一九六六年見報，當時大部分的美國人仍然支持越戰；如果電視早一點放大鑰匙孔，讓我們看到的不只是「裙擺搖晃」，而是斷頭殘肢與全身著火的孩子，民眾的支持會不會提早轉向？現在已經不得而知。但是至少有一位評論家看到了。當我們認為不證自明的事實不再是事實的時候，評論家應該是第一個告訴我們的人。

有些藝術比其他的藝術型態更難以用筆墨形容。其中之一就是舞蹈，因為其中牽涉到動作；作家要如何將優雅的跳躍與腳尖旋轉定格並形諸文字呢？另外一個則是音樂，這是一種透過耳朵聆聽的藝術，但是作家卻仍然必須以眼睛看得到的文字來形容。他們最多也只能做到一部分，而有很多樂評家一輩子都躲在義大利文的專業術語後面，成就了一生的事業；他會說某位鋼琴家的「rubato」（彈性速度）太快了一點，說某位女高音的「tessitura」（應用音域）有一點太尖。

然而，即使在這個音符逐漸消失的世界中，一位好的樂評家還是可以用好的文字寫出音樂廳裡發生的事情。在一九四〇年到一九五四年間替《紐約前鋒論壇報》（*New York Herald Tribune*）撰寫樂評的維吉爾．湯瑪森（Virgil Thomson）就是箇中高手。湯瑪森本人是指揮家，博學多聞，文化修養深厚，但是卻從來不曾忘記他的讀者都是真的人，因此他的寫作風格活潑，時而出現令人驚喜的神來之筆，也以這樣的熱忱感染了讀者。他下筆時也毫無畏懼，在他任職期間，沒有哪位神聖不可侵犯的大師可以逃過他嚴厲的批評；他也從來不曾忘記音樂家也是人，也會毫不猶豫地將這些音樂巨人拉回凡塵：

有一點極不尋常，就是音樂家之間絕少談論到托斯卡尼尼在速度、節奏和音調舒適度上的對

> 錯。在這些方面，他跟其他的音樂家的反應都同樣敏捷，但是也同樣經常犯錯，而更重要的似乎是他始終都有這樣的能力，能夠以這種方式演奏完一首曲子。只要他發現觀眾的注意力開始動搖，他就毫不汗顏地加快節拍，犧牲清晰度，完全無視基本節奏，讓音樂跟著他的指揮棒不斷地演奏下去。沒有哪一首曲子有特定的演奏方式，但是每一首曲子都應該讓觀眾自發性地接受才行。這就是我所謂的「讓人叫好的技巧」。

這段文字裡沒有「rubato」，也沒有「tessitura」，更看不到盲目的英雄崇拜，然而卻精準地抓住了托斯卡尼尼之所以成為偉大指揮家的精髓：他多了一點娛樂的元素。如果他的樂迷認為把精髓的成分說得如此粗糙有損大師名聲，甚至感到不悅的話，他們大可以繼續崇拜大師的「抒情色彩」或「交響樂大合奏」；我個人會接受湯瑪森的判斷，而且我覺得大師本人也會。

評論文章中有個潤滑劑就是幽默，這讓評論家可以對某個作品說得模糊一些，讓評論本身也帶有一點娛樂性質；但是整篇專欄仍然必須是一篇有機的文章，不能只是幾拳機智的突擊。長久以來，詹姆斯．米奇納（James Michener）的書一直讓書評家找不到壞話可說，事實上，他的作品誠懇認真，也無懈可擊；但是在評論《神約》（*The Covenant*）一書時，約翰．里歐納德卻以隱喻拐個彎來突襲米奇納：

講起詹姆斯．米奇納，一定要說的一件事，就是他會把你搞得筋疲力竭，讓你麻痺到默認他所說的一切。一頁又一頁像徒步前進的散文，彷彿一支吃了敗仗的軍隊，從你的眼前緩緩走過。這是一段從平凡走向虔誠的「大遷徙」[3]，而我們兩耳之間的大腦，也像是穆齊利卡茲國王[4]部隊遭到毀滅或是經歷英國政府在波爾戰爭期爭「焦土政策」肆虐之後的南非大草原一樣，草不生、鳥不啼，連羚羊都渴死了。

然而，米奇納先生仍然像鞋子一樣的忠誠不二。在《神約》書中，如同他在《夏威夷》（*Hawaii*）、《百年鎮》（*Centennial*）、《奇薩皮克灣》（*Chesapeake*）一樣，都看得又長又遠：從一萬五千年前開始說起，一直講到一九七九年。不管我們想不想知道，他就是要我們認識南非。他就跟他書中的荷蘭人一樣固執——他經常以嚴厲的公平競爭原則來呈現他們的觀點——他歷經了自己的惡劣天候，趕著事實的牛群趕路，直到他們全都不支倒地為止。

過了大約三百頁之後，讀者——至少我這個讀者——決定嘆一口氣，舉手投降了。當然，如果我們想要花一整個星期看一本書，這本書應該是普魯斯特或是杜斯妥也夫斯基的作品，而不是

3 譯註：Great Trek是十九世紀初大批講荷語的墾荒客，為了逃避英國殖民統治，從開普頓殖民區向東遷徙到南部內陸的過程；此處藉以隱喻小說的步調緩慢冗長。

4 譯註：Mzilikazi（約1790-1868），南非部落領袖，曾經在現今的辛巴威建立曼巴貝拉王國（Matabele Kingdom），後來敗給了歐洲的白人殖民統治者。

米奇納先生從檔案卡中找出來釘在一起的資料。然而，我們已經沒有回頭路了。與其說這是一本小說，還不如說是做苦工，騎坐在我們肩膀上的老師拿著皮鞭抽打，逼著我們往下看。或許，學習對我們還是有好處的。

我們也確實學到東西。米奇納先生沒有騙我們。他個人的神約不是跟上帝簽的，而是跟百科全書。如果一萬五千年前住在南非叢林的薩恩人使用毒箭的話，他也一定會忠實地描述這些箭，並且指出毒液的來源。

一篇好的評論文章應該從哪裡開始？你必須立刻引導你的讀者進入他們即將走進的這個特殊世界；即使他們是飽覽群書的有識之士，你還是得告訴他們或是提醒他們一些特定的事實。你不能將他們丟進水裡，然後期望他們會自己游上岸。水必須先加溫。

文學批評更是需要如此。以前已經發生過太多事情；所有的作家都是長流的一部分，不管他們決定要順流而下或是逆流而上。二十世紀最創新也最有影響力的詩人，莫過於T．S．艾略特了，但是他在一九八八年的百年誕辰似乎沒有什麼人注意就過去了，讓人相當意外；辛西亞．歐齊克（Cynthia Ozick）在《紐約客》寫了一篇評論文章，開宗明義就指出現今的大學生幾乎沒有人知道這位詩人在她那個年代「巨大的先知地位」：「對我們來說……在看似永恆的文學斷代中，T．S．艾略特……似乎就是純粹的最高點，一個龐然的人物，宛如永恆的發光體，與日月一樣永遠停留在穹蒼之中。」

歐齊克神乎其技地加熱水溫，讓我們回到她大學年代的文學地景，讓我們理解她何以為這個她即將娓娓道來卻幾乎讓人遺忘的故事感到驚異不已：

> 通往艾略特詩歌的大門不容易開啟。他的詩句與主題都不是一眼就可以理解的。但是年輕人依然蜂擁至他的門前，受到他陌生的魔法所惑，甘願接受他以枯燥綢緞般的詩句綑綁，卻感到心情舒暢。「四月最殘酷」——學生的留聲機裡流瀉出艾略特本人的聲音，陰沉憂鬱，有如葬禮上抑揚頓挫的輓歌——「從死寂的大地／孕育出紫丁香，揉合／記憶與慾望」。高貴優雅的英國腔——平淡、精確、穩定，沒有情緒起伏，卻出乎意外地尖銳，蒼白、陰鬱、被動——在充滿敬畏的英文系與崇拜有加的宿舍內繚繞迴蕩，房間牆上貼滿了畢卡索的畫，龐德與艾略特與《尤里西斯》（*Ulysses*）與普魯斯特在後青春期痴迷的胸膛內你推我攘，一片混沌。那嗓音，就跟詩人本人一樣，幾乎是神聖不可侵犯的。不帶任何感情，一種空白而機械化的哀傷，像紡錘一樣不停地旋轉，纏繞住這個國度的每一個大學校園。「Shantih, Shantif, Shantif」[5]、「不是砰地一聲，而是一聲低泣」、「一個在乾旱月的老叟」、「我將要捲起我長褲的褲腳」：這些都是四〇、五〇年

5 譯註：此句為T．S．艾略特詩作《荒原》（*The Waste Land*）中的最後一句，原文為梵文，根據艾略特自己的註釋，是「出乎意料的平靜」的意思。

代的文學青年朗朗上口的詩句，他們自己下筆寫的第一句詩，也都虔誠地抄襲了艾略特的口吻——壓抑、沉重、神祕，一種侵入性的疏離與不動如山，一種支離破碎的絕望。

這段文字的精采之處在於讓人難忘的細節、學術性的挑剔考究、將當時在全美大學校園內如巨人般聳立的艾略特本人召喚了出來；我們身為讀者，彷彿也回到那個最高祭司的巔峰時刻——是個完美的起點，由此展開墜入凡塵的下坡路。很多學者不喜歡歐齊克的評論，認為她說詩人從名人聖殿墜落凡間是誇大其詞。但是在我看來，這恰恰證明了她的評論有作用：文學評論若是不能激起一些論戰的火花，就根本不值得一寫；再說，也沒有什麼大型體育賽事會比一場高水準的學術論戰要更有趣了。

今天的新聞媒體已經出現了許多類似的評論文章：報紙或雜誌的專欄、個人文章、社論和評介文章等等，作者也常常從一本書或是文化現象講到更大的社會問題。（戈爾．維達爾〔Gore Vidal〕替這種形式的寫作注入高度的放肆與幽默。）寫出一篇好評論的許多原則，也同樣適用於這些專欄；比方說，政治專欄作家必須熱愛政治，也熱愛政治上糾纏不清的歷史。

不管是什麼形式的評論，都有一個共通點，就是其中包涵了個人觀點。即使在社論中不斷地提到「我們」如何如何，其實真正下筆的顯然只有一個「我」；而你身為作者，最重要的就是堅定地表達你的觀點，不能到了最後一刻突然規避問題或是逃離戰場，削弱文章的力道。在每天的報紙上，最無趣的一句話就是看到社論寫到最後一句卻說：「新政策能否奏效，現在下結論還為時過早。」或是

「這個決策的效果還有待觀察。」如果為時過早，就別費事跑來跟我們說；至於什麼事情還有待觀察，**每一件事**都有待觀察，那說了也是白說。你要堅定信念，堅守立場。

多年前，我還在替《紐約前鋒論壇報》寫社論時，當時社論版的編輯是一位從德州來的大塊頭，叫做L·L·恩格金（L. L. Engelking），脾氣很暴躁，但是我很尊敬他，因為他從不虛偽造作，痛恨人家避重就輕，繞圈子不說重點。我們每天早上都要開會討論明天的社論要寫什麼，我們要採取什麼樣的立場；我們經常都不能確定，特別是記者是一位拉丁美洲專家的時候。

「寫烏拉圭的政變如何？」編輯會這樣問。

「可能代表經濟上會有所進展，」記者會說，「不過話說回來，也可能會造成整個政治局勢的不穩定。我想我可以先提一下可能的好處，然後再——」

「算了，」那位德州佬會打斷他的話：「別腳踏兩條船，把兩條腿都給尿濕了！」

他最常講的就是這句話，也是我聽過最不優雅的建議，然而在寫了這麼久的評論與專欄之後，每當我想要提出讓我深有同感的觀點時，或許這仍然是最好的建議。

第十九章　寫幽默

幽默是非虛構文類作家的祕密武器；說是祕密，因為很少有作家知道幽默通常是他們在闡述重要觀點時最好的工具——有時候，還是唯一的工具。

如果你覺得這句話聽起來有些矛盾，你放心，你不是唯一的一個。幽默作家都知道他們的讀者之中，有很多人都不知道他們究竟想做什麼。我還記得曾經有位記者打電話採訪我，問我怎麼會替《生活》雜誌寫了某一篇諷刺小品，到最後他說：「那我應該稱你為幽默作家嗎？還是你也寫了其他比較嚴肅的文章？」

答案是：如果你想寫幽默，你做的每件事幾乎都是嚴肅的。很少有美國人理解這一點。我們瞧不起幽默作家，認為他們從來都沒有「真的」在工作，寫的都是一些雞毛蒜皮的瑣事；普立茲獎只會頒給像厄尼斯特．海明威、威廉．福克納這樣的作家，因為他們都很認真嚴肅（天知道），所以稱得上是文學人。像喬治．艾德（George Ade）、H．L．孟肯、林恩．萊德納（Ring Lardner）、S．J．皮若曼（S. J. Perelman）、阿特．布克瓦德（Art Buchwald）、朱爾斯．菲佛（Jules Feiffer）、伍迪．艾倫、加里森．凱勒（Garrison Keillor）等人很少得獎，因為他們似乎整天都無所事事。

他們並不是無所事事。他們跟海明威、福克納一樣嚴肅認真——他們都是國家資產，強迫這個國家看清自己。對他們來說，幽默是一份急迫的工作，是用一種特別的方式說一些重要的事情，這些事情是一般作家以一般方式說不清楚的——就算他們說得清楚，或許也因為太一般而沒有人注意。

一幅強而有力的社論漫畫抵得過一篇社論的千言萬語。蓋瑞．杜魯多（Gary Trudeau）的《登斯貝瑞》（*Doonesbury*）就勝過上千字的論理說教；一部《二十二條軍規》（*Catch-22*）或《奇愛博士》（*Dr. Strangelove*）就比所有的書籍和電影更強而有力地告訴我們戰爭究竟是「怎麼一回事」；直到今天，如果有任何人想要警告我們留意那種會毀滅人類未來的戰爭心態，這兩部喜劇創作仍不失為最堅實的參照標準。約瑟夫．海勒（Joseph Heller）與史丹利．庫柏力克（Stanley Kubrick）強化了戰爭的事實，恰到好處地捕捉到戰爭的瘋狂面，也讓我們認知戰爭的瘋狂。這時，玩笑就不只是玩笑了。

強化某些瘋狂的事實——達到讓人看出其瘋狂的程度——正是嚴肅的幽默作家一心想要表達的精髓。以下這個例子正足以說明他們是如何從事這份神祕的工作。

一九六〇年代的某一天，我赫然發現：全美國有一半的女性，不分老幼，都戴上了髮捲；這是一種奇特的傳染病，而且令人費解，因為我不知道這些女性什麼時候才會拆下髮捲，也沒有任何證據顯示她們會卸下髮捲——她們戴著髮捲去超市買菜、上教堂做禮拜，甚至戴著髮捲去約會。所以，她們究竟是為了什麼了不起的場合，才如此不辭辛勞做頭髮呢？

我思索了一年，想著要如何寫這個現象。我大可以說：「這太不成體統了！」或是「這些女人沒有羞恥心嗎？」但是這樣聽起來都像是在說教，而說教正是殺死幽默的手法。作家必須找到喜劇性的手法——譏諷、詼諧、嘲笑、醜化、無厘頭——用來掩飾嚴肅的目的。可惜他經常找不到，所以也經常達不到目的。

所幸，我的徹夜禱告有了回報。有一天，我在逛報攤，看到四本雜誌併排放在架上：《髮型》（*Hairdo*）、《名人髮型》（*Celebrity Hairdo*）、《梳髮》（*Combout*）、《高髮髻》（*Pouf*）；於是我一口氣將四本雜誌全都買下來——甚至還引起報攤小販的側目——從中找到一個只關心頭髮的新聞界：他們全心貫注在脖子以上的東西，但是不包括大腦。這些雜誌裡有圖解，詳細說明髮捲的位置；還有各類專欄，可以讓小女孩寫信給編輯，提出任何跟髮捲有關的問題，尋求建議。這正是我需要的。於是我杜撰了一本名為《剪髮》（*Haircut*）的雜誌，寫了一連串虛構的讀者來信與編輯回函。這篇刊登在《生活》雜誌的文章是這樣寫的：

親愛的髮捲：

我今年十五歲，在我的朋友中算是長得漂亮的，而我戴的是特大號的淡粉紅色髮捲。我跟一個男孩已經穩定交往了兩年半，但他從來沒看過我拆掉髮捲的樣子。前幾天晚上，我拆掉髮捲，結果我們兩人大吵了一架。他跟我說：「妳的頭看起好小。」還叫我矮冬瓜，說我欺騙他。我要怎麼樣才能挽回他的心呢？

心痛的人
紐約州史班克

親愛的心痛的人：

這件事只能怪妳自己，怎麼會做這麼蠢的事情呢？《剪髮》雜誌最近做的一份調查顯示，有百分之九十四的美國女孩平均每天戴二十一點六個鐘頭的髮捲，一年戴三百五十九天。妳想要標新立異，結果卻搞丟了男朋友。聽我們的建議，趕快去買超大型髮捲（有妳最喜歡的淡粉紅色喲），妳的頭看起來會是以前的兩倍大，也會比以前漂亮兩倍。千萬別再拆下來了。

親愛的髮捲：

我的男朋友喜歡用手指頭撥弄我的頭髮，問題是：他的手指頭一直被我的髮捲夾到。前幾天晚上，發生了一件超級尷尬的事情。我們去看電影，不知怎地，我男朋友有兩根手指頭又被夾住了（就卡在中型髮捲和髮夾的中間），怎麼樣都拔不出來。走出電影院的時候，他的手還卡在我的頭髮裡，我覺得大家都在看我們；坐公車回家時，也有好幾個人用「怪異的眼神」盯著我們。還好，回到家之後，我連絡上了我的髮型設計師，他立刻帶著工具趕過來，可憐的傑瑞才能把手鬆開。傑瑞非常火大，說他再也不要跟我出去約會了，除非我能找到不會夾手的髮捲。我覺得他這樣說很不公平，但是他好像是認真的。你可以幫我嗎？

驚恐的人
水牛城

親愛的驚恐的人：

很遺憾，我必須跟妳說，這樣的髮捲還沒有發明出來；對喜歡撥弄女生頭髮的男生來說，所有的髮捲都偶爾會夾到他們的手指頭。不過，髮捲業者已經在努力研究這個問題，因為顧客經常提出這樣的投訴。在此同時，何不請傑瑞帶上手套呢？這樣一來，妳開心，他也安全。

還有很多很多類似的書信，說不定我對「小瓢蟲」詹森夫人[1]的「全國美化」政策也有小小的貢獻呢。但是我要說的重點是：你只要看過這篇文章，就不會再用同樣的眼光來看髮捲了，因為幽默撼動了你，讓你用全新的目光來看我們日常生活中習以為常的怪現象；至於主題是什麼，反倒沒有那麼重要了——小小的髮捲並不會讓我們的社會崩解。但是只要你能找到正確的喜劇框架來寫的話，這個手法對那些**真的**重要的主題，甚至對任何主題，都很管用。

在舊的《生活》雜誌出刊的最後那五年，也就是一九六八到一九七二年間，我曾經用幽默的手法寫過好幾個看似不太可能這樣寫的主題，例如過度的軍事擴張與核子試驗；其中一篇專欄就寫到在巴黎舉行的越戰和談會議中，為了桌子的形狀而爭執不下的無謂口角。這樣的情況持續了八個星期仍然無解，已經到了令人髮指的地步，唯有嘲諷取笑一途，於是我形容自己如何透過各種努力——例如每天晚上更換不同形狀的桌子，或是降低不同人的椅子高度來降低他們的「地位」，或是將他們的椅子轉個方向好讓我們其他人不必「看到」他們等等——在晚餐的餐桌上尋找和平解決。後來在巴黎也確實發生這樣的事情。

這些文章能夠奏效的原因，是因為它們緊扣著嘲諷對象。幽默似乎是一種惡劣的誇大行徑，但是以髮捲那一連串的書信為例，我們如果不能視其為一種特殊的新聞寫作形式——不管在文體或是心態上——就不可能成功。另外，控制也是幽默的重要因素。不要使用像「米蟲」這種可笑的名字，同樣的笑話也不要重複兩、三遍——如果你只說一次的話，讀者比較會欣賞；要相信讀者的程度，只要他們**真的**知道你想說什麼，其他的就不必擔心太多。

我替《生活》雜誌寫的那些專欄會讓讀者莞爾一笑，但是背後都有嚴肅的目的，告訴讀者：「我們這裡發生了一些瘋狂的事情——侵蝕了我們的生活品質，甚至威脅到我們的生活，但是每個人似乎都覺得那很正常。」如今，乖僻在一夜之間成了慣例，而幽默作家就是要指出：乖僻始終都是乖僻。

---

1 譯註：Lady Bird Johnson，指第三十六任美國總統詹森的夫人，曾經致力推力全國城市與公路的美化運動，促使國會通過「公路美化法案」，還被戲稱為「小瓢蟲法案」。

我記得在一九六〇年代學生運動風起雲湧之際，軍方派了步兵和坦克車進駐北卡羅萊納州的一所大學維持和平，柏克萊的大學生則遭到直昇機噴灑催淚瓦斯驅離，當時比爾・莫丁（Bill Mauldin）畫了一幅漫畫，畫中是一位母親手裡拿著她兒子的徵兵召集令，大聲疾呼：「他還只是個孩子而已——請把他帶離校園。」莫丁用這種方式鎖定這個瘋狂的行為，而且正中目標——事實上，他直搗問題的核心，因為在他的漫畫出版後不久，就有四名肯特州立大學的學生在校園裡遇害。

每個星期的目標都不一樣，但是幽默作家始終不愁找不到新的瘋狂或危險目標可以與之奮戰。林登・詹森的任期內發生了毀滅性的越戰，但是最後讓他下台的部分原因，還得歸功於朱爾斯・菲佛與阿特・布克瓦德手上的那枝筆；參議員約瑟夫・麥卡錫與副總統史畢洛・安格紐則有一部分是被華特・凱利（Walt Kelly）的四格漫畫《波哥》（*Pogo*）給拉下台的；H・L・孟肯拉下了整個偽善銀河裡那些高高在上的星星；坦慕尼協會的「老大」特威德則是被湯瑪斯・納斯特（Thomas Nast）的漫畫給轟下台的。在艾森豪的年代，全美國都處在一種沉睡狀態，不願意被吵醒，只有喜劇演員莫特・薩爾（Mort Sahl）眾人皆醉他獨醒；很多人覺得薩爾憤世嫉俗，但是他自認為是理想主義者。「如果我批評某人，」他說，「那是因為我對這個世界有更高的期許，希望有更好的事物來取代不好的。我不會像『垮掉的一代』那樣，只會說：『走開，我不想介入。』我在這裡，我想介入。」

「我在這裡，我想介入。」——如果你想成為嚴肅的幽默作家，就把這句話當做你的信念與教條吧。幽默作家多半在大部分民眾不知道的暗流中活動，他們必須願意獨排眾議，說一些社會大眾和總統不想聽的話；阿特．布克瓦德與蓋瑞．杜魯多每個星期都展現他們的勇氣，說出他們應該說的話，如果是平常的專欄作家說了這些話，可能會吃不了兜著走，但是他們卻可以逃過一劫，因為政客向來不懂幽默，因此比一般社會大眾更容易被幽默搞得昏頭轉向。

除了針砭時事之外，幽默還可以用在很多地方，這些問題並不是迫在眉睫的急事，但是卻有助於我們重新看待有關心靈、家園、家人、工作和其他從早到晚讓我們感到煩心挫折的問題。我曾經採訪過《白朗黛》（*Blondie*）的作者奇克．楊恩（Chic Young），當時他已經連續四十年創作這個在日報與週日報紙刊登的連環漫畫，畫了一萬四千五百幅，是最受歡迎的連環漫畫，讀者人數高達六千萬人，遍布世界角落。我問楊恩：為什麼這個漫畫會歷久不衰？

「因為簡單，」他說：「內容無非是每個人每天都會做的四件事：吃飯、睡覺、持家、賺錢。」根據這四個主題發展出來的喜劇變化，在漫畫跟在日常生活中看到的一樣多。白大梧想盡辦法從他老闆躊躇先生那裡多賺一點錢，而他太太白朗黛則一樣地努力花錢。「我盡量讓白大梧活在一個大家都熟悉的世界，」楊恩跟我說，「他從來不會做一些特別的事情，比方說打高爾夫球；每個到他們家來的人，就是我們一般家庭必須面對的人物。」

我引述楊恩的四大主題，就是要提醒你們：大部分的幽默，不管外表看似如何古怪奇特，其實歸根究柢，無非都只是提供事實。幽默並不是仰賴本身脆弱的新陳代謝就可以存活的個別有機體，只是提供那些可以寫出好文章的作家另一個特殊的視角；他們寫的生活本質上並不荒謬，反而相當嚴肅，只不過他們的目光落在嚴肅的希望遭到諷刺的命運所戲弄的地方——也就是史蒂芬．李考克（Stephen Leacock）所說的：「在我們期望與成就之間的奇怪落差。」E．B．懷特也有同樣的說法。「我不喜歡『幽默作家』這個稱呼，」他說。「在我看來有誤導的嫌疑。幽默是某些嚴肅作品的副產品，在其他作品中找不到。唐．馬奎斯（Don Marquis）對我的影響比厄尼斯特．海明威還要深；同樣地，皮若曼對我的影響也比德萊賽（Dreiser）要多。」

所以，我在此提供一些原則給幽默作家參考。首先，必須精確掌握文章寫得好、寫得「直截了當」的功力；幽默作家——從馬克．吐溫（Mark Twain）到羅素．貝克都一樣——本身都是傑出優秀的作家。其次，不要特地去找一些稀奇古怪的奇觀，反而忽略了眼前看似稀鬆平常的事物；在你知道的事實之中找出有趣之處，反而能夠得到更多的共鳴。最後，不需要刻意搞笑；幽默的基礎是意外的驚喜，而你能給讀者的驚喜就只有這麼多。

遺憾的是，對作者來說幽默總是令人捉摸不定，而且又充滿主觀色彩。你找不到兩個人同時認為同一件事好笑。被一家雜誌退稿並視為無用的作品，經常刊登在另外一家雜誌上，並且被視為珍寶。退稿的理由也同樣令人難以捉摸；有時候編輯只是說：「就是不行。」也說不出更多的理由。偶爾會有一些退稿的作品，雖然有些瑕疵，但是可以彌補，經過修正之後就行了。不過，陣亡的機率還是很高。「幽默跟青蛙一樣，都可以解剖，」E．B．懷特曾經這樣寫道，「但是在這個過程中牠已經死了；只有純科學家的眼光才會覺得那些內臟還有用，在其他人眼中都令人洩氣。」

我不是特別喜歡死掉的青蛙，但是卻想要知道：如果用手戳戳那些內臟，是不是至少可以學到一些什麼；於是有一年，當我在耶魯大學教書時，就決定開一門幽默寫作的課。我事先警告學生，幽默很可能不能教，而且到最後也很可能會親手殺死我們的所愛；所幸，幽默非但沒有死，反而在嚴謹的學期報告這樣的沙漠之中綻放出花朵。第二年，我又開了同樣的課程。且讓我簡單地回顧一下這段歷程。

「我希望點出美國幽默文學那一段光榮的歷史，」我在給選課學生的備忘錄中寫道，「也希望回顧一些幽默先賢對後進的影響……雖然在幽默文學中，『小說』與『非虛構』文類的界線非常模糊，但是我仍然將這門課視為非虛構文類，因此你們的作品必須根據外在的事件。我對純屬想像、天馬行空的『純文學創作』不感興趣。」

課程一開始，我們閱讀了早期作家的選文，說明幽默作家可以採用的文學型式範圍很廣，甚至還可以發明新的型式。我們讀的第一篇是喬治．艾德的〈俚語寓言〉（Fables in Slang），最早刊登在一八九七年的《芝加哥記事報》（*The Chicago Record*），艾德在那裡擔任新聞記者。尚．謝帕德（Jean Shepherd）在他編輯的選集《喬治．艾德的美國》（*The America of George Ade*）中，寫了一篇很好的導言：「當他一有靈感，想要以寓言的形式寫點什麼東西，他就會使用當下的語言和慣用語，換句話說，就是俚語。為了讓人家知道他不是只會用俚語寫作，他決定把所有可疑的字眼與詞彙都以大寫表示：他真的怕死了別人會以為他不識字呢。」

其實他多慮了；到了一九〇〇年時，寓言已經大受歡迎，讓他一個星期能賺到一千美元。以下是〈見識過偉大光明的屬下的寓言〉（The Fable of the Subordinate Who Saw a Great Light）：

從前有個公司職員，只能賺一點點錢，勉強糊口。他因為工時長、工資低，於是協助成立了員工保護協會，挺辛苦的勞工、反剝削的老闆。

為了熄滅他的怒火，公司老闆給他一點好處。從此，他看到薪水單就開始冒汗；在他眼中，每天都有很多好吃懶做、笨手笨腳的人在店裡游手好閒，無所事事。於是他只要一看到店內的小弟吃吃地笑，就彈手指頭給予警告；至於忠誠的老會計想要加薪到九美元，並且希望在夏天能夠休一個禮拜的假，結果最多只得到一次面談，勸他安分守己，知足常樂。

對他來說，每天最悲傷的時刻，就是傍晚六點一到，所有的人都下班回家；他覺得工作十個小時就算一天，實在太寡廉鮮恥了。至於週六休假半天的倡議，更是跟攔路搶劫沒什麼兩樣。原本跟他一起遭到奴役的人，現在都得尊稱他為先生，而他也將他們一一編號，就像是對待囚犯一般。

有一天，有一名屬下鼓起勇氣提醒這位奴役員工的領班說，他也曾經是遭到奴役的屬下。「你說的沒錯，」這位領班說，「當我聲援低薪族的時候，我還沒有進過主任的辦公室，沒見過那幅名為『美德勝過年終紅利』的美妙真人畫。我不知道這樣說會不會讓你更清楚，所以我只能跟你說：所有到了我們這一邊的人，都能用全新的角度來看待工資問題。」

這個故事給我們的教訓是：為了教育的目的，所有的員工都應該成為公司的老闆。

這個已經有百年歷史的寶石裡，暗藏了放諸四海皆準的事實，至今仍然顛仆不滅，就像其他所有的寓言一樣。「艾德是第一個影響我的幽默作家，」S．J．皮若曼說，「他有一種歷史的社會感。他描繪印地安那州人在世紀交替之際的生活，比針對當時的煤炭價格所做的任何研究都還要更寫實。他的幽默根植於對人與地方的認知，有一種前衛而辛辣的慧黠，是更早的美國幽默作家所付諸闕如的。」

在艾德之後，我們又讀了林恩．萊德納，也就是寫出經典名句「閉嘴，他已經解釋過了！」的作家，有一部分原因是想要說明：對白也是幽默作家可以使用的一種形式。我很喜歡萊德納寫的胡鬧戲，據說他原來是寫來自娛的，但是也大量使用描述舞台場景與動作的斜體字，諷刺了整個神聖不可侵犯的編劇傳統。在萊德納的《裝潢工人》（*I Gaspiri*〔*The Upholsterers*〕）第一幕，他寫了十行對白，但是沒有一句話跟劇中人物有關，而且其中有九行是不相干的斜體字，然後劇末以一句「大幕落下七天，表示過了一個星期」結束。在他一生的事業中，萊德納也在其他文學形式，將幽默發揮到淋漓盡致，例如他寫的棒球小說《你了解我，艾爾》（*You Know Me, Al*）。他天生就善於捕捉美國人的虔誠與自欺。

再來，我又挖出唐．馬奎斯的《阿奇與梅海塔布爾》（*Archy and Mehitabel*），顯示這位影響深遠的幽默作家也會採取一種非正統的媒介——打油詩——來傳達他的訊息。馬奎斯替《紐約太陽報》（*New York Sun*）寫專欄，對於報社緊迫盯人的截稿時間以及必須以井然有序的散文形式寫作的嚴格要求感到不耐，於是就像艾德在寓言中得到抒緩一樣，他也在小說中找到了解決之道。一九一六年，他創造出阿奇這隻蟑螂，每天晚上都跑到馬奎斯的打字機上敲鍵盤，唯獨沒有大寫字體，因為他的力氣不夠大，按不動大寫鍵。阿奇寫的詩主要是描述他跟一隻名為梅海塔布爾的貓之間的友誼，參差不齊的文句，讓人猜不到內藏深厚的哲理。馬奎斯寫了一首名為〈老演員〉（The Old Trouper）的長詩，嘲諷了對現狀不滿的老演員，徹底地洩了他們的氣；詩中藉由阿奇的文字，描述梅海塔布爾與一隻叫做湯姆的劇院貓的相逢：

我來自古老的戲劇家族
是一隻劇院貓
我祖父
與佛雷斯特為伍
他自稱是個真正的老演員……

馬奎斯對這種老一輩的人什麼事都看不慣的怒氣知之甚詳，但是他用貓來淡化這種看不慣的情緒；這是一種放諸四海皆準的情緒，不管是哪一行的老前輩，都有這種特質，就是抱怨他們那個領域的人一代不如一代。馬奎斯的作品達到了幽默的一項典型功能：將怒氣釋放到另一個管道，讓我們對這種缺陷得以一笑置之，而不是埋怨。

這趟旅程接下來遇到的幽默作家還有唐納德．歐格登．史都華（Donald Ogden Stewart）、羅伯特．班奇雷（Robert Benchley）、法蘭克．蘇利文（Frank Sullivan），他們擴大了幽默可以「自由聯想」的範疇。班奇雷替幽默增添了溫暖與脆弱，這是艾德與馬奎斯的作品中所欠缺的成分，因為他們都隱身在寓言和打油詩這種無關個人的形式背後。沒有人比班奇雷更勇敢地一頭栽進他的主題內：

> 亞西西的聖方濟各（除非我把他跟聖西默昂給搞混了，這也不是不可能的事，因為他們兩人的名字第一個字都是「聖」）很喜歡鳥，在他的畫像裡，經常可以看到鳥站在他的肩膀上或是啄他的手腕。這也沒有什麼，只要聖方濟各喜歡就成了。我們都有我們的好惡，我就比較喜歡狗。

或許他們都只是在為S．J．皮若曼鋪路，如果真是如此，皮若曼也很心存感激地承認欠了他們人情。「你必須從模仿中學習，」他說，「我在一九二〇年代末期的作品經常模仿萊德納，甚至到了可能因此被捕的地步——我模仿的不是內容，而是手法。這些影響後來則慢慢消失了。」

他自己的影響倒是沒有這麼容易消失。一直到他在一九七九年辭世之前，他已經持續不斷地寫了超過半個世紀，讓這個語言經歷過好幾輪的突破，而他的風格仍然像萬有引力一樣，吸引住許多作家與喜劇演員，至今依舊無法自拔。我們不需要特殊的偵探技巧，就可以看到皮若曼那隻看不見的手隱身在許多作品後面，不只是像伍迪．艾倫這些作家的作品，甚至還包括英國國家廣播公司的廣播喜劇《古恩秀》（*Goon Show*）和電視喜劇《蒙蒂派森秀》（*Monty Python*）、鮑伯與雷伊的廣播喜劇，以及格魯喬．馬克思（Groucho Marx）的慧黠巧思——後者的影響更容易看到，畢竟馬克思兄弟早期有幾部電影就是皮若思寫的。

他的創作讓讀者意識到：當作家的大腦在運用自由聯想時，就會在正常與荒謬之間彈跳，藉由令人意想不到的角度，推翻固有的陳腐思想；在這不斷的意外之上，他又嫁接了令人眩目的文字遊戲，成了他的正字標記，這些豐富深奧的辭彙來自他廣泛閱讀、旅遊的博學。

但是，即便有這樣的組合，若是缺乏目標，也無法讓他的聲名維繫不墜。「所有的幽默都必須是**關於**某件事情——必須能夠接地氣，跟現實生活產生具體的聯繫。」他說。雖然讀者在品味他的風格之餘，很可能忽略掉他最初的動機，但是到了皮若曼文章的最後，某種形式的浮誇終究會化為廢墟，就像馬克思兄弟的《歌劇之夜》（*A Night at Opera*）裡恢宏的歌劇和W．C．費爾茲（W. C. Fields）的《銀行妙探》（*The Bank Dick*）裡的銀行業一樣，即使電影結束了，也不曾恢復元氣。在面對江湖術士與奸詐無賴時，他很少會不知所措，尤其是百老匯、好萊塢、廣告與商品充斥的世界。我到現在仍然記得在十幾歲時看到皮若曼的句子，那跟我曾看過的文句完全不同，讓我震撼不已：

汽笛聲響起，不多久，我就嘎嗞嘎嗞地離開了中央火車站的夢幻尖塔，但是才嘎嗞了幾呎遠，就赫然發現我走了，火車卻根本沒動，於是我只好又跑回去重新等候……只在芝加哥待兩個鐘頭，根本沒有時間讓我好好看看這個城市，但是想到這裡，反倒讓我心神鎮定下來。我注意到德爾堡車站又新添了一層污垢，不過我不會自大到相信這跟我的到訪有關。

⁂

女人喜愛這位衝動魯莽的愛爾蘭冒險家，他成天不是打架鬧事，就是喝酒吃飯。有一天晚上，他在樸資茅斯一家叫做「馬勒」的小酒館喝酒，正感到焦躁不安，無意間聽到一位肌肉發達的槍砲軍士喝醉了酒在閒聊……隔天早上，「霍爾少女號」——一艘配有三十六門大砲的護衛驅逐艦——駛出巴斯港，進入河道，乘著閃閃發亮的浪頭，順流而下，朝著孟買前進，開往婚姻生活。船上有名乘客也跟著一起出發，就是我的曾祖父……一路上，他幾乎只靠瑪瑙胸針和扣擊鳥槍扳機應聲而落的鳥禽獵物維生，五十三天之後，他終於看到了伊什珀明——無理數與餘弦的聖城，專產狂熱的穆罕默德戰士派系。

我的那門課以伍迪·艾倫作結，他是這一行中最有大腦的一個。艾倫在雜誌上發表的文章，現在集結成三本書，自成一種幽默文體，不但有知性，更令人捧腹稱絕；文中探討的不只是他最出名的生死、焦慮主題，更涉及一些沉重的學術學門與文學類型，如哲學、心理學、戲劇、愛爾蘭詩歌，以及對某些文本的解釋（如：〈哈西德猶太教故事〉〔Hasidic Tales〕）。就我所知，〈組織犯罪一瞥〉（A Look at Organized Crime）就是最好笑的之一，諧擬嘲諷之前寫過的所有關於義大利黑手黨的文章；而〈施密特回憶錄〉（The Schmeed Memoirs）——寫希特勒的理髮師回憶過往——則徹底戳破這位自稱他只是做好自己份內工作的「德國老好人」的謊言：

曾經有人問過我，是否知道我做的事情涉及道德上的問題。就如同我在紐倫堡大審中所說的，我不知道希特勒是納粹分子；老實說，有好幾年的時間，我一直以為他替電話公司工作。等到我終於知道他是怎麼樣的一個怪物時，早就為時已晚，無法抽身了，因為我買了一批家具，已經付了頭期款。有一次，在戰爭接近尾聲時，我確實考慮過要鬆開圍在元首脖子上的圍巾，讓一些頭髮渣渣掉進他的背後，但是到了最後一刻，還是因為太緊張，下不了手。

這一章裡的簡短選文，只能讓讀者驚鴻一瞥這些大師的大量作品與藝術成就。但是我希望我的學生知道：他們投身的這個領域，其實傳承了歷史悠久的傳統，承載了嚴肅的企圖與驚人的勇氣，而且有許多作家仍然持續發揚光大這個傳統，如：伊恩・佛萊瑟（Ian Frazier）、蓋瑞森・凱勒（Garrison Keillor）、弗蘭・勒鮑維茲（Fran Lebowitz）、諾拉・艾佛倫（Nora Ephron）、卡爾文・特里林（Calvin Trillin）、馬克・辛格（Mark Singer）等人。馬克・辛格是《紐約客》作家世系族譜裡最近的一顆明星，他的前輩包括聖克萊兒・麥克柯爾威（St. Clair McKelway）、勞勃・路易斯・泰勒（Robert Lewis Taylor）、莉蓮・羅絲（Lillian Ross）、威爾寇・吉布斯（Wolcott Gibbs）等人，他們用冷面無情的幽默，暗殺了許多像華特・溫契爾[2]這一類討人厭的公眾人物，而且在他們的短劍刺穿皮膚時，幾乎不留痕跡。

辛格的致命毒藥是調合了數以百計稀奇古怪的事實與引文——他是一名鍥而不捨的記者——以及完全不壓抑自己樂趣的寫作風格；這樣的毒藥對那些一再測試公民社會耐心極限的政商海盜格外有用，從他在《紐約客》雜誌上為紐約建商唐納・川普所寫的人物側寫，就可見一斑。他說，川普「也渴望得到極度奢華的生活型態，一種不被一般民眾喧嘩干擾的寧靜生活」；他形容他去棕櫚灘的海湖

2 譯註：Walter Winchell（1897-1972），美國報紙及廣播評論員，總是藉著他的文章和節目修理他不喜歡的公眾人物或個人，摧毀他們的事業。

莊園採訪的經驗，那原本是瑪荷麗・梅莉薇德・波斯特及其夫婿E・F・哈頓在一九二〇年代興建的一幢揉合了西班牙、北非與威尼斯風格的豪邸，川普將一百一十八個房間的豪宅改建成休閒度假中心：

顯然，川普的健康哲學是基於他相信長時間接觸美麗動人的服務人員，有助於增加男性客戶的生存意願。因此，他將自己的角色局限在進行聘雇決策時行使否決權。他在帶我參觀運動健身房時，正好看到東尼・班奈特在跑步機上快走——他每一季都會在海湖莊園舉辦幾場演唱會，因此被任命為「駐園藝術家」——川普還特別介紹了「我們的駐園醫師琴吉・李・紹索爾醫生」，她最近才剛從脊骨神經醫學院畢業。等到琴吉醫生去替一位感激涕零的會員按摩治療背痛問題，聽不到我們說話時，我問川普：她是在哪裡接受訓練的。「我不知道，」他說。「海灘游俠醫學院？聽起來不錯吧？我老實跟你說，我一看到琴吉醫生的照片，真的就不需要再看她或其他任何人的履歷表。你問我：『是不是因為她在西奈山醫學中心訓練了十五年，所以我們才聘用她？』答案是：不是。我可以告訴你為什麼：因為她若是真的在西奈山花了十五年的時間受訓，等她訓練結束之後，我們連看都不想看她一眼。」

在當今的幽默作家之中，蓋瑞森・凱勒觀察社會變遷的眼光最精準，也最擅長發明一些筆法來拐個彎陳述自己的觀點；他一再地讓古老的文類體裁換上新裝，帶給我們一次又一次的驚喜。美國社會目前對吸菸者的敵意已經成了一種趨勢，任何一位稍有警覺的作家都會注意到，並且以嚴肅的態度撰文評論。但是以下這段卻純屬凱勒專有的筆法：

今天中午前，兩名聯邦菸草探員搭乘直昇機巡邏，發現內華達山脈唐納隘口南側的死峽谷內冒出一點點煙，因此發現了美國最後一批吸菸者。其中一名區隊長立刻透過空對地無線電，通知地面部隊前往搜查。六名查緝吸菸小組成員身穿迷彩服，迅速穿過崎嶇的山路地形，團團包圍住這群吸菸者的藏身之處，並且用催淚瓦斯制伏他們，命令他們在酷熱的八月烈日之下，趴倒在碎石子路上。嫌犯有三女兩男，全都約四十來歲，自從第二十八條修正案通過之後，他們就開始逃亡。

凱勒所想的體裁是一九三〇年代狄林杰[3]當道之時一直流傳至今的美國報紙主流，他喜歡這樣的形式及其與黑社會、政府執法人員對峙相互呼應，也喜歡監視追查與槍擊交火的場面，這樣的樂趣在

3 譯註：John Dillinger（1903-1934）是一九三〇年代大蕭條時期中，活躍於美國中西部的銀行搶匪和美國黑幫的一員，曾經被當時美國調查局（即後來改組的聯邦調查局）稱為「頭號公敵」，但是當時人們卻仍對他尊崇有加，認為他是現代羅賓漢。

他筆下一覽無遺。

還有另外一種情況，顯然也是凱勒的最愛，他也找到一個完美的形式框架來寫，那就是第一任布希政府對金融業紓困的措施。他在〈金融業是如何獲救的〉（How the Savings and Loans Were Saved）一文中，開章明義就寫道：

蠻族匈奴人大批入侵芝加哥的那一天，總統正在亞斯平打羽毛球；有一名記者的阿姨住在芝加哥隔壁的艾文斯頓，因而得到這個消息，於是在總統準備前往俱樂部會所時，這名記者對著他大喊：「總統先生，匈奴人正在芝加哥展開大屠殺，你有什麼評論？」

布希先生顯然不知道入侵的消息，但是他說：「我們一直都在密切關注匈奴的情況，現在看起來還很樂觀，但是我希望再過幾個鐘頭之後，有了更明確的消息，再答覆你的問題。」總統顯得很關切，但是也一派輕鬆，下巴微微抬起，一副胸有成竹的樣子。

然後文章繼續寫到貪婪的野蠻人如何蜂擁進市區，「放火燒毀教堂、表演藝術中心和改建修葺的古蹟，將修士、處女、教授等全都抓起來……準備當成奴隸出售」，他們也占據了金融業的辦公室，但是布希總統卻仍然沒有動靜，因為「在購物中心所做的出口民調顯示，一般民眾認為他處理此事的方法還算O. K.。」

總統決定不要介入接管金融業，而是支付一千六百六十億美元——不是任何形式的贖金，而是一般的政府援助，簡單又明瞭，沒有什麼特別之處，於是匈奴人和汪達爾人帶著寶藏走了，野蠻人乘舟浮於密西根湖上，揚長而去。

凱勒的諷刺文章讓我佩服不已——不但有原創的幽默，更表達了一般市民心中的怒火；像我就找不到任何方式發洩怒氣，只能無助地看著我的孫輩必須一輩子付錢來支應布希拯救這個遭到貪婪蠻族搶奪肆虐的產業。

但是也沒有法律規定幽默非得要有重點不可，純粹的無厘頭本身就是恆久的樂事——濟慈詩中雖然沒有明講，但是雖不中，亦不遠矣。我喜歡看作家天馬行空、想入非非，純粹就只是好玩而已。以下兩段選文分別是伊恩．佛萊瑟與約翰．厄普代克的近作，都是百分之百的稀奇古怪，即使在美國早年的黃金時代，也找不出比他們更好笑的文章。佛萊瑟這篇名為〈跟媽媽去約會〉（Dating Your Mom），是這樣開始的：

在今天這個快速、無常、無根的社會，人們的相遇、做愛、分離都不再需要真正的接觸彼此，因此，每位男性跟自己母親之間既存的關係就更彌足珍貴，不容忽視。眼前就是一位成年、成熟、慈愛的女性——你不需要去參加舞會或是到單身酒吧尋找對象，也不需要花很長的時間去彼此熟悉了解。你跟母親之間會有數以百計的機會可以自然地湊在一起，沒有那種通常會伴隨求偶而來的緊張氣氛——就只有你們兩個人獨處。你只需要花一點點心思，好好利用這些機會。比方說，你媽媽要開車載你到城裡去買一條新褲子。首先呢，你可以在車上的收音機找到一個好聽的廣播電台，一個她喜歡的電台，沉醉在高速公路的平穩道路上，聽著輪胎在路面上滾動的低吟，冷氣開到最強，然後在前座轉頭看著她，說一些像這樣的話：「媽，妳知道嗎？妳的身材真的保持得很好，別以為我沒注意到。」或是趁她拿乾淨的襪子到你房間來時，順手抓住她的手腕，將她拉近你，說：「媽，妳是我見過最迷人的女人。」或許她會叫你不要胡說八道，但是我可以跟你保證：她絕對不會告訴你爸爸。或許是因為她覺得很難啟齒——「親愛的，你兒子剛剛試圖勾引我哪！」——也或許她會在心中暗自竊喜，但是不管是什麼原因，她都不會跟別人說，直到有一天，她不再覺得羞恥，覺得可以向全世界昭告你對她的愛為止。

厄普代克的〈盛裝〉（Glad Rags）——雖然就像高空彈跳一樣，讓他差一點點就撞到峽谷河床上的大石頭，砸個頭破血流——文章的核心是令人不安的事實，不只在文中觸及國內對艾德加．胡佛的黑暗面所做的一些推測，還寫到國人記憶猶新的高階美國官員——如聖人般不可侵犯的總統及其內閣。儘管表面上看起來瑣碎輕佻，但是厄普代克一絲不苟的研究考證，讓這篇文章得以精采傳世。我們可以肯定的說，所有的細節——包括人名、日期和服飾的專有名詞——都是對的：

對我們這些還活在世上、對當代服裝仍然講究的人來說，看到波士頓《環球報》（*Globe*）最近報導「紐約社交名媛」蘇珊．羅森蒂爾的說詞，不禁讓人感到悲嘆。她聲稱，一九五八年，艾德加．胡佛曾經在廣場飯店的一間套房內穿著女裝，來回走動炫耀：「他穿著膨鬆的長裙，非常膨鬆，還有荷葉邊裝飾，另外還穿著有蕾絲邊的絲襪和高跟鞋，頭上戴著捲捲的黑色假髮。」我之所以感到悲嘆，是因為想到未來的世代在研究艾森豪總統第二個任期內高階官員跨性別扮裝的特殊光輝與刺激時，會以為這樣的邋遢裝扮——黑色膨鬆的長裙、過度的荷葉邊裝飾與同色系的假髮——就是走在我們這個時代尖端的時尚流行，事實上，我們全都認為艾德加．胡佛是個打扮過氣邋遢的女人。

以艾克[4]為例，他有無懈可擊的本能，絕對不會讓人逮到他穿蕾絲絲襪，雖然他有一雙跟絲襪極為搭配的長腿。我記得，在聖羅蘭替迪奧設計的一九五八年新裝發布之後一個月，艾克就穿著震驚世人的鈷藍色羊毛斗篷，白色高跟拖鞋，還戴著假髮髻現身；如果我記得沒錯的話，當天他還派遣了五千名陸戰隊員到黎巴嫩，頭髮卻依然一絲不苟。在大家還認為絲巾只能綁在頭上

4 譯註：Ike指美國總統杜威特．艾森豪。

時，他就引領潮流，打了一條花朵圖案的絲質領巾，當時他也是一身這樣的裝扮——還是前一年的繫腰帶A字裙呢？然而，他對上衣底邊卻始終都很保守；一九五九年，當聖羅蘭將裙子提高到膝蓋以上時，總統等了三個月，等國會來做決定，結果還是失去耐性，自己提筆一簽，改穿巴黎世家。此後，一直到他的任期結束，他都堅持高腰衣服，而且只穿中性的灰褐色或米黃色。

約翰．佛斯特．杜勒斯就不同了，他喜歡看著像睡衣的緊身款式和淡色系的褲裝，而且喜歡有一點閃閃發亮的質料。大量的手環腳鐲、向上梳攏的金色假髮、毛絨絨的高跟拖鞋。儘管他堅決反共，卻對紅色有異常的偏好，不過我相信，據可靠消息來源指出，謝曼．亞當斯至少有一次將佛斯特拉到一旁，跟他說鮮艷的顏色不適合骨架粗大的身材。至於謝曼本人，雖說他是因為駱馬毛大衣下台，但是我腦海裡一直流連不去的卻是他圍著駝鳥羽毛長圍巾，身上披著稍微漿過的檸檬黃薄紗，這影像是如此令人神迷……

歸根究柢，樂趣才是所有幽默作家必須傳達的訊息——讓大家覺得開心以及高調的勇敢，正是我希望在耶魯大學的學生能夠充分掌握的兩大要點。起初，我叫他們用現有的幽默寫作形式下筆——諷刺文、諧擬、打油詩等等——而且不要用第一人稱，也不要寫他們自己的經驗；我給全班同學都指定同樣的題目，最終收到了不輸給我在報紙的荒謬趣味。有些同學大膽地一頭栽進自由聯想、超現實主義和無厘頭；他們發現在特定的幽默寫作形式內，還是可以跳脫邏輯思考，針對嚴肅的主題打渾插科。他們也深受伍迪．艾倫那種前言不搭後語的風格影響。（比如：「猶太教祭司因此撞到頭，不過根據猶太教的教義，這是一種表達關切的最幽微方式。」）

但大約四個星期之後，他們出現疲態了。學生知道他們可以寫幽默，但是也發現要維持每個星期都有喜劇發想、並且以其他人的聲音寫作，是一件多麼累人的事。這時候，就要讓他們的步調緩一緩——開始讓他們以自己的聲音寫作，寫自己的生活。我宣布要他們暫停閱讀伍迪．艾倫的作品，還跟他們說，我會告訴他們什麼時候才可以恢復，而那一天始終沒有到來。

我採納了奇克．楊恩的原則——堅持只寫你知道的事情——然後開始閱讀那些能夠讓幽默在不知不覺中貫穿整篇文章經絡的作家。其中一篇是E．B．懷特的〈艾德納之眼〉（The Eye of Edna），懷特在文中回憶他在緬因州的農莊等著艾德納颶風的到來，同時聽了好幾天無聊的廣播，報導颶風動態的消息。那是一篇無懈可擊的佳作，充滿了睿智與溫馨的趣味。

我找到的另外一位作家則是加拿大作家史蒂芬．李考克。我記得小時候看他的文章，覺得他超級滑稽可笑，但是又有些害怕，擔心會不會像是去尋找昔日的老友一樣，發現他只是普通好笑而已。所幸，他的作品抵擋住時間的侵蝕，我特別記得其中一篇〈我的財金事業〉（My Financial Career）——他在文中描述自己拿著五十六美元去銀行開戶的經歷——似乎仍然是一篇幽默範本，描述我們在面對銀行、圖書館和其他一本正經的機構時，會變得如何地慌亂不安。重讀李考克的作品，讓我想到幽默作家還有另外一個功能，就是讓自己成為受害者的代言人，代表那些在大部分狀況中突然變成無助傻瓜的人；讓讀者覺得自己比作者要高人一等，或者至少讓他們對同樣的受害者感同身受，都會有療癒的作用。書寫日常生活的幽默作家，永遠不愁會沒有題材好寫，爾瑪．邦貝克（Erma Bombeck）這幾十年間不斷寫出讓人讀來津津有味的作品，就是最好的證明。

我們的耶魯幽默寫作班就是朝著這個方向前進，許多學生都寫他們的家庭，後來也遇到了一些問題，主要是太誇張，接下來是我們慢慢地解決這些問題，試著學習節制，刪除那些解釋笑點的句子，因為笑點不言自明。最困難的抉擇，就是拿捏怎麼樣的誇張恰到好處，怎麼的誇張又太過頭。有個學生寫了一篇很有趣的文章，描述他祖母做菜有多難吃；當我誇獎他寫得很好時，他說其實她是一位很好的廚師，我說我很遺憾聽到他這樣說——因為這麼一來，這篇文章似乎就沒有那麼好笑了。他問我說，有什麼差別嗎？我說，以這篇文章來說，確實沒有差別，因為我已經看過這篇文章，也覺得很有趣，只是不知道這篇文章寫的不是事實，但是我認為如果他能夠從事實寫起，而不是從杜撰出發，那麼他可能會更持久一點——顯然這正是美國幽默作家巨擘詹姆斯．瑟伯能夠長壽又歷久不衰的一個祕密。瑟伯寫〈那一夜，床塌了〉（The Night the Bed Fell），我們知道他有一點誇大事實，但是我們也知道那天晚上，在小閣樓上，床鋪確實**發生過**什麼事情。

簡言之，我們這門課從努力爭取幽默開始，希望這一路上能夠守住一些事實；最後我們努力爭取事實，並希望這一路上能夠增添一點幽默。我們終於理解，原來二者是交織糾結、密不可分的。

第四部　態度

第二十章 自己的聲音

我寫過一本關於棒球的書，也寫過一本關於爵士樂的書，但是我從沒想過寫棒球書時要用的是運動語言，或是寫爵士樂書時用的是爵士語言，兩本書我都是盡我所能地使用最好的文字，也就是我平常的風格來寫的。雖然這兩本書的主題南轅北轍，但是我希望讀者知道他們聽到的是同一個人的聲音；那是**我**寫的關於棒球的書，也是**我**寫的關於爵士樂的書。其他作家自然會去寫**他們**的書。身為作家，不管我寫的主題是什麼，我的商品就是我；而你的商品則是你。不要為了配合主題改變你的聲音。務必要發展出自己獨特的聲音，讓讀者打開書本，一聽就認得出來；這樣的聲音不但要有音樂性，聽起來悅耳動聽，更要避免一些貶低音韻價值的元素，如：輕佻浮誇、自以為是、陳詞濫調。

先談一談輕佻浮誇吧！

有一種寫作風格看起來很輕鬆，甚至讓你以為作者就在旁邊跟你說話，E．B．懷特大概就是這種風格的佼佼者，不過我還能想到其他的大師──詹姆斯．瑟伯、V．S．普列契特、路易士．湯瑪斯等。我偏愛這種風格，因為這正是我想要寫的風格。一般人會以為這樣的風格得來全不費功夫，其實正好相反：看似舉重若輕的風格，是經過艱苦卓絕的奮戰與不斷精煉文字才能達成的。這樣的文法句型全都嚴絲合縫，寫出來的詞句都是最好的，是作家竭盡全能所寫。

有一篇E．B．懷特的典型作品就是這樣開始的：

九月中旬，我花了好幾個晝夜陪伴一隻生病的豬，深深覺得非得把這段時間發生的事情寫出來不可，特別是因為這隻豬最後死了，而我還活著；事情的發展很可能正好相反，如此一來，就沒有人可以留下紀錄了。

這句子讀起來好隨興，我們幾乎可以想像自己坐在懷特位在緬因州的家裡陽台上，看著懷特坐在搖椅上，抽著菸斗，聽他用講故事的口吻娓娓道來。可是再回頭看一次這個句子，其中沒有一絲僥倖偶然，只有嚴謹自律：文法工整，用字簡潔精確，節奏抑揚頓挫宛如詩詞。這就是看似毫不費力的風格的最佳典範：有條不紊，自然散發出溫暖，讓我們卸下心防。作者聽起來充滿了自信，不會為了迎合讀者而改變自己。

經驗不足的作家就捉不到這個重點。他以為要達到這種輕鬆的效果，只要「隨興」就行了——就像早年廣播劇的貝蒂與鮑伯一樣，隔著後院圍籬閒話家常即可。他們一心要跟讀者結為好友，迫不及待地想要表現出不那麼正式、不那麼拘謹的氣氛，連文字都不好好寫。他們這樣寫出來的風格，就會是輕佻浮誇。

輕佻浮誇的作者會如何處理E．B．懷特徹夜守候的豬呢？也許就像這樣：

曾經熬夜照顧一頭病豬嗎？我跟你說，絕對不誇張，真的是沒得閤眼。我在九月份的時候就連續表演了三個晚上不闔眼，我老婆還以為我腦筋有問題。（只是開開玩笑啦，阿潘！）老實說，這整件事還真的讓我有點不爽。因為，你知道嗎？那頭豬竟然在我面前掛掉了！我跟你說實話，其實我自己也覺得人不太舒服，我忍不住想那個翹辮子的，也有可能是區區在下，而不是老豬公呢。不過我可以跟你打包票，豬公先生絕對不會寫一本書來講這個故事！

我不必費工夫去找什麼理由來解釋這樣的文章為什麼不好：太粗糙、太不雅、也太囉嗦。——我只要讀到「你知道嗎？」（you see）就不想再看這個作者寫的東西了。但是最可悲的是，這種輕佻浮誇的風格比好的文字還要難讀。作者本來的用意是要讓讀者的旅程輕鬆一點，結果反而丟了一地的障礙物：廉價的俚語、拙劣的句子、空談的哲理。E．B．懷特的風格反倒更容易一點。他知道文法這個工具能夠流傳數百年，絕非偶然；讀者不但需要這樣的支柱，潛意識裡也會想要。讀者從來不放棄E．B．懷特和V．S．普列契特，就是因為他們的作品太好了；但是如果讀者覺得你跟他們說話時的姿態高高在上，他們就不會再讀你的作品。沒有人喜歡自以為是的作者。

寫作時，要對語言抱持最高的敬意，對讀者亦然。如果你忍不住衝動，想用輕佻浮誇的風格來寫作，那就大聲朗讀出你寫的文字，看看你喜不喜歡自己的聲音。

要找到讓讀者聽起來悅耳的聲音，其實牽涉到品味的問題。這樣說其實沒有什麼太大幫助——因為品味是一種無法捉摸甚至無法定義的特質；但是我們看到了，就會知道。有穿著品味的女人能夠搭配出既時髦又令人驚喜的風格，讓人看了賞心悅目，覺得這樣穿就對了；她知道什麼行得通，什麼行不通。

對作家和其他創作藝術家而言，知道**不要**做什麼，就是品味的一大元素。兩位爵士鋼琴家可能彈得一樣熟練，但是有品味的那位可以讓每一個音符都在他的故事中發揮作用，而沒有品味的另外一位則會加入太多不必要的裝飾，引起過多的漣漪，澆我們一頭冷水。有品味的畫家相信自己的眼睛會告訴他們什麼應該畫在畫布上，什麼不應該；沒有品味的畫家給我們的風景畫，不是太漂亮就是太擁擠或是太花俏——總之，就是什麼都太多了一點。有品味的平面設計師知道少即是多：知道設計是為文字服務；沒有品味的平面設計師則會在背景加了太多的色調、漩渦和花邊裝飾，壓得文字喘不過氣來。

我知道我在定義一件很主觀的事：一個人覺得美麗的事物，在其他人眼中或許庸俗不堪。品味也可能隨著時代更迭而改變——昨天的魅力可能是今天的垃圾，但是到了明天又開始流行，又被捧為主流。那我為什麼要提這件事呢？只是為了提醒你們：品味確實存在。品味是一道無形的暗流，貫穿你的文字，所以你必須知道。

其實，品味有時候是看得見的。每一種藝術形式都有其核心的基本準則，可以視為永恆的真理，歷經變幻無常的時間長河，流傳至今。帕特農神殿的比例一定是天生有什麼討人喜歡的特質，所以西方人才會繼續讓兩千年前的希臘人設計他們的公共建築；每一位去過華盛頓特區的人都會發現這個事實；巴哈的賦格曲也一定有某種永恆的優雅，根植於歷久彌新的數學法則。

寫作也有這樣的指導原則供我們參考嗎？不太多；畢竟寫作表達的是每一個人的個性，我們只要遇到了，就會知道喜不喜歡。不過，話說回來，知道要省略些什麼，倒是會有一點收穫。比方說，陳詞濫調。如果一位作家活在幸福的無知之中，不知道陳詞濫調是死亡之吻；如果寫到最後一段，他還費盡心思地尋找陳詞濫調來用，那我們大可以推斷他對於什麼可以使語言清新缺乏判斷的本能，所以在面對清新與陳腐的抉擇時，他一定會選擇陳腐。他的聲音當然也跟著陳腐起來。

倒不是說陳詞濫調可以輕易撲滅。陳詞濫調散布在我們周遭的空氣中，就像老朋友一樣等著隨時伸出援手，隨時可以用簡短的比喻形式替我們傳達複雜的概念；不過，正是因為如此，它們才淪為陳詞濫調，就連最小心的作家也會在初稿中用上不少。所幸在完成初稿之後，我們還有機會可以清除。陳詞濫調是你在不斷改寫的過程中，必須重複高聲朗讀、仔細聆聽，才會揪出來的缺失；你要注意它們是多麼容易誘使作家犯罪，被讀者判決你只會重調老彈，卻不認真思索自己的新詞來取代它們。陳詞濫調是品味的敵人。

除了個別的陳詞濫調之外，還要將重點擴及更大的語言用法。同樣地，清新才是關鍵。有品味的字詞選擇會讓人意想不到、強而有力又精確；沒有品味的字詞選擇則是輕佻的大白話，像是畢業紀念冊上的留言——在那個世界裡，有權威的人都成了「the top brass」（高官要員）或是「the powers that be」（當權派）。講「the top brass」到底有什麼不對？沒有什麼不對——但也沒有什麼對的。有品味的人知道如何稱呼有權威的人會比較好：官員、行政長官、主席、總統、總裁、經理等等；沒有品味的人就選擇老舊的同義詞，其中一個缺點就是不夠精確：到底公司裡**哪一個**長官才算是「the top brass」啊？沒有品味的人會說「umpteenth」（第N個）和「zillions」（不計其數）；沒有品味的人還會用「period」（就降子）：「她說她不想再聽這些話了，就降子。」

但是，歸根究柢，品味是一種綜合體，揉合了許多無法分析的特質；是一雙耳朵，可以分辨出句子到底是跛腳瘸腿還是有節奏的歡唱；是一種本能，知道一個隨興或是白話的詞彙放在正式的句子裡不但合適，而且還是無可避免的選擇。（E．B．懷特正是這種取捨平衡的大師。）這是否表示品味是可以學習的呢？可以說是，也可以說不是。完美的品味，就如同完美的高音，都是上帝的恩賜；但是仍然可以學習到某個程度。訣竅就是多研讀那些有品味的作家之作。

不要對模仿另外一位作家感到遲疑。對任何學習藝術或技藝的人來說，模仿本來就是創作過程的一部分。巴哈和畢卡索也不是一出道就成了巴哈和畢卡索；他們也需要可以模仿的榜樣。寫作更是如此。在你感興趣的領域中，找一些最好的作家，大聲朗讀他們的作品，讓他們的聲音和他們的品味進入你的耳朵——更要學習他們對語言的態度。別擔心你會因為模仿他們而失去自己的聲音和身分，你很快就會脫胎換骨，成為你想要變成的作家。

閱讀其他作家的作品，也有助於讓你投入更悠久的歷史傳統，豐富你的寫作。有時候，甚至可能因此開發自己的文筆，或是找到種族的集體記憶，讓你的作品增添了原本無能企及的深度。我且繞個彎來說明我是什麼意思吧。

我通常不太看政府官員發布的文告，這些文告是為了說明一年中的某些重要日子為何重要。但是一九七六年，當我在耶魯大學教書時，康乃狄克州州長艾拉・葛萊素（Ella Grasso）突然重新發布四十年前由當時的州長威爾伯・克羅斯（Wilbur Cross）發布的「感恩節文告」，這個決定讓人為之一喜；她大讚這篇文告是「一流文筆的傑作」。我經常在想：文筆是不是已經從美國生活中消失了呢？我們是否仍然將其視為值得努力的目標？於是我認真研讀了克羅斯州長的文字，想看看他們是否可以承受時間的歷練，因為時間是對早年世代的文筆最嚴酷的考驗。結果讓我喜出望外，我完全同意葛萊素州長的看法，這篇文告確實是大師之作。

值此季節交替之際，似乎早已遺忘了時間，只見堅韌的橡樹葉在風中瑟縮，寒霜讓空氣增添絲絲涼意，暮色提早降臨，獵戶座的腳下，友善的夜晚也拉長了，這似乎是個好時機，讓我們這些子民聚集在一起，歌頌造物者與保護者，他們以不為人們所知的方式，又引領我們來到另外一年的歲末年終。為了遵循這樣的習俗，我指定十一月二十六日星期四為公共感恩節，感謝我們共同享有的祝福，感謝我們熱愛的州位於地球上最受眷顧的地區——感謝萬物賜給我們舒適生活：來自土地的豐收餵養我們，各行各業辛勤勞動，帶來更豐碩的成果，維繫我們的生活——感謝所有的一切，就像呼吸之於身體一樣地珍貴，激發了人類對人性的信念，滋養強化了人的言行；感謝榮耀的價值勝過一切；感謝在追求真理的漫長路途中，堅定不移的勇氣與熱情；感謝每一個人慷慨給予同儕的自由與正義，讓大家可以不受限地享有自由與正義；感謝賜予我們國土的至上光榮與和平悲憫——讓我們謙卑地接受這些祝福，再一次以莊嚴喜慶的儀式，慶祝我們家園的豐碩收成。

葛萊素州長又加了一段後記，敦促康乃狄克州的州民「重溫當年拓荒先烈抵達新大陸後，遭遇第一個酷寒嚴冬時犧牲奉獻的精神」，而我則在心裡默默記得，當天晚上要抬頭看看獵戶座。我很高興有人提醒我，原來我住在地球上最受眷顧的一個地方；我也很高興有人提醒我，和平不是唯一值得感恩的至上光榮。如果能夠優雅地使用文字來追求公益，那麼這個語言也值得感恩。傑佛遜、林肯、邱吉爾、羅斯福與艾德萊．史蒂文生，他們一脈相傳的語言節奏，如滔滔江水向我湧來。（艾森豪、尼克森和兩任布希的語言節奏就不必提了。）

我將感恩節文告張貼在布告欄上供學生欣賞，但是從他們回覆的評語中，我發現有些人覺得我是在開玩笑；他們深知我對簡潔的迷戀，因此認定我會覺得克羅斯州長的文字太過堆砌。

這件事情讓我想到幾個問題。我的學生是生於從未經歷過有人以高貴的語言向民眾致辭的世代，驟然要他們看威爾伯．克羅斯的文章，是不是有點對牛彈琴？自從約翰．甘迺迪在一九六一年的就職演說之後，我就再也沒有看到有人在演說中嘗試運用語言的高貴性了。（馬利歐．科摩與杰西．傑克森算是讓我的信心稍微復甦了一點。）他們這個世代看著電視長大，認為畫面的價值比文字高——事實上，文字還遭到他們貶抑，淪為閒聊的工具，有時還會誤導或念白字；他們也是聽音樂長大的一代——歌曲與節奏主要是用來聽和感覺的。空氣中充斥著這麼多的雜音，還有哪個美國孩子接受過聽覺的訓練？還有人振臂疾呼，要大家關注結構完整的句子所帶來的莊重威嚴嗎？

另外一個問題則提出了一個更微妙的謎團：區分文筆與吹牛的界線在哪裡？為什麼威爾伯．克羅斯的文字讓我們讚嘆不已，而大部分的政客與官員一開口就是花俏的修辭，反而催人欲眠呢？

一部分的答案要回到品味的問題。作家如果有一雙對語言靈敏的耳朵，就會尋找鮮明的意象，避免使用陳腐的詞彙；平庸的作家則會用最泛濫的字眼，還以為自己用了——他會這麼說——經過千錘百鍊、證實有用的現有文字，並豐富了他的思想。另外一部分的答案就是簡潔了。能夠經歷時間、考驗歷久不衰的文章，多半都是由簡短有力的文字組成的。讓人昏昏欲睡的字眼都有三、四、五個音節，大部分有拉丁文的字源，有很多以「-ion」結尾，呈現的是抽象的概念。在威爾伯．克羅斯的感恩節文告中，沒有四個音節的字，三個音節的字也只有十個，其中還有三個是他不得不用的專有名詞。再看一下，這位州長在文告中絕不含糊其詞，只有樹葉、風、霜、空氣、夜晚、地球、舒適生活、土地、辛勤勞動、呼吸、身體、正義、勇氣、和平、國土、家園這些具有正面意義又樸實無華的字眼——它們捕捉到季節的韻律與生命的平實。同時也請注意：這些字眼全都是名詞。除了動詞之外，普通名詞也是你最強勁有力的工具；它們會產生感情上的共鳴。

但是歸根究柢，文筆才是更深層的暗流。沒有說出口的盡在不言中，最能感動人心，並且在我們已經知道的書本、宗教、傳統中引起回響。流暢的文筆邀請我們拿出自我的一部分加入交流，難怪林肯的演說會呼應詹姆士一世的《聖經》欽定本；他從小對這本聖經倒背如流，浸淫在其渾厚響亮的聲音之中，因此他英文中的正式用語比較接近伊莉莎白女王時代的英語，不太像美式英語。他的第二任就職演說也引用了聖經用語，但是稍加改寫：「這看來或許很奇怪，居然有人要求公正的上帝幫助他們去榨取他人的血汗，掠奪他人勞動的成果；但我們還是不要隨便批判別人吧，以免我們自己遭到批判。」這句話前半段借用了〈創世紀〉中的一個比喻；後半段則是改寫了〈馬太福音〉裡著名的命令和〈以賽亞書〉裡的「公正的上帝」。

這篇演說比任何其他的美國文件都更感動我，不只是因為我知道林肯在五天之後遭到暗殺，或是因為他請求國人和解的呼籲中表達至高無上的痛苦，而是這樣的和解可以讓眾人受益卻無人受害，因此讓我深受感動，同時也是因為林肯的演說觸及了西方人對於奴役、寬恕與批判等等最古老的教誨。他的文字傳遞出堅定的弦外之音，感動了一八六五年聽到他演說的男男女女，因為他們跟他一樣，都是讀著聖經長大的。即使到了二十一世紀，我們也很難忽略林肯理念中那種古老遙遠到幾乎難以捉摸的怒氣，暗示著上帝或許會讓這場內戰一直打下去，「直到兩百五十年來利用奴隸的無償勞動所積聚的財富全部散盡，直到奴隸在皮鞭下流的每一滴血都用刀劍下的血來償還，那麼，就如三千年前所說的，我們現在仍然要稱頌：『主的判決終究是真實公正的。』」

威爾伯．克羅斯的感恩節文告也呼應了我們打從骨子裡熟知的真理。對於神祕的季節更迭、土地豐饒，我們都投射了豐富的情感；誰不曾帶著敬畏之心看著獵戶座？在「追求真理的漫長路途」、「慷慨給予自由與正義」的民主過程中，我們也貢獻了一部分的自我去追求真理，也給予並接受自由與正義；雖然在這個國度中，我們已經贏得許多人權，卻有許多人權仍然遙不可及。克羅斯州長並沒有浪費時間跟我們解釋這些過程，我也感謝他沒有這樣做；若是換了一位蹩腳的演說家，不知道要用掉多少陳詞濫調來跟我們解釋更多，給我們的營養卻更少。光是用想的，就讓我咬牙切齒。

因此，當你在說故事時，別忘了使用你的過去。那些有地區或民族特色的文學——南方文學、非裔美國文學、猶太裔美國文學——之所以感動人心，就是因為他們傳達了比說故事的人還要更古老的聲音，那樣的抑揚頓挫，可不是普通地豐富。文筆流暢的黑人作家東妮．莫里森（Toni Morrison）曾經說過：「我記得從小跟我一起長大的那群人使用的語言。語言對他們來說太重要了，所有的力量都在其中，還有優雅和比喻，其中有些非常正式，甚至還出自聖經，因為那已經變成了一種習慣，如果你來自非洲，心裡有什麼重要的話要講，就會以寓言的形式表示，或直接進入語言的另一個層次。我想用那樣的方式來使用語言，因為我的感覺是：一本小說並非因為是我寫的、或是內容與黑人或黑人的事有關，就自動成了黑人小說，而是因為寫作的風格。黑人小說自成一格。那是無可避免的。我無法形容，但是卻寫得出來。」

跟著你所傳承的那種無可避免的風格走吧。擁抱這個風格，它或許就能讓你找到文筆流暢之路。

第二十一章　愉悅、恐懼與信心

我小時候從來沒有想過長大後要成為作家，或者——完全不想——成為寫書的作者。我想成為報紙的新聞記者，而我想去工作的報紙，就是《紐約前鋒論壇報》。我每天早上都要看這份報紙，愛上其中傳遞的愉悅感。在報社工作的每一個人——編輯、撰稿人、攝影師、美術編輯——都做得非常愉快。報紙上的文章通常都多了一份優雅，或者人性，或者幽默——這些都是撰稿人和編輯送給讀者的禮物。我總覺得他們這份報紙是專為我出的，成為這家報社的編輯和撰稿人，就是我心中至高無上的美國夢了。

我在二次大戰後回家，這個夢想就實現了。我如願成為了《前鋒論壇報》的工作人員。我深信愉悅感是作家或刊物的無價特質，於是帶著這個信念，走進了編輯室，跟最早將這個觀念輸入我腦袋的人一起工作。偉大的記者筆下有溫度、有熱情；偉大的評論家與專欄作家，如維吉爾．湯瑪森、雷德．史密斯等人則文筆高雅，以歡樂的自信表達自己的觀點。在「夾頁頭版」——當報紙只有兩張時，第二張頭版的名稱——有華特．李普曼（Walter Lippmann）的政治專欄，他博學多聞，是美國最受尊崇的權威政論家；但是在專欄底下卻放了H．T．韋伯（H. T. Webster）的單格漫畫，他是漫畫

《膽小鬼》（*The Timid Soul*）的作者，也是美國數一數二的人物。我喜歡這種在同一個版面莊嚴詼諧並陳的不經意，也沒有人想到要把韋伯趕到漫畫版——這可是兩位巨擘，地位等量齊觀。

在這些快活的人當中，有個跑市政新聞的記者叫做約翰．奧雷利（John O'Reilly），他總是一本正經地報導一些人情趣味和動物保育的新聞，也總是有辦法將稀奇古怪的消息寫成嚴肅的新聞報導，因此備受尊崇。我記得他每年都要寫一篇關於燈蛾幼蟲的文章，因為據說燈蛾幼蟲身上黃黑條紋的寬度可以預測當年是酷寒的嚴冬或是暖冬；於是每年秋天，奧雷利都會帶著攝影師奈特．芬恩（Nat Fein）——他最出名的作品就是貝比．魯斯在洋基球場引退的照片，還因此榮獲普立茲獎——驅車前往大熊山公園，去那裡觀察燈蛾幼蟲過馬路，再用一種考察博物館的仿科學口吻寫成報導，一派大言不慚的預言家氣勢。而報社也總是將這則報導刊登在第一版，就在三個跨欄的頭條新聞底下，還附加一張燈蛾幼蟲的照片——蟲子身上的條紋看起來一點也不特別。到了隔年春天，奧雷利會再寫一篇後續報導，告訴讀者今年的燈蛾幼蟲預測得準不準，就算不準，也沒有人會怪他——或是怪那些蟲子——重點是大家看了開心就好。

從此，我就將愉悅感當做我身為作家與編輯的信條。寫作本身已經是很孤獨的工作，所以我總是想辦法尋開心。如果我在寫作的過程中發現什麼有趣的事情，我就會寫進文章裡自娛；如果我覺得有趣，想必有些人也會有同感，那麼對我來說，那一天的工作就值得了。就算有些讀者覺得無趣，我也不會在乎，因為我知道有很大一票人是沒有什麼幽默感的——他們始終不知道世界上有人想要逗他們開心。

我在耶魯大學教書時，曾經邀請幽默作家S．J．皮若曼來跟學生演講，其中一名學生問他：「要如何成為一位幽默作家？」他說：「要大膽、熱情、快活，其中最重要的是大膽。」然後他又說：「必須讓讀者感覺到這位作者寫得很開心。」這句話在我腦子裡像煙火一樣爆裂四射：他說的，不正是愉悅感嗎？然後他又補充了一句：「即使他實際上並不開心。」這句話也同樣令我感到震撼，因為我知道皮若曼在現實生活中承受了比一般人更多的挫折、壓力和痛苦，然而他還是每天坐在打字機前，與文字共舞。他怎麼會不覺得開心呢？他整個人都卯起了勁兒呢。

作家在寫作時也需要借助外力來啟動創作引擎，跟演員、舞蹈家、畫家、音樂家沒有什麼兩樣。有些作家筆下文字的能量充沛，彷彿颳起一陣勁風，吹得讀者隨風飄盪——諾曼．梅勒、湯姆．伍爾夫、東妮．莫里森、威廉．巴克利（Willam F. Buckley）、杭特．湯普遜（Hunter Thompson）、大衛．佛斯特．華勒斯（David Foster Wallace）、戴夫．艾格斯（Dave Eggers）——讓我們以為他們只要一開始工作，文思就會像湧泉一樣源源不絕，從來就沒有人想過他們每天早上要花多少力氣啟動開關。

你們也一樣得自己啟動開關，沒有人會替你們啟動。

可惜的是，有一股同樣強勁的負面潮流也同樣會啟動，那就是恐懼。對大多數美國人來說，對寫作的恐懼很早就埋在他們心裡，多半是從在學的時候，而且始終不曾完全消褪。等著你來填滿美妙文字的一張白紙或是空白的電腦螢幕，有時候會讓我們僵住，一個字都寫不出來，或是寫出一些不那麼美妙的文字。我也經常看著電腦螢幕上那些死氣沉沉的文句感到沮喪不已——如果我將寫作視為正職工作，寫起來就沒有那麼愉快了；唯一讓我感到安慰的是，我總是有機會修改這些可悲的句子，也許是明天，也許是後天或是大後天。每一次改寫，我都設法在文章中加進一點我的個性。

對非虛構文類的作家來說，最大的恐懼可能是害怕自己無法完成他們的任務。寫小說是另外一回事，因為小說家可以創造一個他們自己發明的世界，通常都充滿了也是他們自己發明的隱喻（像是湯瑪斯・品瓊〔Thomas Pynchon〕、唐・德里羅〔Don DeLillo〕），我們無權去跟他們說：「你錯了。」我們最多只能說：「我覺得不是這樣。」非虛構作家就沒有這種喘息的機會，他們必須負完全責任：對事實負責、對他們的採訪對象負責、對作品中所寫的地方負責、對在那裡發生的事情負責，還必須對他們的技藝負責，並且承受因過度誇大或雜亂失序所帶來的風險：失去讀者、讓讀者困惑混淆、讓讀者感到無聊或是無法讓讀者從頭看到尾。報導中若有任何不精確或是失手之處，我們都會說：「你錯了。」

你要如何對抗這些負面批評和失敗的恐懼呢？其中的一個方法就是寫你自己感興趣和關心的題材。我邀請來跟耶魯學生演講的另外一位作家是詩人艾倫・金斯堡（Allen Ginsberg），有學生問他生命有沒有哪一刻讓他有意識地決定要成為詩人。金斯堡說：「那不算是一種選擇——而是一種體悟。那年我二十八歲，正職是做市場調查研究；有一天，我跟我的心理醫生說，我真正想做的事情是辭掉工作，專心寫詩。那醫生說：『有什麼不可以？』我說：『美國心理分析學會會怎麼說？』他說：『沒有規定。』於是我就辭職了。」

我們不知道對市場調查研究的領域來說，那是多大的損失，但是卻成就了詩歌界的一個重要的時刻。沒有規定：也是給作家的好建議。規則可以由你自己決定。雷德．史密斯在一位同儕運動專欄作家的喪禮上致悼詞，說：「死亡沒有什麼大不了的，活著才需要技巧。」我景仰雷德．史密斯的一個原因，就是他以優雅幽默的筆風寫運動寫了五十五年，從來不曾屈服在覺得自己應該寫一點「嚴肅」題材的壓力之下——這樣的壓力毀了好幾位運動專欄作家——他覺得報導體育新聞、寫運動專欄是他想做、也愛做的事，正因為適合他，所以他比許多寫嚴肅題材的作家，針對美國價值說了更多、也更重要的話——那些作家寫作的題材太嚴肅，嚴肅到沒有人看得懂。

活著才需要技巧。下筆風趣的作家多半對他們寫作的題材也深感興趣。這幾乎是成為作家的全部關鍵了。我利用寫作，替自己找到了有趣的生活，也藉此不斷學習。如果你很喜歡也很想深入了解寫作的題材，那麼你感受到的愉悅就會形諸文字。學習是文字的補品。

這並不表示當你走進一個陌生的領域就不會緊張。一個非虛構文類作家，註定會一次又一次地被丟進專業領域，你自然會擔心自己資歷不夠，無法寫出好看的故事。每次我展開新的寫作計畫都有這樣的焦慮；當我到布雷登頓準備要寫《春訓》那本跟棒球有關的書時，也感受到同樣的焦慮。雖然我一輩子都是棒球迷，但是卻從未寫過跟任何體育有關的題材，沒有採訪過任何職業運動員。嚴格說起來，我沒有任何相關資歷：我拿著筆記本走近的任何人——球隊經理、教練、選手、裁判、球探——大可以質疑我：「你還寫過其他什麼跟棒球有關的作品？」但是沒有人問。他們沒問，是因為我有另外一種資歷：誠懇。在這些人的眼中，顯然我真的很想知道他們在做些什麼。當你走進一個新的領域，需要一點信心時，請切記這一點：你最優秀的資歷，就是你自己。

也請切記：你的任務或許不如你所想的那麼狹隘，過程通常都會觸及你學經歷中意想不到的角落，讓你可以發揮所長，拓展作品的範疇。只要陌生感少一點，你的恐懼也會跟著少一點。

一九九二年發生了一件事，讓我認知到這一點。當時我接到《奧杜邦》[1]畫報編輯打來的電話，問我可不可以替他們雜誌寫一篇文章。我說不行，我們家四代都住在紐約，我們扎根在混凝土裡。「不只對我，對你或對《奧杜邦畫報》來說，都不合適。」我跟編輯說。我從來不接自認為不合適的工作，也很快回覆編輯，請他們去找別人。那位編輯答道——任何一位好編輯都應該這樣說——他相信我們可以找點什麼事情來合作；兩個星期後，他又打電話來說，他們雜誌決定要重寫一篇關於羅傑·托里·彼得森的文章——他是讓美國成為賞鳥國度的人，他所寫的《鳥類圖鑑》（*Field Guide to the Birds*）從一九三四年問世以來，始終暢銷不墜。編輯問我有沒有興趣呢？我說，我對鳥類所知有

1 譯註：《奧杜邦》（*Audubon*）是美國奧杜邦學會（The National Audubon Society）的出版刊物，這本雜誌以自然為主題。奧杜邦學會成立於一八八六年，是一個非營利性民間環保組織，以美國鳥類學家、博物學家和畫家約翰·詹姆斯·奧杜邦（John James Audubon）命名。

限，唯一能辨認的品種就是鴿子，因為牠們常常在我曼哈頓公寓的窗台外叫個不停。

我必須跟我要寫的對象有某種程度的熟悉才行。彼得森的案子不是我自己想要的，而是別人主動找上門。我以前寫過的每一篇人物特寫，我幾乎都熟悉他們的工作，也喜歡他們的作品，這些創作者包括漫畫家奇克·楊恩（《白朗黛》的作者）、作曲家哈洛德·艾林（Harold Arlen）、英國演員彼得·謝勒（Peter Sellers）、鋼琴家迪克·海曼（Dick Hyman）、英國旅遊作家諾曼·路易士（Norman Lewis）等。我對他們多年來與我為伴、帶給我無窮喜悅的感激之情，成了我寫作的動力泉源。如果你希望自己的作品能夠傳達愉悅感，就要寫你尊敬的人。寫文章來毀滅或詆毀一個人，對作者本人也同樣有殺傷力。

然而，後來發生了一件事，改變了我對《奧杜邦》邀稿的想法。我剛好看到公共電視台的一部紀錄片《鳥之禮讚》（*A Celebration of Birds*），節目概括描述了羅傑·托里·彼得森（Roger Tory Peterson）的一生與作品。特別讓我注意的是，彼得森雖然高齡八十四歲，仍然充滿活力，工作不輟——每天作畫四個鐘頭，到世界各地的棲地拍攝鳥類生態。這就**真的**讓我感興趣了。我要寫的不是鳥類，而是不服老的人：老年人如何持續創作。我記得彼得森就住在康乃狄克州，離我們家夏天度假的地方不遠，我可以開車去跟他見個面；如果我們之間沒有共鳴，那也沒有損失——除了一加侖的汽油之外。於是我跟《奧杜邦》的編輯說，我可以試著寫一點隨筆，非正式地去「看看羅傑·托里·彼得森」，先不搞什麼大篇幅的人物專訪或側寫。

當然，結果變成了長篇人物專訪，足足有四千字，因為我一看到彼得森的工作室，就知道將彼得森視為鳥類學家——正如我先前的設想——簡直錯失了他一生最精采的重點。別的不說，他本身就是藝術家。他利用繪畫技巧，讓數百萬讀者得以分享他對鳥類的知識，也讓他成為權威的作家、編輯和生態保育專家。我問到他早年的老師和精神導師——美國藝術家約翰．斯隆（John Sloan）、埃德溫．狄金遜（Edwin Dickinson）——問到一些偉大的鳥類畫家，如詹姆斯．奧杜邦（James Audubon）、路易斯．阿格西．佛埃特斯（Louis Agassiz Fuertes）等人對他的影響，結果我的故事除了是講鳥類之外，也談到了藝術與教學，正是我自己的興趣所在；當然，其中也講到了不服老的人：彼得森已經八十幾歲了，但他的工作日程和強度連五十來歲的人都會吃不消。

這個故事給非虛構文類作家的啟示就是：拿到寫作任務之後，要想得開闊一點；不要認定替《奧杜邦》寫文章，就一定得寫自然界；或是替《車友雜誌》（*Car & Driver*）寫文章，就絕對只能寫汽車。挑戰主題的極限，看看你能夠走多遠，並且將生活的一部分寫進文章中，因為除非你寫了，否則永遠都不會是你的版本。

於是關於彼得森的故事，也多了一個**我的**版本，在《奧杜邦》刊登之後沒有多久，我太太在我們家的電話答錄機上聽到一則留言，說：「請問是自然作家威廉．金瑟嗎？」她覺得很好笑，確實也很可笑。然而，事實上，鳥類研究社群認為我筆下的彼得森才是最有權威、最可靠的版本。我之所以提到這一點，是為了給所有非虛構文類作家一點信心：重點在於採訪寫作的技藝。只要你能精通這門技藝——訪問的基本原則，井然有序的文章結構——只要你能運用常識與人情趣味，替你的任務增色，那麼**任何**主題都難不倒你。那就是你通往快樂人生的車票了。

話說如此，要不被專家的專業給嚇到，也不是一件容易的事。你會想：「這個人對他的領域知道得那麼多，我這麼笨，怎麼能採訪他？他一定會覺得我很蠢。」他對他的領域知道得那麼多，因為他是那個領域的專才；而你則是通才，你的任務是要讓一般人都能夠了解他的工作。這就表示，你要不斷地追問，要求他澄清一些在他看來顯而易見，也認為一般人都會覺得顯而易見的答案。你要相信自己的常識判斷，挖掘你需要知道的答案，不要害怕問一些愚蠢的問題。如果專家覺得你愚蠢，那是他的問題。

你的問題應該是：專家第一次的答覆夠充分嗎？通常都不夠。這是在我接受了第二次的邀約，再度踏進彼得森的領域時學到的教訓。當時里佐利公司的編輯——那是一家專門出版藝術書籍的公司——打電話來說，他們想以「羅傑．托里．彼得森的藝術與攝影」為主題，出版一本大部頭的書，書裡會有好幾百張彩色圖片，但是需要八千字的文字敘述，而既然我是最新的彼得森權威，他們希望由我來執筆。哈，誰說可笑了？

我跟編輯說，我有一個原則，就是不重複寫同樣的主題。我第一次替《奧杜邦》寫的文章已經很謹慎了，所以不可能再寫第二次；但是，他可以取得授權在書中重印我的文章，我不反對。他同意我的建議，不過我必須再多寫四千字——要天衣無縫地融入原來的文章之中——主要著墨於彼得森的繪畫與攝影技巧。

這聽起來挺有意思的，於是我準備了一些新的問題，又回去找彼得森，不過這一次技術性的問題比較多；先前《奧杜邦》的讀者想要聽到的是他的生活，而現在的讀者想要了解藝術家如何精煉他的藝術，於是我的問題直接問到創作的過程與技巧。

「我稱我自己的作品是一種『綜合媒材』，」彼得森跟我說，「因為我的主要目的是為了教育。我可能會先用透明水彩，然後換成水粉彩顏料，再上一層壓克力顏料做保護膜，接著再用壓克力，或是一點粉彩、或彩色鉛筆、或鉛筆、或墨水——什麼都可以用，只要能夠達到我的目的。」

我從以前的採訪中得知，彼得森很少第一次就給我充分的答覆。他是瑞典移民之子，天生沉默寡言，不愛說話。我問他現在採用的技巧跟以前的作畫方式有什麼不同。

「現在我還在嘗試觀望，」他說。「試著多加一些細節，又不失簡單的效果。」然後他就打住了。

為什麼到了晚年才覺得需要多加一些細節呢？

「這些年來，有好多人都很熟悉我白描的鳥類，」他說，「現在他們開始想要看到更多：羽毛的樣子，或是更多立體的感覺。」

我們談完繪畫之後，又開始聊攝影。彼得森對他用過的每一台賞鳥相機都如數家珍，從十三歲的第一台Primo九號——使用的是玻璃底片，拍照時還會發出轟隆巨響——開始談起，一路聊到自動對焦與輔助補光等現代科技，他對此感到讚嘆不已。我本身不是攝影師，從未聽過什麼自動對焦與輔助補光，但是我只要不害怕提問，就會知道這些功能為什麼有用了。自動對焦的優點是：「你只要將鳥類放進鏡頭裡，其他的事情交給相機去做就行了。」輔助補光則是：「底片看到的沒有眼睛多，人類的眼睛可以看到陰影的細節，而輔助補光可以讓相機捕捉到這些細節。」

然而，彼得森提醒我，科技畢竟只是科技。「很多人以為只要有好的裝備就行了，」他說。「他們誤以為相機什麼都能做。」他知道自己在說什麼，但是**我**需要知道為什麼相機不是什麼都能做。在我追問「為什麼不行？」以及「還有什麼其他的事情相機不會做？」之後，我得到了不只一個答案，而是三個。

「身為攝影師，在拍照過程中，你會用到你的眼睛和構圖感，還有溫度——比方說，你不會在正午或是一天剛開始或快要結束的時候拍照；同時你也會注意光線的品質；有時候，淡淡的陰霾也有不錯的效果。了解動物也有莫大的幫助：可以預測鳥類會做什麼。你可以預測到像集體捕食這樣的活動，也就是鳥類成群集體捕魚的活動。集體捕食對攝影師來說至關重要，因為進食是鳥類的基本活動之一，而且當牠們在吃東西的時候，比較能夠容忍你長時間存在；事實上，牠們在吃東西時根本就無視你的存在。」

我們兩人——專家先生和愚蠢先生——就這樣一路聊下去，直到我挖掘出許多我認為很有趣的想法。「我差一點就成了奧杜邦，」彼得森說——**這個**有意思——「所以我可以感覺到環保運動帶來的改變。」他回憶說，在他小時候，每個孩子都會拿彈弓打鳥，但是有很多品種後來都被獵人殺光或是接近滅絕，只為了取他們的羽毛，或是賣給餐廳，甚至只為了休閒娛樂；但是也有好消息——還好他活得夠久，可以親眼看到——在公民採取行動保護鳥類及其棲息地之後，又有許多品種死裡逃生。接著他又說：「人類對鳥類的態度也改變了鳥類對人類的態度。」

這個很有意思。我的寫作生涯中，對自己說「這個有意思」的次數多到令人訝異。當你也對自己說這句話時，一定要特別留意，跟著你的直覺挖掘下去。你要相信自己的好奇心跟讀者的好奇心是相通的。

彼得森說鳥類改變他們的態度是怎麼一回事？

「烏鴉變得比較溫馴，」他說。「海鷗也多了——牠們是垃圾掩埋場的清潔大隊。白燕鷗開始在購物商場的屋頂築巢；幾年前，在密西西比州高地埃市的歡唱河購物中心屋頂上有一千對白燕鷗。學舌鳥特別喜歡購物中心，牠們喜歡那裡的植物，尤其是野薔薇；野薔薇的果實夠小，牠們可以吞得下去。此外，牠們也喜歡購物中心嘈雜的人聲——牠們就坐在那裡，指揮交通。」

我們在彼得森的工作室聊了好幾個鐘頭。那間工作室就是藝術與科學的前哨站——畫架、顏料、畫筆、完成的畫作、印刷品、地圖、相機、攝影器材、原住民部落的面具、架上的參考書與期刊——到了訪談最後，他準備要送客時，我又問了一句：「還有什麼別的嗎？」通常在你把鉛筆收起來後，在告別的閒話家常之中，才會得到最好的素材；因為受訪者剛剛結束正式的訪談，當著一個陌生人的面，講述自己還端得上檯面的人生，這是卸下心防的時候，人們往往會想到一些重要的事。

在我問了還有沒有什麼別的之後，彼得森說：「你想不想看我收藏的鳥？」我說當然想看。於是他帶著我從屋外的樓梯走到一個地窖門前，打開門鎖，領著我走進地下室，裡面全是櫥櫃與抽屜——科學家用來存放東西的家具，看起來很眼熟，讓人聯想起未曾現代化的小型學院博物館。說不定達爾文還用過這些抽屜呢。

「我這裡有兩千多個物種的標本，是我做研究用的，」他跟我說。「大部分都有一百年的歷史，到現在還是很有用。」他隨手拉開一個抽屜，拿出一隻鳥，給我看上面的標籤，寫著「橡樹啄木鳥，一八八二年四月十日」。他說：「你想想，這隻鳥已經一百一十二歲了吔！」他又打開其他幾個抽屜，溫柔地拿出幾隻維多利亞晚期的鳥類給我欣賞——可以追溯到葛洛夫・克里夫蘭擔任總統的時代。

一九九五年，里佐利公司的書出版了，裡面有許多驚人的圖畫與照片；隔年，彼得森就去世了。他這輩子的追求終於結束；他這一生中，在全球九千種的鳥類裡，「只看過四千五百多種」。我在寫這兩篇文章的時候，有愉悅感嗎？我不能說有，因為彼得森太認真、嚴肅，沒有什麼樂趣可言。但是能夠完成兩篇超乎我正常經驗的文章，讓我非常開心；這等於是我也收藏了一種屬於我自己的罕見鳥類。當我把彼得森跟我收藏的其他物種一起收進抽屜裡時，我心想：嗯，這個挺有意思的。

第二十二章　別被成品綁架

我在曼哈頓的新學院教了很多年的寫作課，經常有學生跑來跟我說，他們有一篇文章的構思非常適合《紐約》（*New York*）、《運動畫報》（*Sports Illustrated*）或其他雜誌。這是我最不想聽到的話。他們可能已經在腦子裡看到文章印出來：標題、編排、照片，還有最重要的——作者署名。萬事俱備，只欠東風，現在只要寫出來就行了。

這種只關注最後成品的習慣，帶給作家很多麻煩，因為這使他們無法專注於寫作初期必須做的許多抉擇，如形式、聲音、內容等等。這是一種非常美式的困擾。我們的文化崇尚勝利的結果：聯盟冠軍、考試高分；教練坐領高薪是為了帶領球隊贏球，教師則因為讓學生進入最好的大學而獲得讚許。至於過程中，比較沒有那麼光鮮亮麗的收穫——學習、智慧、成長、信心、面對失敗——並沒有得到同等的尊重，因為這些都無法計分。

對作家來說，勝利的分數就是支票。專職作家在寫作大會上最常被問到的問題就是：「我要如何才能賣出我的作品？」這是我唯一不回答的問題，部分原因是因為我不夠格回答——我完全不知道當前市場上的編輯想要什麼東西；但願我知道。但是主要原因還是我對於教作家如何賣出作品不感興趣；我希望教他們如何寫作。如果寫作過程沒有出錯，成品就不會有問題，自然也就可以賣得出去。

這是我在新學院開課的前提。一九一九年，一群思想開明的學者創辦了社會研究新學院（New School for Social Research），此後就一直是這座城市裡最有活力的學習中心。我喜歡在那裡教書，因為我認同該校的歷史角色：提供有助於刺激成年人好好過日子的資訊。我喜歡搭地鐵去上夜間課程，跟著下班尖鋒時段的人潮走進大樓上課，等到下課再一起走出來。

我選擇「人與地」做為課程名稱，因為二者正是記敘文的核心。我覺得，只要專注於這兩個元素，就能涵蓋所有非虛構文類作家必須知道的事情：如何將他們的故事放在一個特定的地方，以及如何讓住在那個地方的人講述該地有什麼特殊之處——或是曾經有什麼特殊之處。

但是我同時也想做個實驗。身為編輯兼老師，我很早就發現在非虛構文類寫作中最沒有辦法教、也最被低估的能力，就是如何組織長篇論敘：如何將零散的拼圖拼湊起來。作家不斷地學到如何寫出清晰易懂的陳述句，但是如果要他們更進一步——寫一篇文章或是一本書——他們的句子就像彈珠一樣，散落滿地。每一位經手過長篇文稿的編輯都知道，處理這種無法逆轉的混亂場面是多麼痛苦的一件事；偏偏一心只看著終點線的作家，不會有太多心思來想著如何好好地跑完這場比賽。

我想知道有沒有什麼方法可以讓作家不再痴迷執著於完成寫作這件事。突然間，我有個極端的念頭：我可以教一門不需要寫作的寫作課。

我的第一堂課——從此以後一直都是這樣——課堂上有二十幾個成年人，年紀從二十幾歲到六十幾歲不等，大部分是女性；其中有些是郊區小報、地區電視台或商情貿易雜誌的記者，不過主要還是白天有其他正職的一般人，想要學習如何利用寫作來了解自己的生命：挖掘他們在某個特定時空是什麼樣的人、曾經是什麼樣的人、有什麼樣的家族傳統等等。

第一堂課是讓大家自我介紹，同時說明寫人物和地方的一些原則。在這堂課結束前，我說：「下個星期，我要你們準備一下，想一個對你來說很重要，而且你也想要寫出來的地方，然後告訴我們：你**為什麼**要寫這個地方，又打算**如何**寫這個地方。」我這個老師向來不喜歡在課堂上大聲念出學生的作品，除非真的是好得不得了；人對於自己寫的東西常常特別敏感脆弱，但是我猜，如果只是心裡想的事情，應該沒有那麼敏感，畢竟思想還沒有在神聖的白紙上成形，隨時都可以修改或重新組合或丟棄。話雖如此，我還是不知道會發生什麼事。

到了下個星期，第一位自願上台報告的是一名年輕女性，她說她想寫她的教堂；教堂位在第五大道上，最近剛遭遇回祿之災。雖然教堂已經恢復正常使用，但是牆壁仍然漆黑，內裝的木頭也都燒焦了，還有煙的餘味。她說這樣的情況讓她惶惶不安，她想釐清這場火災對她這樣的教區居民還有對教堂本身代表什麼意思。我問她打算怎麼寫，她說她可能會去採訪牧師、風琴手或消防隊員，甚或教堂司事或唱詩班的指揮。

「妳已經給了我們五篇法蘭西斯．克萊恩（Francis X. Clines）的傑作，」我跟她說。我指的是《紐約時報》裡專寫本地新聞專題的記者，他的文筆優美而有溫度。「但是這樣對妳、對我、對這門課來說，都還不夠好；我要妳更深入一點，找出自己跟妳打算要寫的這個地方之間有什麼聯繫。」

她問我心裡想的是什麼樣的作品，我說我不想給予任何建議，因為這門課的主要用意就是大家一起思考可能的解決途徑；但是因為她是我的第一隻白老鼠，所以我還是得試一試：「妳在未來幾個星期去教堂的時候，」我說，「就坐在那裡，想著那場火災。經過三、四個星期天之後，教堂就會告訴妳那場火災的意義何在。」然後我又說：「上帝會跟教堂說，要教堂告訴妳那場火災的意義何在。」

我聽到教室裡的學生倒抽一口冷氣。美國人只要一聽到有人提起宗教，就大驚小怪；但是學生看得出來我不是在開玩笑，從那個時候開始，他們就很認真地看待我的想法。每個星期，他們會邀請其他人分享各自的生命經驗，告訴我們一個觸及他們利益或情感的地方，試著決定要如何寫那個地方。每一堂課，我會花一半的時間教寫作技巧、閱讀其他非虛構文類作家所寫的作品——這些作家都已經解決了學生還在苦思出路的問題；另外一半的時間用於我們的實驗室：解剖作家組織問題的手術檯。

最大的問題多半就是濃縮：如何從一大堆糾結不清的經驗、感覺和記憶中，提煉出一段條理分明、邏輯連貫的論述。「我要寫一篇關於愛荷華州內小鎮消失的故事，」有個女學生跟我們說。她描述小時候住在祖母農場上的生活，說明從那之後，中西部小鎮生活的肌理如何被耗損殆盡。這是一個很好的美國題材，也是非常有價值的社會史主題。但是沒有人能夠在一篇文章裡像樣地涵蓋愛荷華州所有消失的小鎮；到最後可能只剩下概括性的論述，又沒有人情趣味。作者必須只寫愛荷華州內**某一個**小鎮的消失，藉此帶出背後更大的主題；即使在那個小鎮上，她可能也必須再縮小故事的範圍：寫一間店鋪或是一個家庭或是一座農場。我們也討論了不同的手法，最後作者才慢慢地將故事的範圍縮小到「人」的尺度。

我也發現學生透過摸索，經常很快就能找到適當的路徑，而且教室裡的每一個人也都看得出來，讓我頗感訝異。某個學生可能會說，他想寫一篇關於他曾經住過的一個城鎮，也大膽提出可能的途徑：「我可以寫X。」但是，甚至連他自己都覺得這個X沒有意思，缺乏獨特性；Y跟Z也很無趣；其他的P和Q和R也是一樣。就在作者搜索枯腸，挖掘他生命的每一個片段時，他突然想到了M這個早就遺忘的記憶——簡直是驀然回首，卻在燈火闌珊處——一件看似不重要卻貨真價實的事，而且包含了讓他從一開始就想要寫的每一個元素。「你找到你的故事了。」班上有幾個人同時說，而且他們說得一點也沒錯。我給這個學生時間，讓他慢慢去找。

我刻意讓學生學習從咄咄逼人的緊迫性中釋放出來，讓他們的新陳代謝放慢速度。我跟他們說，如果他們真的寫出來，我很樂意替他們看稿，即使是在課程結束之後才寄給我看。可是那並不是我開這門課的主要用意：我主要還是對過程感興趣，而不是最後的成品。起初，這讓他們感到不安，畢竟這是美國——他們需要結果認可，這是他們的國民權利。有好幾個學生還私下來找我，幾乎是偷偷摸摸地跑來跟我說，彷彿是要洩漏什麼見不得人的祕密：「你知道嗎？在我上過的寫作課中，這是唯一不是市場導向的。」這話聽了真讓人喪氣。但是過了一陣子之後，他們發現不再受到截稿時間拘束，是多麼的自由自在——在他們的高中、大學、研究所時代，截稿時間就像一隻大怪獸（「學期報告繳交最後期限在星期五！」），始終都是貪得無饜。他們放鬆心情，思考著達到目的地的不同方法，同時享受這個過程；有些方法行得通，有些不行，但是擁有允許失敗的權利，真是自由啊。

有時候，我會在工作坊中，跟小學或中學老師談起這門課，原本並沒有預料到這樣的方法也適用於他們那個年齡層的學生——青少年的回憶和情感不如成年人那麼豐富——但是他們總是要求我多講一些細節。我問他們為什麼這麼感興趣，他們說：「你給了我們一張新的時間表。」他們的意思是說：指定短期報告的傳統方式，或許只是老師長期以來因循的傳統，從來沒有人提出質疑；於是他們也開始思考有沒有新的方式來指定作業，給學生更多的空間，也用不同的期望標準來評斷他們。

我在課堂上使用的方法——想一個特定的地方來寫——只是教學法上的一個設計而已，真正的用意是給作者一個全新的思維方式，未來可以應用在他們可能嘗試的任何寫作主題，給他們充分的時間，慢慢地走完創作路程。而對其中一名學生來說——一位三十多歲的男性律師——這段路走了整整三年。一九九六年的某一天，他打電話給我，說他跟一九九三年在課堂上提出來的題目搏鬥了好久，現在終於解決了結構組織的問題，問我願不願意看看他的稿子？

結果他寄來了一份三百五十頁的手稿。我必須承認，我心裡有一小部分老大不樂意——我並不想收到三百五十頁的手稿——但是大部分還是覺得欣慰，因為我啟動的這個程序終於有了成果；同時我也很好奇，想要看看這位律師是如何解決他的問題，因為我還記得一清二楚。

他跟我們說，他想寫的地方是康乃狄克州的一個郊區小鎮，是他從小成長的地方，而他的主題是足球。他小時候參加學校的足球隊，和另外五個跟他一樣熱愛運動的男孩結為好友，他想寫出這段交往的經歷以及對足球給他這段經歷的感恩之情。我說，這是很好的寫作主題：回憶錄。

這位律師接著又說，由於這段友誼感情深厚，這六位現在已經是東北部專業人士的中年男士仍然保持聯繫——他們持續每隔一段時間就會見面——因此他也想寫出這樣的經驗，感謝這種歷久彌新的友誼。我說，那也是一個很好的主題：個人抒情文。

但是不只如此。這位律師還想寫當前的足球現況；他記憶中的運動組織已經遭到社會變遷侵蝕。其中一大損失，就是球員已經不再進更衣室換衣服；他們在家裡換好制服，由父母親直接開車送到球場，結束後便直接驅車回家。這位律師想要回到小學母校擔任志願足球教練，然後寫出過去與現在的對比。這仍然是另外一個很好的主題：調查報導。

我聽他的故事聽得津津有味，因為這些故事帶我走進一個我一無所知的世界，而他對這個世界的豐富情感也相當動人。但是我同時也知道，他會把自己逼瘋，於是我老實跟他說：他不可能將所有的故事都納入同一個屋頂下；他必須選擇一個本身就有一致性的故事。結果呢，他真的將所有的故事都納入同一個屋頂下，只不過房子經歷了大規模的擴建，足足花了三年才完成。

我看完他那篇名為《我們的生命之秋》（*The Autumn of Our Live*）的手稿之後，他問我夠不夠好？能不能寄給出版社？我跟他說，還不能；還需要再改寫一次。也許他就是不想再多費工夫。他想了一下，說：他已經走了這麼遠，想要再試一次。

「可是就算最後沒有出版，」他說，「我也很高興我寫完了。我無法跟你形容這對我有多麼重要——寫出足球在我人生中的意義，本身就是最好的回報了。」

我最後想到的兩個字：一個是「quest」（追尋）；另外一個則是「intention」（初衷）。

「追尋」是說故事時最古老的主題，是我們百聽不厭的信仰行動。回首來時路，我發現課堂上要求學生去想一個對他們來說很重要的地方，他們會利用這個機會去追尋比那個地方本身還要更深層的東西：某種意義、某種想法、過去的浮光掠影；這讓課堂上的一群陌生人之間，始終有一種溫暖的互動。（有些班級甚至還開了同學會呢。）每一個學生展開的追尋，都呼應了我們自己渴望的某種追求。這給我們的啟示是：不管任何時候，只要你能以追尋或是朝聖的形式講出一個故事，那你就已經搶得先機了。自己會聯想的讀者，自然會替你完成一部分的工作。

「初衷」則是我們想用寫作來達成的使命，姑且稱之為作家的靈魂吧。我們可以用文字來肯定與歌頌，也可以用文字來詆謗和毀滅，抉擇權在我們的手上。長期以來，毀滅一直是新聞報導的一種模式，是窺祕和探人隱私的狗仔的最好獎賞。但是沒有人能夠強迫我們去寫自己不想寫的東西。我們必須保持這樣的初衷。非虛構文類作者經常忘記自己不需要從俗或是同流合污，不必替那些別有用心的雜誌編輯寫垃圾文章——販賣商品。

寫作關乎人格。如果你的價值觀健全可靠，你寫出來的文章就健全可靠；這一切都由你的初衷開始。好好思考你到底想做什麼，又打算怎麼做，從人情趣味與誠懇正直中找到你的途徑，完成你的文章。**然後**，你自然會有賣得出去的作品。

第二十三章　作家的選擇

到目前為止，這本書講的都是選擇——在寫作的每一個動作中，都有一連串數不清的選擇。有些選擇很大（「我要寫什麼呢？」），有些則小至一個字。但是，所有的選擇都至關緊要。

前面一章講的是大的選擇：形式、結構、濃縮、焦點和初衷。這一章則是關於小的選擇：在組織一篇長文時必須做的上百個選擇。我覺得直接舉例說明要如何做這些選擇會比較有幫助，因此我用自己寫的一篇文章做為分析的範本。

學習如何組織一篇長文，跟學習如何寫出清晰悅目的句子一樣重要。寫作是連續的線性結構，邏輯是連接句子的黏著劑，從這一句到下一句、從這一段到下一段、從這一節到下一節都必須維持一定的張力，而且敘事方式——精采而老式的說故事方法——必須吸引讀者看下去，又不至於讓他們發現自己上鈎，如果你不曾時時牢記以上重點，那麼你寫的那些清晰悅目的句子依舊只是破碎的片段。你該讓讀者發現的唯一一件事，就是你已經替這段旅程做好了詳實可行的計畫，而且每一個步驟都是不可或缺的。

我選的這篇文章叫做〈來自廷巴克圖的消息〉（The News from Timbuktu），刊登在《旅遊者雜誌》（*Condé Nast Traveler*）上；這篇文章雖然只是一位作家解決某個特定問題的方法，卻也可以應用在非虛構文類寫作的各種問題。下面我就針對這篇文章進行註解，說明我在寫作時所做的選擇。

對任何一篇文章來說，最困難的選擇莫過於如何開始。第一段的導言必須有讓人眼睛為之一亮的想法，抓住讀者的注意力，然後在接下來的每一段都逐漸加進一些新的資訊，牢牢地抓著他們。加入資訊的重點是要引起讀者的興趣，讓他們跟著文章走完全程，不會半途而廢。導言可長可短，可以只有一句話，或是要多長有多長；當所有該做的事情都已經做完了，你就會知道導言該結束了；然後你就可以換成比較輕鬆的語氣，繼續說你的故事。以下是我寫的第一段，提出一個醒目的概念讓讀者去思考——我希望這是他們沒有想過的概念。

> 我初到廷巴克圖時，讓我最驚訝的是這裡的街道是用沙子鋪成的。我突然意識到沙子跟泥土很不一樣。每一座城鎮的街道一開始都是鋪土的，然後隨著居民富裕起來，征服了他們的環境，就會鋪上路面。但是沙子代表失敗。街道上鋪著沙子的城市，是在世界邊緣的城市。

請注意這段落裡的五個句子是多麼簡單：平鋪直敘的句子，幾乎沒有逗號。每個句子包含一個想法——只有一個；讀者一次只能處理一個概念，而且是以線性順序處理的。作者遭遇到的絕大多數問題，都來自於他們想要讓一個句子做太多事情。千萬別害怕將一個長句拆成兩個或三個短句。

這當然就是我到這裡來的原因：廷巴克圖是每個追逐世界邊緣的人嚮往的最終目的地。其他六個光是因為名字就可以吸引遊客蒞臨的地方——峇里島、大溪地、撒馬爾罕、費茲、蒙巴薩、澳門——沒有一個可以跟廷巴克圖所代表的偏遠相提並論。有很多人聽說了我這趟旅程後，都不相信廷巴克圖是一個真實的地方，人數多到令我訝異；就算他們相信真的有這麼一個地方，也想不出來可能在世界的哪個角落。對他們來說，這只是一個字——是表示幾乎遙不可及的同義詞裡最生動的一個，是作詞人找不到押「ㄨ」韻的字眼時從天上掉下來的禮物，用來比喻被愛沖昏頭的男孩為了心愛的女孩可以走多遠，只為了擄獲永遠都不可能贏得的芳心。但是廷巴克圖當然是一個真實的地方——是個「早已佚失」的非洲王國，就跟所羅門王的寶藏一樣，當維多利亞時代的探險家去尋找時，才發現原來早就不存在了。

這一段的第一句話是接續前面一段的最後一句話，不讓讀者有任何機會閃躲。然後，這一段有一個目的：承認讀者已經知道——或是半知半解——廷巴克圖，因此邀請那些跟作者本人一樣對這趟旅程有相同熱忱的讀者結伴同行。此外，還增添了一些特別的資訊——不是客觀的事實，而是有趣的傳說。

接下來的段落就是繁重的工作——已經不能再拖了。請注意這三個句子裡擠進了多少資訊：

然而，這早已佚失的廷巴克圖後來又被找到了，只不過，歷經千辛萬苦最後終於找到此處的那兩個人——一八二六年的蘇格蘭人葛登．萊恩與一八二八年的法國人荷內．卡里耶——必然覺得自己的苦難受到殘酷的嘲諷。十六世紀旅行家里奧．阿非利加努斯筆下描述的那個有十萬居民的傳說城市——有兩萬名學生、一百八十所可蘭經學校的學習中心——已經成了一座只剩下黃土建築的荒城，過往的榮耀與居民早就不復存在，只是因為獨特的地理位置，剛好位在駱駝商隊橫越撒哈拉沙漠重要途徑的交會點，所以才保留至今。非洲的商品交易，特別是北方來的鹽和南方來的黃金，大多在廷巴克圖進行交易。

廷巴克圖的歷史以及它出名的原因就到此為止。雜誌讀者對於一座城市的歷史及其重要性，只需要知道這麼多；不要給雜誌讀者超過他們所需的資訊，如果你真的還有更多話想說，那就去寫一本書或是替學術期刊寫稿吧。

現在，你的讀者接下來想要知道什麼呢？寫完每一句話，都要問自己這個問題。在這裡，他們想要知道的是：**我**為什麼會跑到廷巴克圖去？我這趟旅程有什麼目的？接下來的段落就直接回答這個問題——當然，還是要緊緊接著前面一句話說下去：

我到廷巴克圖來，是為了看駱駝商隊。我們有六名男女，不知道是太聰明還是太愚蠢——反正現在還不知道——看到了週日版《紐約時報》上有一篇來自法國的一家專門經營西非旅遊的小旅行社所刊登的廣告，就報名參加了這趟兩週的旅遊行程。（廷巴克圖在馬利，以前是法屬蘇丹。）旅行社的辦公室在紐約，我星期一一大早趕到那裡，搶了個頭香，問了一些平常的問題，也得到一些平常的答案——黃熱病疫苗、霍亂疫苗、瘧疾藥、別喝生水等等——還拿到一本旅遊手冊。

除了解釋這趟旅程的原由之外，這個段落還有另外一項工作：確定作者的個性與聲音。在旅遊寫作中，千萬別忘了你就是嚮導；光是帶著讀者去旅遊還不夠，你必須帶領他們去參加**你的**旅程，必須讓他們認同你——認同你的希望與憂慮。也就是說，你要讓他們知道你是什麼樣的人。「不知道是太聰明還是太愚蠢」這句話讓人想起旅遊文學中常見的人物：可能是冤大頭或是專門耍寶的旅客；另外一句輕鬆帶過的話，則是搶頭香那句，我加這句話主要是為了自娛。嚴格說起來，到了第四段才說廷巴克圖在哪裡其實稍嫌晚了一點，但是我在前面幾段找不到合適的地方，隨便插入恐怕會破壞了導言的肌理紋路。

接著，第五段如下：

「一生只有一次的瘋狂舉動，參與阿扎雷運鹽商隊進入廷巴克圖的年度盛會！」旅遊手冊的第一句話這樣說。「想像一下：數以百計的駱駝，馱著一大袋、一大袋寶貴的鹽（對西非內陸原住民來說，這是『白金』），如凱旋歸來的軍隊，進入廷巴克圖——這個人口數七千，神祕而古老、半沙漠半城鎮的城市。色彩繽紛的游牧民族趕著商隊，走過一千英里，橫越撒哈拉沙漠，再以戶外盛宴與傳統部落舞蹈來慶祝這趟旅程的結束。您還可以獲邀以部落酋長貴賓的身分，在沙漠帳篷內住一晚！」

這是作者請別人來助一臂之力的典型範例——引用其他人的話，通常比作者本人講得還要更清楚。以這個例子來說，旅遊手冊不僅告訴讀者會經歷什麼樣的旅程，其文字本身也是妙趣橫生，提供了一個窗口，讓人瞥見旅行社的誇大。隨時注意一些有趣或是對你有用的字句，心懷感激地使用這些引文。以下是導言的最後一段：

好吧，這是我喜歡的那種旅行，後來發現我太太和其他四位同伴也都喜歡；雖然文體我未必喜歡。以年齡來說，我們從中年到享有免費健保的年紀不等；五個人來自曼哈頓中城，另外一位則是馬里蘭州來的孀婦；但是所有的人都有相同的終生嗜好，就是到邊緣之地旅遊。像威尼斯、凡爾賽這樣的地名，都不曾浮現在我們以前的旅遊紀錄中——甚至連馬拉喀什或路克索或清邁對我們來說都很稀鬆平常——我們講的是不丹、婆羅洲、西藏、葉門、摩鹿加群島。現在——讚美天主！——我們來到了廷巴克圖。我們的駱駝商隊即將進城。

❋

導言到此結束。寫這六段所花費的時間，跟寫其他的部分一樣長。但是當我奮力將導言寫到位後，就覺得可以充滿信心地啟程了。或許其他人可以寫出更好的導言，但是**我**不行，這已經是我的最好呈現；我覺得會看到這裡的讀者，就會一直讀到最後。

個別字彙的選擇跟結構的選擇同等重要。陳腐是好文章的天敵，最大的挑戰是寫得跟別人不一樣。在導言中必須陳述的一個事實，是我們這六個人的年紀；起初我寫了勉強堪用的句子，像是「我們都是五、六十歲的人」，但是這勉強堪用的文字聽起來很無聊。有沒有其他更新鮮的說法來陳述這個事實？好像沒有。到最後，仁慈的繆思女神給我「免費健保」一詞，於是就出現「中年到享有免費健保的年紀不等」這個句子。如果你找得夠久、夠認真，通常就能找到合適的詞彙或比喻，替沉悶但是必要的事實陳述注入新生命。

威尼斯和凡爾賽那一句話，花了我更多的時間。我本來寫的是：「像倫敦和巴黎這樣的地名，都不曾出現在我們以前的旅遊紀錄中」，但是不好玩。我又想了一些其他的首都城市：羅馬和開羅？雅典和曼谷？也好不到哪裡去。或許押頭韻會有幫助——讀者會欣賞任何能夠滿足他們韻律感和節奏感的努力。馬德里和莫斯科？台拉維夫和東京？太難了。於是我不再考慮首都城市，開始想一些觀光客雲集的城市。威尼斯突然浮現腦海，看到這個名字，我很開心：每個人都想去威尼斯。還有其他城市的名字是以「V」開頭的嗎？只有維也納了，但是這兩座城市在很多方面都太接近了。最後我將思考的方向從城市轉往觀光景點，從主要城市向外擴張，就是在其中一次的腦海臥遊裡，我想到了凡爾賽。我那一整天開心的不得了。

接著，我需要一個比「出現」（turn up）更新鮮的動詞。我需要一個主動的動詞來表達這樣的意象，平常的那些同義詞都不太對，最後我才想到「浮現」（bob）——這個字只有三個字母，簡單得有點突兀滑稽，卻是最完美的選擇：它勾勒出一個物體在水裡不時浮出水面的意象。現在，就只剩下最後一個選擇了：還有哪些非主流的景點對我們這六個報名參加廷巴克圖之旅的遊客來說都算是稀鬆平常的呢？最後我選擇了三個——路克索、馬拉喀什、清邁——在一九五〇年代，當我第一次去旅遊的時候，這幾個地方都還算是滿奇特的；現在當然就不是了，噴射機旅遊的時代讓它們變得幾乎跟倫敦、巴黎一樣熱門。

光是這一句話，我就花了幾乎一個鐘頭，但是我並不吝惜任何一分鐘；反之，看到每一個字都落在正確的位置，讓我感到十分欣慰。寫作的選擇不管多小，都值得你花費大量的時間去思索。當你一絲不苟的努力，有了一個完美的句子做為回報，你跟你的讀者都將心領神會。

你也注意到在導言結束之後，有個星號＊。（有時是空一行。）星號代表一種標誌，向讀者宣告你以某種方式組織你的文章，現在新的階段就要開始——也許是時間序的改變（例如：回顧過去），或是主題、重點、語調的改變。而此處，在極度濃縮的導言之後，這個星號讓作者可以喘一口氣，重新開始，以比較悠閒的步伐繼續說故事：

我們到廷巴克圖的旅程，是先從紐約搭飛機到象牙海岸的首都阿比讓，再轉機到北方鄰國馬利的首都巴馬科。跟綠意盎然的象牙海岸不同，馬利非常乾燥，南半部主要受到尼日河的滋潤，北半部則純屬沙漠；廷巴克圖就是旅客往北要橫越撒哈拉沙漠之前的最後一站，或是往南旅客的第一站——是旅客在歷經幾個星期的炙熱與乾渴之後，在地平線上渴望見到的一個小黑點。

我們這一行人對馬利都所知有限，也不知道會看到什麼東西——我們一心只想著在廷巴克圖跟運鹽商隊的相會，沒人在意抵達那裡之前會穿越的那個國度。我們完全沒有預料到會立刻被馬利吸引，這是一個浸淫在色彩中的國度，美麗的人們穿著圖案設計迷人的服飾，市場滿是明亮的水果蔬菜，孩子們臉上的笑容彷彿隨處可見的奇蹟。馬利是個赤貧的國家，但是人口眾多；巴科馬是個綠樹夾道的城市，充滿了活力與自信，讓人感到欣喜。

第二天一早，我們搭乘一輛廂型車——這輛車曾經風光過，但是也好不到哪裡去——經過十個鐘頭，抵達聖城傑內；這是位在尼日河畔，一個中世紀的貿易與伊斯蘭學術中心，歷史比廷巴克圖更久遠，昔日繁華也不遑多讓。如今的傑內，只能搭乘小渡船才能抵達。我們在難以形容的道路上顛簸，趕著要在天黑前抵達傑內。途中雄偉的紅土清真寺上的尖頂與塔樓，看似遙遠的沙丘城堡，彷彿漸行漸遠，好像在嘲笑我們。當我們終於到了那裡，清真寺仍然看似沙丘城堡——酷似孩童在沙灘上堆砌出來的一座優雅堡壘。從建築學來說（我後來才知道），這是屬於蘇丹風格；原來這麼多年來，孩童們在沙灘上堆砌的城堡都是蘇丹風格的。暮色中，在傑內古老的廣場上漫步，是我們此行的一大亮點。

第二天也同樣豐富。一整天，我們開車進入多貢族居住的國度，又開車回來。多貢族居住在外人不易進入的懸崖絕壁之上，以萬物有靈論的文化和宇宙觀，受到人類學家的重視；他們製作的面具與雕像，更讓藝術品收藏家趨之若鶩。我們花了幾個鐘頭爬到他們的村落，觀賞一段面具舞，時間太匆促，對這個複雜的社會只夠驚鴻一瞥。第二天，我們去了莫普提，尼日河邊的一個市場小鎮；我們都非常喜歡這個地方，也太早離開。不過，我們跟廷巴克圖還有約，還有一班包機會帶我們去那裡。

除了擠進這四段的內容之外，顯然馬利還有很多東西可以說——有許多學術書籍討論多貢文化和尼日河畔的民族；但是這篇文章的主題並不是馬利，而是追尋駱駝商隊。因此，以整篇文章更大的形式結構來說，我必須有所取捨，而我的選擇是盡快穿過馬利——用最少的句子說明我們走的路徑，以及沿路停留的地方有什麼重要性。

在這樣的時刻，我問我自己一個非常有幫助的問題：「這篇文章**真正**的主題究竟是什麼？」（而不只是「這篇文章的主題是什麼？」）喜歡你費了很多功夫蒐集得來的資料，並不足以成為寫進文章內的理由，除非這些資料對你選擇要說的故事很重要。近乎自虐的自我約束是有必要的。損失這麼多的資料，唯一可堪告慰的是：這些資料並不是真的完全消失，它們仍然留在你的文字裡，是一種無形的存在，但是讀者卻感受得到。讀者應該永遠都能感受到你對主題的了解遠比寫出來的部分更多。

再回到「不過，我們跟廷巴克圖還有約」：

我去旅行社時，最擔心的一件事就是日期的正確性。我問旅行社的負責人說，她怎麼能確定運鹽商隊會在十二月二日抵達；在我想像中，帶領駱駝的游牧民族是不會按照時刻表作息的。我對駱駝和旅行社這樣的生命力樂觀以待，但是我太太卻不以為然，她確信我們到了廷巴克圖之後，他們一定會跟我們說運鹽商隊來過又走了，或者更可能的情況是，他們根本沒有運鹽商隊的消息。旅行社對我的問題嗤之以鼻。

「我們跟商隊都保持密切的聯繫，」她說。「我們派了人到沙漠裡去，如果他們跟我們說，商隊會晚幾天才到，那麼我們可以調整你們在馬利的行程。」這話聽起來覺得合情合理——樂觀主義者聽什麼都覺得合情合理——如今，我搭上一架小飛機，比林白駕駛的那架飛機大不了多少，飛越腳下一大片看似毫無人煙的不毛之地，朝北飛往廷巴克圖。然而，在此同時，數以百計的駱駝正馱著巨大的鹽袋，慢慢地往南移動，準備跟我會面；甚至連部落酋長也正思索著要如何在他們的沙漠帳篷內接待我。

上述這兩段文字都帶有一絲幽默——小小的笑點。這些工夫，同樣是為了自娛，但也是為了刻意保留一點個人色彩。旅遊寫作與幽默寫作都有一個最古老的特質，就是敘事者很容易受騙；適度利用這樣的特質，讓作者看起來容易上當——甚或愚蠢——可以讓讀者覺得自己高人一等，獲得無窮的樂趣。

我們的機長在廷巴克圖上空繞了一圈，讓我們鳥瞰遠道而來參觀的這座城市。城市裡有一大片泥土建築，看起來很久無人居住，幾乎像是電影《萬世流芳》（*Beau Geste*）片尾那座廢棄的金德諾堡；顯然底下沒有人住在那裡。撒哈拉沙漠不斷地侵蝕，造成橫跨整個中非的乾旱帶，也稱之為撒赫爾；這個乾旱帶不斷向南推移，已經超過了廷巴克圖，導致整座城市成為沙漠中的孤島。我突然感到一陣惶恐顫慄；我可不想被丟在這樣一個遭人遺棄的地方。

文中提到電影《萬世流芳》，是為了引起讀者的聯想。廷巴克圖之所以成為傳奇，絕大部分也是因為好萊塢。訴諸金德諾堡的命運——布萊恩・唐列偉飾演的那個虐待狂法國軍團司令，將手下士兵的遺體立起來，在堡壘中各就各位——我也透露了自己對電影的喜好，藉此跟其他的影迷同好拉拉關係。我要找的是共鳴；共鳴可以產生情緒上的效果，是作家靠自己無法達成的。

有兩個字——「戰慄」（tremor）和「遭人遺棄」（forsaken）——也是我花了一些時間才找到的字。當我在《羅傑斯同義字辭典》裡找到「forsaken」這個字的時候，我相當確定自己以前從來沒用過這個字，因此在同義字裡找到這個字，讓我覺得很開心。耶穌生前講的最後幾個字裡就包括了這個字（剛剛才提到共鳴），很少有其他字眼可以傳達如此強烈的孤獨與遺棄感了。

我們的當地嚮導在機場跟我們碰面，一個名叫穆罕默德・阿里的圖瓦雷克人。對一個旅遊迷來說，看到他，就放心一半了——如果有任何人可以說他擁有這個部分的撒哈拉，那就非圖瓦雷克人莫屬。這一支高傲的伯伯爾人不願意屈服於席捲北非的阿拉伯人或是後來的法國殖民勢力，於是撤退到沙漠裡，建立屬於自己的領地。穆罕默德・阿里穿著圖瓦雷克男性的傳統藍袍，黝黑的臉孔透露出聰明相，五官突出，稜角分明，有點阿拉伯人的特徵；舉手投足之間充滿了自信，顯然是他個性的一部分。我們後來才知道，原來他才十幾歲，之前已經跟隨父親到麥加朝聖過（許多圖瓦雷克人後來都皈依伊斯蘭教），還在阿拉伯與埃及住過七年，學習英語、法語和阿拉伯語。圖瓦雷克人也有自己的語言以及非常複雜的書寫文字，稱之為塔瑪什克語。

穆罕默德·阿里說他必須先帶我們去廷巴克圖的警察局，檢查我們的護照。我看過太多電影，因此對這種問話場面感到渾身不自在；我們坐在像地牢般的房間裡，接受兩名武裝警察的審問，旁邊不遠處就是監獄，還可以看到一個男人和一個男孩在裡面睡覺。這時候，我的腦子裡突然閃過另外一個畫面——這一次是電影《四羽毛》（*The Four Feathers*）裡，英國士兵被囚禁在恩圖曼的場景。直到我們走出警察局之後，這樣的壓迫感仍然揮不之去；穆罕默德·阿里帶領我們走過荒涼的城市，盡責地帶我們去參觀了幾個「景點」：大清真寺、市場，還有三間荒廢的屋子，上面掛著牌子說明這幾個地點分別是萊恩、卡里耶與德國探險家海恩里希·巴爾特曾經住過的地方。一路上沒看到其他的觀光客。

✵

同樣地，《四羽毛》的典故跟《萬世流芳》一樣，凡是知道這部電影的人，自然心領神會，甚至感到不寒而慄。尤其這部電影是根據真實的戰役改編——基奇納的遠征軍遠赴尼羅河，報了戈登將軍遭馬蒂擊敗的一箭之仇——更讓這句話增添一絲恐懼感。顯然，在撒哈拉沙漠遙遠的前哨站，阿拉伯的正義沒有絲毫的慈悲。

另一個星號，宣告了情緒上的改變。其實，這個星號說的是：「廷巴克圖已經講的夠多了，現在我們要進入這個故事的正題：尋找駱駝商隊。」在複雜的長篇文章中做這樣的區隔，不但有助於讓讀者跟隨你的路線圖，同時也可以減輕寫作的焦慮，讓你將素材切割成容易處理的大小，然後一次處理一塊即可；這樣一來，整個寫作計畫看起來就不會那麼龐然駭人，自然可以趕走恐慌。

> 到了阿扎雷飯店，我們顯然是唯一的一批房客。我們問穆罕默德·阿里有多少旅客到廷巴克圖來迎接運鹽商隊。
>
> 「六個人，」他說。「就是你們六個。」
>
> 「可是……」我心裡有些顧忌，不想說下去。於是我換另外一種方式說：「我不明白『阿扎雷』這個字是什麼意思，為什麼叫做阿扎雷運鹽商隊？」
>
> 「那是法國人用的字，」他說，「最早是他們組織商隊和駱駝一起完成這趟旅程，每年一次，都在十二月初。」
>
> 「那他們現在做什麼呢？」好幾個聲音同時問道。
>
> 「啊，自從馬利獨立之後，他們決定讓貿易商隨時都可以帶他們的商隊運鹽到廷巴克圖。」
>
> 馬利在一九六〇年獨立，換句話說，我們到廷巴克圖來參加一個已經二十七年沒有舉辦過的活動。

最後這句話就像在故事中丟下了一顆小型炸彈。但是這時候不要說太多——拜託，只要陳述事實即可，毋需評論。我甚至沒有加驚嘆號來提醒讀者這是一個多麼令人驚奇的時刻，那樣會破壞讓他們自己去發現的樂趣。你要相信你的素材。

我太太，還有其他人，都不意外。我們都很平靜地接受這個消息：旅行老手都有信心，不論如何，都會找到他們的駱駝商隊。我們的反應主要還是驚愕，不過卻是對旅行社竟然可以如此厚顏無恥地漠視廣告真實性的標準。穆罕默德．阿里完全不知道旅遊手冊提出的華麗宣傳，他只知道有人請他帶我們去看運鹽商隊；他跟我們說，明天一早，我們就出發去找，晚上要在撒哈拉過夜。他說，十二月初通常就是商隊開始陸續抵達的時間。他完全沒有提到酋長帳篷的事情。

這裡有更多精心挑選的字彙：「標準」（canon）、「厚顏無恥」（brazenly）、「華麗」（gaudy）、「提出」（tendered）——這幾個字生動、精準，但是又不會太長也不花俏。更棒的是，讀者可能沒有預期到這些字，因此會受到歡迎。最後一句話提到酋長帳篷，又回到旅遊手冊上的用詞，則是另外一個小笑話。這些放在段落結尾處的「小驚喜」可以敦促讀者繼續看下一段，讓他們保持愉悅的心情。

隔天早上，我太太說——來自無垠邊緣的理性聲音——除非有兩輛車，否則她不進撒哈拉。

因此，看到飯店外面有兩輛Land Rover吉普車在等我們時，我心裡很高興。有個小男孩拿著腳踏車的打氣筒，正在幫其中一輛車的前輪打氣。我們其中四個人擠進一輛Land Rover的後座；穆罕默德．阿里坐前座，在司機旁邊。第二輛Land Rover則載了我們團裡的另外兩名成員和兩個自稱是「學徒」的男孩。沒有人跟我們說他們要學些什麼。

另外一個毋需多做修飾的驚奇點——輪胎打氣——結尾也是另外一個小笑話。

我們直奔撒哈拉而去。沙漠就是一片沒有盡頭的褐色地毯，也看不到任何痕跡；下一個大城鎮就是阿爾及爾。那是我感覺自己到了世界最邊緣的時刻，忽然聽到一個小小的聲音說：「真是太瘋狂了。你為什麼要做這種事？」我知道為什麼；因為這是我要的追尋，這可以追溯到我第一次接觸到一些英國「沙漠怪客」所寫的書——一些獨行俠，如查爾斯．道帝、理查．伯頓爵士、T．E．勞倫斯、威爾佛烈德．塞西格等人，他們跟貝都因人住在一起。我一直在想：他們過的是怎麼樣簡陋的生活？是什麼樣的魔力讓這些英國人如此痴迷？

更多的共鳴。提到道帝及其同胞，是為了提醒讀者：書寫沙漠的文獻跟電影文獻一樣強而有力。這讓我背上的情緒包袱又多了一項，讀者有權利知道。

接下來的句子，正好接著前面一段結尾提出來的問題：

現在我開始發現了。我們的車子開過沙地，一路上，穆罕默德．阿里對著司機隨意比畫手勢：再向右一點，再向左一點。我們問他怎麼知道要往哪裡去，他說是根據沙丘來判斷，但是，沙丘看起來都是一個樣子。我們又問他要開多久的車才會看到運鹽商隊，穆罕默德．阿里說他希望不會超過三、四個鐘頭。我們繼續往前開。在我這雙物件導向的眼睛看來，根本就沒有什麼東西好看，但是過了一陣子之後，幾乎什麼都沒有本身也成了一件可以看的東西——沙漠不就是這樣嗎？我試著將這個事實注入我的新陳代謝系統，誘導我接受這個事實，完全忘了我們為什麼跑到這裡來。

突然間，司機向左急轉，然後緊急剎車。「駱駝，」他說。我用一雙都市眼極目眺望，什麼也看不到；然後，在遠方，有東西進入視線焦點：一個有四十隻駱駝的商隊邁著莊嚴的步伐，朝著廷巴克圖前進，就像一千年來的駱駝商隊一樣，馱著陶代尼鹽礦產的鹽，從北方跋涉二十天而來。我們的車子開到距離商隊一百碼以內的地方——穆罕默德．阿里解釋說，不能再靠近了，因為駱駝是很容易緊張的動物，很容易受到「異物」的驚嚇。（我們無疑都是異物。）他說，駱駝總是等到晚上，城裡沒有人的時候，才會開拔進入廷巴克圖卸貨。原來所謂的「凱旋歸來」不過如此爾爾。

那是令人震撼的景象，比任何有組織的遊行活動都還要更有戲劇性。這個商隊的清寂，就是所有曾經橫越撒哈拉沙漠商隊的清寂。駱駝彼此串連在一起，似乎步伐一致，跟無線電城音樂廳裡火箭女郎歌舞團的波浪舞節奏一樣精確整齊。每一隻駱駝都馱著兩袋鹽，用繩子綁在身體的兩側。那鹽看起來像是骯髒的白色大理石。那袋子（我後來在廷巴克圖的市場上量過）有三又二分之一呎長、一又二分之一呎高、四分之三吋厚——大約是每一隻駱駝能夠承載的最大尺寸與重量。我們坐在沙地上，看著商隊從眼前走過去，直到最後一隻駱駝從視線中消失。

這時候的語氣已經變成平鋪直敘的陳述——一個接著一個的陳述句。唯一比較困難的選擇是「清寂」（aloneness）這個字，這不是我慣用的字，太「詩意」了。但是我最後認為沒有其他更好的字眼可以達到相同的效果，所以還是心不甘情不願地留下來了。

到了這個時候，已經是正中午了，陽光炙熱。我們爬回Land Rover車上，繼續深入沙漠，直到穆罕默德．阿里發現了一棵樹，樹蔭正好足以遮蔽五個紐約客和一個來自馬里蘭的孀婦；我們在那裡待到下午四點，露天吃了午餐，看著像是漂白過的地景，偶爾打盹，還不時為了追逐因太陽移動而改變位置的樹蔭挪動我們的毯子。在這段午休期間，兩名司機一直在敲敲打打其中一輛Land Rover的引擎，好像要把車子給拆了似的。不知道從什麼地方冒出一個游牧民，問我們有沒有奎寧[1]；接著，不知道又從什麼地方冒出另外一個游牧民，停下來聊了一會兒。然後，我們看到兩名男子穿越沙漠朝著我們這裡過走來，他們身後……那會是我的第一個海市蜃樓嗎？是另外一個運鹽商隊，這個商隊有五十隻駱駝，以天空為背景，映照出黑色的輪廓。這兩個人不知道從多遠的地方就看到我們，特地脫隊跑來跟我們打招呼。其中一個老人一直笑個不停。他們坐下來跟穆罕默德．阿里聊天，打聽廷巴克圖的最新消息。

這裡最困難的句子就是司機在Land Rover上敲敲打打的那一句，我希望這個句子跟其他句子一樣簡單，但是又希望在裡面夾帶一點驚喜——一點反諷的幽默。除此之外，這幾段文字的唯一目標就是盡可能簡單地講完剩下的故事，愈簡單愈好。

四個鐘頭不知不覺就過去了，彷彿我們溜進了另外一個時區——撒哈拉時間；下午稍晚時，太陽的熱度開始減弱，我們又回到Land Rover車上——車子竟然還能動，真是出乎我意料之外——準備穿越撒哈拉，前往穆罕默德．阿里所說的「紮營地」。在我想像中，就算沒有酋長帳篷，至少也該有一頂帳篷——這樣才能號稱是紮營。等到車子終於停下來，竟然是一個神似我們

1 編按：奎寧（quinine），又稱金雞納霜，用以預防瘧疾的藥物。

一整天開車經過的地方，不過確實有一棵小樹。有些貝都因婦女蹲坐在樹下——她們穿著一身黑衣，還用面紗遮住臉龐——穆罕默德·阿里就讓我們在她們旁邊的沙漠下車。

那幾個婦人一看到我們就蜷縮在一起——白色異類突然掉到她們中間。她們緊緊的抱在一起，看起來像是一團棉球。顯然穆罕默德·阿里是碰巧替他的觀光客找到一個「地方特色」，一看到就立刻停車，然後就指望我們自己去想辦法了。我們別無選擇，只好坐下來，盡量表現出友善的樣子。但是我們很清楚自己是入侵者，打擾到她們，或許看起來跟心裡感覺的一樣不自在。我們在那裡坐了好一會兒之後，那團黑色棉球才慢慢散開來，原來是四位婦女、三個小孩和兩個沒穿衣服的嬰兒。穆罕默德·阿里不知道跑到哪裡去了，似乎不想跟貝都因人打交道；或許他這個圖瓦雷克人認為他們是沙漠中的賤民吧。

然而，卻是這些貝都因人的善意讓我們不再覺得尷尬。其中一名婦人拉下面紗，露出電影明星般的笑容——美麗的臉龐上有雪白的牙齒和閃閃發亮的黑眼珠——還在她的行囊中翻找，拉出一條毯子和草蓆給我們坐。我在那些書上看過，在沙漠中沒有誰是入侵者這回事；任何人出現都算是在意料之中。不久之後，兩名貝都因男性從沙漠中走過來，一家人團聚，這時候我們才看到這個家族裡有兩名男性，每名男性各有兩位妻子以及他們各自的孩子。年紀較長的那位丈夫有一張強壯、英俊的臉孔，他溫柔地拍拍兩個妻子的頭，跟她們打招呼，有點像是賜予祝福，然後在我不遠處坐了下來。其中一名婦人替他拿來了晚餐——一碗小米飯；他立刻將碗遞給我，我當時婉拒了，但是卻永遠忘不了他的這個動作。在他吃飯時，我們安靜融洽地坐著，小孩子也跑過來跟我們玩。太陽下山了，撒哈拉的上空升起一輪滿月。

這時候，我們的司機也在Land Rover旁邊鋪好了毯子，用一些枯枝升了火；我們回到自己的毯子上，重新集合，抬頭仰望星星浮現在沙漠的夜空，吃了一些像是雞肉的東西當晚餐，然後就準備入睡。盥洗設施也是臨時將就——各自就地解決。我們事前被告知撒哈拉的晚上很冷，所以都帶了毛衣。我穿上毛衣，裹起毯子，感覺沙漠的硬地變得稍微柔軟一點，在一片無垠的靜寂包圍下睡著了。一個鐘頭之後，又被同樣無垠的喧囂給吵醒——我們的貝都因家庭把他們的羊群和駱駝牽回來過夜。然後，又恢復一片寂靜。

第二天一早，我發現在我的毯子旁邊留有爪痕。穆罕默德．阿里說，有胡狼來清理我們昨天晚餐沒吃完的剩菜——我記得有雞肉，應該還剩下不少。但是我什麼也沒聽到。我正忙著夢見自己是阿拉伯的勞倫斯呢！

〔完〕

每篇文章都有一個重要的決定：到哪裡該結束。通常故事會告訴你何時該停筆。這個結尾跟我原先設想的並不一樣，因為我們這趟旅行的目標是去找運鹽商隊，我想我應該要完成古老的交易程序：

描述我們如何回到廷巴克圖，看到他們如何卸貨，把鹽拿到市場上去販售。但是我愈接近要寫結尾時，就愈不想寫，隱隱然覺得它會是份沉悶的苦差事，對我和讀者來說都很無趣。

這時候，我突然想到：我沒有義務要完整描述整個旅程；我不必重建發生過的**每一件事**。這個故事真正的高潮不是發現運鹽商隊，而是發現住在撒哈拉的人如此永恆地慷慨與好客。當一個幾乎一無所有的游牧家庭願意分享他們僅有的晚餐，在我生命中找不出更多時刻可以比得上此刻的感動，也沒有其他時刻可以更生動地淬鍊出我不遠千里到沙漠來尋找以及那些英國人所寫的東西——生活在世界邊緣的高尚情操。

當你從寫作素材中找到了你要傳達的訊息——當你的故事告訴你：不管後面還發生了什麼事，故事都該結束了——那你就趕快下台吧。我走得很快，只停下腳步來確認文章中所有的一致性都完整無缺：確定開啟這趟旅程的作者兼嚮導跟最後結束時是同一個人。最後玩笑性質地提及勞倫斯，有助於保留作者的個性，總結了文中許多的影射聯想，讓這段旅程有了一個完美的結局。發現自己可以就此停筆，真是一種美妙的感覺，不只是因為工作結束——拼圖解決了——也是因為覺得這樣的結尾才是對的。這是正確的決定。

最後，我想再提一個決定做為後記。這個決定牽涉到非虛構文類作家有沒有必要去碰運氣。我經常用來鼓勵自己向前衝的座右銘是：「先上了飛機再說！」我生命中有兩個情緒最激動的時刻，都跟我寫的《米契爾與魯夫》那本書有關。第一次是跟著音樂家威利．魯夫和杜維克．米契爾一起去上海，他們到上海音樂學院將爵士樂帶進中國。一年後，我又跟魯夫去了威尼斯，聽到他晚上在聖馬克大教堂以法國號演奏葛利果聖歌，藉以研究啟發整個威尼斯音樂學派的音響效果，當時沒有其他人在場。這兩次，魯夫在事前都無法保證一定能夠獲准演奏，我決定一起去，很可能只是白費時間和金錢。但是我還是先上了飛機再說，而這兩篇原本刊登在《紐約客》的長文，可能是我寫過最好的文章。我去廷巴克圖看駱駝商隊，也是先上了飛機再說，即使有一半的機率會看不到；我去布雷登頓採訪春訓時，也不知道自己會受到歡迎還是遭人冷落；我那本《邊寫邊學》（*Writing to Learn*）也是因為接到一個陌生人的電話才誕生的，因為他在電話中對教育提出一個有趣的觀點，讓我忍不住先上了飛機再說，飛到明尼蘇達州去找答案。

先上了飛機再說的哲學帶著我走遍世界、走遍美國，寫出不尋常的故事；現在依然如此。這並不表示我出發前往機場時就不會緊張；我始終都會緊張——那是這一行的一部分。（有一點緊張會讓你在寫作時占有一點優勢。）但是我在回來時，總是像充飽了電一樣容光煥發。

身為非虛構文類作家，你也必須先上了飛機再說。如果你對一個主題感興趣，就動身去追，即使是在另一個市、另一個州，甚至另一個國家。如果你不去找它，它絕對不會主動找上門。

先決定你要做什麼，然後下定決心去做，最後去做就對了。

第二十四章　寫家族史與家族回憶錄

我聽過最悲哀的一句話，就是「真希望我問過我母親那件事」。或是父親，或是祖父，或是祖母。每位為人父母者都知道，孩子不會跟我們一樣迷戀我們自以為繽紛的一生；只有等到他們有了自己的孩子——開始感受到自己也年華老去的痛楚——才會突然想要更進一步了解他們的家庭傳承和家族中所有的軼事與傳說。「我老爸以前常說當年來美國的事情，那**究竟**是什麼樣的故事？」「我母親小時候在中西部長大的那個農場，**到底**是在哪裡啊？」

作家是記憶的守護者。這就是這一章的主題：如何替你的生命和生養你的家庭留下某種紀錄。這樣的紀錄可以有許多種形式。可以是正式的回憶錄——審慎的文學建構；或者也可以是非正式的家族史，寫來告訴你的兒孫，讓他們更了解生養他們的家庭；也可以是口述歷史，以錄音機錄下因為年紀太大或是體弱多病而無法親自動筆的父母或祖父母的話，再抄錄成文字；又或者可以是任何你想要的形式：某種融合了歷史與回憶的綜合體。不管是什麼形式，都是一種珍貴的寫作。記憶常常跟著主人一起死亡，而時間也經常不夠用，讓我們措手不及。

我父親是個生意人，從來不曾自詡有任何文學細胞，卻在晚年寫了兩本家族史。對一位沒有什麼自娛天分的人來說，這是最完美的工作了。他在公園大道上一棟高樓的公寓裡，坐在他最鍾愛的綠色真皮扶手椅上，寫下了他雙親的家族歷史──父系的金瑟家族與母系的夏曼家族──甚至可以追溯到十九世紀的德國；然後他又寫了家族蟲膠事業的歷史，這是他祖父於一八四九年在西五十九街創建的家族事業。他用鉛筆在黃色報告用紙簿上寫作，從來不曾暫停重寫──那時候沒有，也從來沒有──他對任何強迫他重新審視或放慢速度的事情都沒有耐心。在高爾夫球場上，他在走向自己的球時，就會一邊評估情勢，一到定點，立刻從袋子裡抓起球桿，揮桿擊球，一點都不浪費時間。

我父親寫完家族史之後，請人打字油印，加上塑膠封面，裝訂成冊，給他的三個女兒及女婿，給我和我太太，給他十五個孫兒、孫女──有些甚至還不認識字──一人一本，還親筆簽名。我很喜歡這樣每人都有一本的做法，意味著他們每一個人在這個家族傳奇故事中，都享有平起平坐的地位。我不知道這些孫輩有多少人花時間看過這兩本歷史，但是我敢說，一定有人看過；而我也願意相信這十五本書此刻正收藏在每一個人家中某處──從緬因州到加州各地──等著**下一代**去翻閱。

我父親的做法讓我發現，這也是撰寫家族史的一種模式，他並不企望有更多的作用：他從來沒有想過要出版。有許多很好的理由足以說明寫作未必一定要跟出版有關。寫作是一種強大的搜尋機制，而寫作帶來的滿足感之一，就是學會接受自己的生命論述；另外一個滿足感則是學會面對生命中某些最艱苦的挫折──失落、悲傷、疾病、痴迷、失望、失敗──並且從中找到理解與慰藉。

我父親的兩本家族史對我的影響愈來愈大。起初，我覺得自己並沒有對他們表現出應有的寬容，或許是因為他輕鬆地完成了我認為很難的過程，心裡有些不以為然。但是在這些年間，我發現自己常常去翻閱這兩本歷史，回想那些失去已久的親人，或是查閱一些早就佚失的紐約地理資料，而且每多看一次，對其文筆的景仰就加深一分。

最要緊的是聲音的問題。我父親不是作家，所以從來沒想過要找到自己的「風格」，他怎麼講話就怎麼寫作，所以當我讀他的句子時，完全可以聽到他的個性與幽默、他的慣用語和用法，其中有很多都呼應他在一九〇〇年代初期的大學時代。我也聽到他的誠實。他並沒有對有血緣關係的親戚特別濫情，聽到他簡短的批評某位叔叔是「二流角色」或是某位表親「始終都沒出息」，都讓我忍不住莞薾一笑。

你在寫自己的家族史時，也一定要記得：千萬別當一個「作家」。現在我覺得我父親比我更像是天生的作家，因為我總是在小地方吹毛求疵。你只要忠於自己，你的讀者自然就會跟著你走到任何地方；但是你如果刻意去寫作，讀者反而會跳船逃生。你的產品就是**你自己**。在回憶錄與個人歷史中，最重要的交流就是你跟你記憶中的經驗與情緒之間的交流。

我父親在他的家族史中，並沒有逃避童年時最大的創傷：當他和弟弟魯道夫年紀都還很小時，父母親突然離異。他們的外祖父是一位白手成家的德國移民：H．B．夏曼，十幾歲就搭著帳篷馬車跟著淘金潮到加州討生活，路途中失去了他的母親與妹妹。芙烈達．夏曼遺傳到他剛烈高傲又野心勃勃的個性，當她嫁給威廉．金瑟時——在她德裔美國朋友的圈子裡，似乎是一位前途似錦的年輕人——

她認為這段婚姻可以滿足她對文化的渴望，他們晚上可以攜手去聽音樂會或歌劇，或是在家裡舉辦音樂沙龍，但是事後證明這位前途似錦的丈夫並沒有同樣的渴望；家，對他來說，只是吃飽晚飯後坐在椅子上睡覺的地方。

我可以想見他的懶散與不思振作，對年輕的芙烈達．金瑟來說，想必是難堪的覺醒，因為我認識的芙烈達即使在老了之後，仍然不斷地督促自己去卡內基音樂廳，在鋼琴上彈奏貝多芬與布拉姆斯，到歐洲旅遊兼學習外語，敦促我父親、我姐姐和我不斷在文化上求精進。她一心想要圓那個破碎婚姻的夢，這樣的決心不曾動搖。但是她有德國人那種喜歡教訓別人的偏好，把她的朋友全都趕跑了，最後一個人孤伶伶地死掉，享年八十一歲。

很多年前，我替一本書寫了一段回憶錄，書名叫做《五個男孩的童年》（*Five Boyhoods*），其中寫到了我的祖母。我形容我在小時候認識的祖母，稱讚她精力旺盛，但同時也說她讓我們的日子很難過。這本書出版之後，我母親替她婆婆說話——雖然婆婆也讓她的日子不好過。「奶奶其實很害羞，」她說，「而且希望別人喜歡她。」也許吧，她實際上可能介於我母親與我描述的版本之間，但是在**我**看來，她就是那個樣子。那是我記得的事實，所以我就這樣寫了。

我特別提到這一點，因為寫回憶錄的作者經常會問到的一個問題就是：我應該從我小時候的觀點來寫？還是應該從長大成人之後的觀點來寫？我認為，只要保留記憶中那個時間、地點的一致性，就是最有力的回憶錄：如羅素．貝克的《長大成人》、V．S．普列契特的《門口的計程車》、吉兒．

寇兒·康威（Jill Ker Conway）的《庫倫來時路》（*The Road from Coorain*）這樣的書，回憶他們自己在孩提或青少年時代，看著成年人與逆境抗爭，並且在那樣的世界中生活的故事。

但是如果你想走另外一條路——從年紀較長、較睿智的觀點來看年輕時的歲月——那樣的回憶錄本身也有自己的完整性。艾琳·辛普森（Eileen Simpson）寫的《年輕詩人》（*Poets in Their Youth*）就是一個很好的例子；她在書中回憶她跟第一任丈夫約翰·貝里曼的早年生活，還寫到他那些有自我毀滅傾向的著名同儕詩人，包括勞勃特·羅威爾、德爾莫·史華茲等人。當時她還是年輕的新娘，根本無從了解他們心中的惡魔；但是等到她年事已高，重新回顧當年那段時光，準備寫進回憶錄時，她已經是作家和執業心理醫師，她利用自己的臨床知識，替一個重要的美國詩歌流派留下了珍貴的人物寫照。不過，這是兩種不同的書寫方式。你只能擇一而為。

我父親的家族史告訴我一些關於祖母的婚姻細節，都是我在寫我自己的回憶錄時還不知道的事情。如今，我知道了這些事實，就更能理解她的失望何以讓她變成後來的自己；如果我今天要重寫家族傳奇的話，我會寫這個家族如何一輩子都在探索他們的德國狂飆性格（我母親那邊的家族是新英格蘭的洋基佬——諾爾頓家族與喬伊思家族——則一輩子都沒有這種情緒上的大起大落）；我也會寫到這個家族對於始終無法彌補父親故事中心的那個巨大黑洞所感到的終生遺憾。在他寫的兩本家族史中，都絕少提到他的父親，也沒有原諒；只對那個遭受凌虐的年輕失婚婦女和她一生的堅忍不拔，表示無限的同情。

然而，我父親一些吸引人的特質——魅力、幽默、敏捷和那雙藍到不能再藍的眼睛——肯定都來自金瑟家族，而不是憂鬱棕眼的夏曼家族。我一直覺得不認識自己的祖父，好像少了一點什麼；只要我一問父親關於祖父的事，他就顧左右而言他，沒有什麼故事好說。當你在寫家族史時，請當一個錄音天使，錄下你的後代子孫可能會想要知道的每一件事。

這又讓我想到回憶錄作者經常會問到的另外一個問題：我寫到的那些人，他們的隱私權怎麼辦？我應該刪掉那些可能會傷害到親人或是讓他們感到不悅的內容嗎？我姊姊會怎麼想？

你不需要先擔心這些事。你的第一要務就是趁你還記得的時候，把你的故事寫下來——**就是現在**。不需要頻頻回頭觀望，看看是哪個親人在背後虎視眈眈；你想說什麼，就自由、誠實地說出來，先完成這個工作。**然後**，再來考慮隱私的問題。如果你只是為了自己的家人寫家族史，就沒有必要給其他人看，也沒有法律和道德上的問題；但是如果你希望擴大讀者群——寄給朋友，甚至出書——那麼提到那些親人的部分，可能就必須先給他們過目。這是基本禮節；沒有人希望看到書才嚇一大跳。此外，這也讓他們有機會可以要求你刪除某些片段——當然，你可以同意，也可以拒絕。

最後，這是**你的**故事——所有的工作都是你做的。如果你的姊姊不認同你的回憶錄，她大可以自己去寫一本她的回憶錄，兩本書同樣都有根有據，也同樣令人信服，畢竟沒有人可以壟斷共同的過去。可能有些親人會希望你不要說某些事情，尤其是許多不那麼可愛的家族特質。但是我相信，對大部分的家人來說，在他們的內心深處，還是希望留下一個紀錄，忠實地記載他們為了共建一個家庭所做的努力——不管這樣的努力有多少缺陷——所以他們終究還是會祝福你，感謝你願意承擔這份工作。**只要**你夠誠實，而且不是為了不好的目的。

什麼叫做不好的目的？我來回顧一下一九九〇年代全民瘋回憶錄的那段日子吧。在此之前，回憶錄作者對於他們覺得最丟臉可恥的經驗與念頭，還會稍加遮掩；那個時候的社會對於某些禮貌，還是有一定的共識。然後電視上談話性節目興起，所有的羞恥心都拋到腦後，突然間什麼都可以拿出來說，沒有什麼記憶會太骯髒卑鄙，也沒有什麼家庭會太不正常，不能在有線電視、雜誌或書本上招搖過市，滿足大眾的好奇與興奮；其結果就是市面上充斥著各類回憶錄，但是絕大部分只是一種心理治療，因為作者只是利用這種形式來沉溺於自我曝露與自怨自艾，用來痛批對他們不公不義的每一個人。於是寫作宣告出局，只剩下滿腹牢騷。

但是，如今已經沒有人記得這些書；讀者對於牢騷不會起共鳴。不要用回憶錄來發洩怨氣或是清算舊帳；要發洩怒氣，就到其他地方去吧。從一九九〇年代到現在，還讓我們記憶猶新的回憶錄，都是以愛和原諒寫成的，如：瑪莉．卡爾的《大說謊家俱樂部》、法蘭克．麥考特的《安琪拉的灰燼》、托比亞斯．伍爾夫（Tobias Wolff）的《公路童年》（*This Boy's Life*）、皮特．哈米爾的《杯中人生》（*A Drinking Life*）；雖然他們筆下的童年都很痛苦，但是作者對待年輕的自己和對待他們的長輩，都同樣嚴苛，手下也絕不留情。他們要傳達的訊息是：我們並不是受害者；我們來自容易犯錯的部族，但是我們沒有怨懟地活了下來，繼續過日子。對他們來說，寫回憶錄成了一種療癒的過程。

這也可能成為你的療癒過程。如果你肯誠實地面對自己的人性，還有在你生命中與你交會而過那些人，不管他們曾經如何傷害過你或是你如何傷害過他們，讀者都會跟你的生命旅程產生共鳴。

現在要講到困難的部分了：要如何組織這玩意兒？著手寫回憶錄的人，有很多都被這份工作的規模嚇到癱軟。什麼該寫？什麼不該寫？從哪裡開始？到哪裡結束？怎麼形塑這個故事？過去的歷史變成數以千計的碎片，浮現他們眼前，要如何以某種秩序重新組合，成了艱鉅的挑戰。因為這樣的焦慮，讓很多回憶錄寫到一半就無以為繼，甚至永遠都無法完成。

那該怎麼辦呢？

你必須做一連串減量的抉擇。比方說：在一部家族史中，最大的一個抉擇就是只寫家族的一個分支。家族是複雜的有機體，尤其是當你要向上追溯好幾代的時候。所以，你必須決定寫母親這一邊的家族，還是父親那一邊，無法兩邊兼顧。以後再回來寫另外一邊吧，當做另外一個寫作計畫。

要切記：你是回憶錄中的主角——是旅程的嚮導。你必須替你要說的這個故事，找出一條敘事的曲線，永遠都不要將控制權拱手讓人——也就是說，那些不需要出現的人，就不必寫進回憶錄裡；比方說，兄弟姊妹。

在我回憶錄寫作班上有一名女學生，她想要寫她在密西根州長大的那棟房子。她母親已經過世，房子也已經出售，但是她父親和她十個兄弟姊妹要在那裡碰面，處理房子裡的東西。她認為，把這個過程寫下來，有助於她更進一步了解自己在那個天主教大家族裡的童年。我完全同意——這會是完美的回憶錄架構——然後我問她打算如何進行。

她說，首先，她要採訪她父親和所有的兄弟姊妹，了解他們對那棟房子的記憶。我問她說，她要寫的故事，是**他們的**故事嗎？不是，她說，是**她的**故事。這樣的話，我說，採訪這些兄弟姊妹幾乎是浪費時間和精神。直到這個時候，她才看到自己的故事開始有了雛型，也才開始準備好要去面對那棟房子及其記憶。我替她省下了幾百個鐘頭，不必去採訪聽寫，然後絞盡腦汁，去想著要如何將這些內容寫進她的回憶錄裡——因為這些本來就不屬於這裡。那是**你的**故事，你只需要採訪家族中對某個家族處境有獨特見解的成員，或是那些知道一些軼事的人，只有他們才能幫你解開原本解不開的謎題。

在另外一個班上，也有另外一個故事。

有一名叫做海倫・布萊特的猶太裔婦女，非常想要寫出她父親在納粹大屠殺中逃過一劫的經歷。他在年僅十四歲時，從波蘭的一個村莊逃了出來——是少數能夠逃出來的猶太人——費盡千辛萬苦，到了義大利，再到紐奧良，最後終於在紐約落腳。如今他已高齡八十，女兒邀請他一起回到那個波蘭村莊，讓她可以多了解一些他早年的生活，寫出他的故事。但是他懇切婉拒了；一方面因為身體太虛弱，另一方面也是因為過去太痛苦。

於是她在二〇〇四年隻身前往波蘭，做了記錄、拍了照片，還跟當地村民聊天。但是她找不到足夠的素材，無法完整地寫出父親的故事，讓她感到萬分沮喪，也讓整個課堂瀰漫著絕望的氣氛。

有好一會兒，我都想不出有什麼話可以安慰她。最後我說：「這不是妳父親的故事。」

她看了我一眼，我到現在還記得她的眼神——我的話讓她恍然頓悟的眼神。

「那是**妳的**故事，」我跟她說。我說，沒有人能夠找到足夠的事實來重建她父親早年的生活——就連研究大屠殺的學者也辦不到——在歐洲，有太多猶太人的歷史遭到抹滅遺忘。「如果妳能寫出妳自己對父親過往歷史所做的研究，」我說。「也一樣是講述了他的人生和他的傳承。」

我看到她肩膀上的重擔卸了下來，臉上露出我們班上從來沒有人見過的笑容，並說她立刻就開始寫這個故事。

課程結束之後，她並沒有把報告交出來。我打電話給她，她說她還在寫，還需要一點時間。然後有一天，我收到了一份二十四頁的手稿，題目就叫做〈回家〉（Returning Home），描述海倫．布萊特的朝聖之旅，回到普萊斯那——那個位在波蘭東南部，甚至連在地圖上都找不到的鄉村小鎮。「經過了六十五年，」她寫道，「從一九三九年以來，我是第一個踏進這個鎮上的布萊特家族成員。」她跟鎮上的人慢慢地熟悉了之後，發現他們還記得父親的許多親戚——祖父母、叔伯、姑姨。當她聽到一位老人家跟她說「妳跟妳祖母海倫長得一模一樣」時，她覺得「有一股安全平靜的感覺席捲而來」。

她的故事結尾是這樣的：

我回家之後，我父親整整花了三天跟我在一起。我拍了四個鐘頭的錄影帶，他每一分鐘都看了，彷彿那是什麼大師傑作；他想聽我在旅程上的每一個細節：我見到誰，去了哪裡，看到什麼，喜歡或不喜歡什麼食物，還有別人待我如何。我向他保證，大家都張開雙臂，熱烈歡迎我。雖然我還是沒有家人的照片，還是不知道他們的臉孔長得什麼樣子，但是現在我的心裡已經有了他們個性的輪廓。連完全不認識的陌生人都對我這樣好，就充分反映出祖父母在那個社區裡受到的敬重。我交給父親一個盒子，裡面都是他的老朋友要給他的信和禮物：波蘭伏特加、地圖、鑲框照片和普萊斯那的畫。

我在跟他訴說我的故事時，他就像是等著拆生日禮物的孩子一樣興奮不已。他眼中的悲傷消失了；看起來像是回春的輕狂少年。當他在我拍攝的錄影帶中看到家族的房子時，我預期他會哭，而他也真的流下眼淚，不過卻是喜悅的淚水。他看起來好像很得意的樣子，我問他：「爸，你在看什麼？為什麼這樣得意？因為那是你的房子嗎？」他說：「不是，是因為妳！妳變成了我的眼睛、耳朵，我的腳。謝謝妳替我跑了這一趟，讓我覺得好像自己親身回去一趟似的。」

我最後一個減量的建議，可以總結成這幾個字：從小處著手。不要搜刮你的過去——或是你家族的過去——一心想找出一樁你認為夠「重要」，而且值得寫進回憶錄裡的事情。找一些在你記憶中仍然栩栩如生，而且本身情節完備的小事。如果你仍然記得這些事情，那是因為他們包含了一些你的讀者也會在他們生命找到共鳴的恆久真理。

這是我在二〇〇四年寫那本《如何寫出好人生》（*Writing About Your Life*）時學到的重要一課。這本書是我自己人生的回憶錄，但是在書中，我也會停下來解釋我在內容減量和組織結構時所做的決定。我從來就不覺得我的回憶錄裡必須包括在我生命中曾經發生過的每一件重要事情——老人家坐下來總結他們的生命旅程時，總是忍不住會這樣做。在我的回憶錄裡，有很多章節寫的都是小事，而且客觀的說，都不算是「重要」的事，只不過對**我**來說很重要。因為這些小事對我很重要，因此也牽動了讀者情緒的心弦，觸及對**他們**來說很重要的恆久真理。

其中有一章是講一個機械棒球遊戲機，我跟孩提時代的好友查理・威利斯不知道一起玩過幾千個小時。這一章開頭先講到我在一九八三年曾經寫過一篇文章刊登在《紐約時報》上，描述我在童年時對這個遊戲機是如何地痴迷；我說，我母親一定是趁我入伍從軍時把這個遊戲機給丟了。「但是在我的記憶中，仍然可以清楚地看到『金鋼狼』這幾個字。對『大國民』[1]來說，『玫瑰蓓蕾』有多重要；『金鋼狼』對我就有多重要——一個模糊到幾乎無法追尋的線索。我之所以提及此事，是想說：萬一有人在家中的閣樓或地下室或車庫裡找到這款遊戲機，我會立刻搭下一班飛機趕過去——查理・威利斯也會。」

1 譯註：《大國民》（*Citizen Kane*）是美國導演奧森・威爾斯（Orson Welles）在一九四〇年拍攝的電影，描述報業大亨查爾斯・佛斯特・凱恩（Charles Foster Kane）的一生。他在臨死前只說了一句話「玫瑰蓓蕾」（rosebud），如謎般無法解開，於是記者湯姆遜便循線調查，挖掘出這位傳奇人物的生命片段。

文章見報後短短幾天，就有其他人寫信來跟我說，他們以前也有這款遊戲機，也跟孩提時代的好友玩個不停。最後一封信的郵戳是阿肯色州的波尼維爾，而回郵地址——我簡直不敢相信——竟然是：「金鋼狼玩具公司」，寄信人是公司業務副總裁威廉．勒倫。「敝公司在一九五〇年就停產『冠軍得主』遊戲機，」他說，「但是我在我們的博物館裡找了一下，發現我們還有一台。如果你剛好到附近來的話，我很樂意陪你玩個幾局。」

我始終沒去波尼維爾，但是威廉．勒倫在一九九九年退休之後倒是搬到康乃狄克州來了。有一天，他打電話給我，說他買了金鋼狼公司裡最後一台「冠軍得主」遊戲機，他想知道我是否還會想玩。幾天後，他來到我在紐約的辦公室，拆開那套我六十幾年沒看過的遊戲機。

那玩意兒真是美的不得了。我盯著閃閃發亮的綠色金屬內野，仍然可以感覺指尖捏著球棒，按住緊緊壓縮在一起的彈簧，等著球投出來；我也依然可以感覺到左右兩邊，控制球速的「快」、「慢」按鈕，可以投出各種不同速度的球。我跟威廉將遊戲機扛到地毯上，立刻玩了起來——兩個七十幾歲的老頭子，跪在遊戲機的兩端，每打半局就起身換邊。窗外，太陽已經下山，雷辛頓大道上的天空也暗了下來，但是我們兩人卻渾然不覺。

以寫作來說，這是高度專門的主題；並沒有很多人玩過這種機械棒球遊戲機。但是每一個人都有他小時候最喜歡的玩具，或是遊戲，或是洋娃娃。我曾經擁有過這樣的玩具，沒想到，當人生走到了另外一端，竟然又有人把這個玩具帶進我的生命中，不禁讓那些也想要再一次抱著**他們**最喜歡的玩具、遊戲或洋娃娃的讀者產生共鳴。他們認同的不是我那台棒球遊戲機，而是遊戲機的**概念**——一種恆久的概念。當你在寫回憶錄，擔心你的故事不夠宏偉，不足以吸引讀者時，請牢記這一點；那些你仍然牢牢記得的小故事，也會產生它們自己的共鳴。請相信它們。

《如何寫出好人生》裡的另外一章則是寫我在二次大戰從軍的經歷。我跟我一代的大多數男性一樣，都覺得戰爭是我生命中最重要的經驗。但是我在回憶錄裡完全沒有寫到戰爭本身，只說了一個故事，描述我們的運輸艦在抵達卡薩布蘭加之後，搭火車橫越北非的旅程。我跟美國大兵同袍搭上了一列由老舊木造貨車車廂組成的火車，這種車廂被稱之為「四十跟八」，因為他們最早是法國軍隊在一次大戰時用來載運士兵和馬匹的車廂，一節車廂可以容納四十個人和八匹馬；車廂上面還用法文字印著「四十個人和八匹馬」。

連著六天，我都坐在車廂的開放門邊，雙腳懸空，走過了摩洛哥、阿爾及利亞和突尼西亞。那是我這輩子最難忘的一段旅程——也是最棒的旅程。我不敢相信自己來到了北非。我生長在美國東北部盎格魯撒克遜裔的白人清教徒家庭，從小備受呵護；在我成長和受教育的課程中，從未有人跟我提起過阿拉伯。如今，我突然置身於一個什麼都是新的地景裡——所見、所聽、所聞，全都是新的。我在荒涼的異國土地上生活的那八個月，啟發了我這一輩子不曾冷卻的浪漫熱情，讓我變成了終生熱愛旅行的人，走遍了非洲、亞洲和其他偏遠地區，永遠改變了我對這個世界的看法。

要切記：你生命中最大的故事通常都跟主題無關，反而與其重要性息息相關——重要的不是你在某種情況下**做了**什麼，而是這樣的情況如何影響你，形塑你後來變成的那個人。

至於要如何真的把回憶錄拼湊在一起，我能給的最後一個建議——還是一樣——從小處著手。將你的人生切割成比較容易處理的小片段，不要在腦海中勾勒出最終的成品：你誓言要搭建出來的宏偉華廈。那樣只會讓你更焦慮。

我的建議是：

星期一早上，坐在書桌旁，寫下一件讓你記憶猶新的事，不必太長——三、五頁即可——但是應該要完整，有頭有尾，然後把這個片段收進資料夾裡，繼續過你的日子。星期二早上，再重覆同樣的事；星期二寫的事件未必要跟前一天寫的事件有關，記憶中浮現什麼就寫什麼；你的潛意識一旦開始運作，自然會將過去送到你的眼前。

如此持續兩個月，或是三個月，或是六個月，不要失去耐心，迫不及待地開始寫你的「回憶錄」——也就是你從一開始就在腦子裡想的東西。然後，有一天，把資料夾裡所有的記錄都拿出來，攤在地板上。（地板通常都是作家最好的朋友。）將這些故事仔細讀過一遍，看看它們跟你說了些什麼，又出現什麼樣的格局或模式；它們自然會跟你說：你的回憶錄裡要講什麼，不要講什麼；它們會讓你知道什麼是主要、什麼是次要，什麼有趣、什麼無聊，什麼會讓人情緒激動，什麼重要，什麼不尋常，什麼好玩，什麼值得追尋擴大。你會開始瞥見你故事中的敘事形態以及你要走的道路。

然後，你只要把這些片段拼湊起來就行了。

第二十五章　盡力寫好

偶爾會有人問我：是否記得在什麼時候知道自己想當作家？其實，那種靈光一閃的頓悟時刻從來沒有出現過；我只知道自己想去一家報社工作。但是，我可以指出小時候從父母親各自的家族傳承到的人生態度，至今仍讓我受用無窮。

我母親喜歡閱讀好文章，她讀書，也常翻閱報章；她會定期從報紙剪下那些讓她覺得賞心悅目的專欄和文章，欣賞文中使用的優雅文字、慧黠風趣，或是與眾不同的人生觀。因為她的緣故，我從很小就知道好的文章可能出現在任何地方，即使是不太入流的報紙也不例外；我也知道真正重要的是文章本身，而不是刊登這篇文章的媒體。因此，我在寫作時，也始終盡全力達到我自己的標準，絕不會為了配合預設讀者的人數多寡或是他們的教育程度而改變自己的風格。我母親也是一位幽默樂觀的女性。幽默與樂觀不但是生活的潤滑劑，也是寫作的潤滑劑；作家若是有幸能夠擁有這兩種特質，在起步時就比其他人多了一分信心。

原本我是不會當作家的。我父親是商人。他的祖父跟隨一八四八年的大移民潮，帶著製造蟲膠的配方，從德國遠渡重洋而來；他在曼哈頓上城偏遠的崎嶇地上蓋了一間小房子和工廠——就是現在的五十九街和第十大道的交叉口——創立了威廉．金瑟公司。我還保留著當時一片田園風光的照片：緩坡向下一路延伸到哈德遜河，唯一看得到的生物就是山羊。那間公司一直都在那裡，直到一九七三年才搬到紐澤西州。

一間公司能夠在同一個家族手裡，而且在曼哈頓的同一個街區，經營超過一世紀，是極罕見的事；我從小就逃不過大人的嘮念，叫我長大後要繼承家業，因為我是第四代的威廉．金瑟，也是唯一的男孩。我父親命中註定要先生三個女兒。在那個黑暗年代，認為女兒可以跟兒子一樣經營事業，甚至做得更好的想法，要再等二十年才會出現。父親是個熱愛做生意的人；聽他談起生意經，絕對不會讓人覺得他將做生意視為賺錢的投資，而是一種藝術，必須運用想像力，而且只能用最好的材料來經營。他對品質有超乎尋常的熱情，對二流商品沒有耐心；他走進任何商店，都絕對不會找便宜貨。他的產品賣得比別人貴，因為他用最好的原料，而他公司的業務也蒸蒸日上。對我來說，這是現成的光明前程，父親也期待有一天我會加入他的行列。

然而，那一天終究沒來，反而是另外一個無從逃避的日子來了。我從戰場回家之後沒多久，就到《紐約前鋒論壇報》工作，因此必須告訴我父親：我沒打算接管家族事業。他一如平常的寬宏大量，接受了這個消息，也祝福我在自己選擇的領域一帆風順。這是孩子——不論是男是女——能夠從父母那裡得到的最好的禮物了。我完全解脫了，不再需要滿足其他人對我的期望；因為對我來說，那不是正確的道路。不管未來是成功或失敗，我都可以自由地按照自己的意願發展。

我到後來才意識到，原來我這一路上還帶著父親給我的另外一項禮物：打骨子裡相信品質就是最好的回報。我走進商店，也絕對不會找便宜貨。雖然我母親是我們家裡唯一有文藝氣質的人——她喜歡收藏書籍、熱愛英文這個語言、也常寫一些詞藻華麗炫目的書信——然而我卻是從商業界吸收到寫作這一行的倫理；多年來，當我無數次地重寫已經重寫過無數次的文稿，當我下定決心要寫得比跟我一起爭取相同版面的每一個人要好的時候，我聽到的那個內心深處的聲音，其實就是父親談論蟲膠時的聲音。

除了想盡全力寫好之外，我也想盡可能寫得有趣一點。我常跟想要成為作家的人說，他們應該把自己當成半個藝人，但是他們都聽不進去——這個字聽起來有一點狂歡、雜耍、小丑的意味。但是你若想要成功，就必須寫得比其他人的文章更有趣，才能讓你的文章在報紙或雜誌中脫穎而出；你必須找到方法，將你的寫作提升到娛樂的境界。通常這就表示你要給讀者一些愉快的驚喜。有好些方法可以做到：幽默、軼事、反諷矛盾、讓人意想不到的引文、強而有力的事實、古怪的細節、迂迴的途徑、優雅的文字排列等等。這些看似娛樂性十足的元素，其實成就了你的「風格」。當我們說我們喜歡某位作家的風格時，其實是說我們喜歡他形諸紙上的個性。如果要從兩位旅伴之間挑選一個——作家就是邀請我們跟他們一起去旅行的人——我們多半會選擇那位一路上會努力讓旅程變得開朗愉快的人。

寫作不像醫學或是其他科學，不會突然宣布有什麼新發現。我們不必擔心哪天早上一翻開報紙，看到有人劃時代地提出能寫出更清晰文句的方法——這個方法從英王詹姆士一世欽定聖經時就一直流傳至今了。我們知道動詞比名詞有活力，知道主動動詞比被動動詞更好，知道短字、短句比長字、長句容易閱讀，也知道具體的細節比模糊的抽象概念容易消化。

顯然這些規則經常受到扭曲。維多利亞時代的作家偏好花俏的修辭，不將簡潔視為美德；許多當代作家，如湯姆·伍爾夫，則突破牢籠，將語言中的熱情奔放，轉化成正面能量的來源。然而，這樣技藝高超的特技演員畢竟少見，大部分的非虛構文類作家最好還是緊抱著「簡單明瞭」這個救生圈不放。即使我們後來會接觸到像電腦這樣的新科技，減輕了我們寫作的負擔，但是我們已經知道了所有應該知道的事情。畢竟我們全都使用相同的文字、相同的原則在寫作。

那麼，我們的優勢何在？這個答案有九成都要仰賴不斷的努力，掌握這本書中討論過的工具，讓你在自然天賦之外——比方說一雙音樂性極佳的耳朵，一點韻律感和對文字的敏感——多增添一點利器。但是歸根究柢，最終的優勢跟應用在其他每一個競爭激烈的行業都一樣：如果你想寫得比其他每一個人都好，你就得**想要**寫得比其他每一個人好；你必須對這門技藝最瑣碎的細節保有異於常人的驕傲；你必須願意捍衛你所寫的作品，對抗所有的中間人——編輯、經紀人、出版商——他們的看法可能跟你不一樣，他們的標準也不如你的標準高。有太多作家在威脅利誘之下將就妥協，沒能發揮最好的才華。

我始終覺得，我的「風格」——我小心翼翼地投射在紙上那個我認為是我的人——就是我在市場上的主要資產，讓我跟其他作家有所區隔，因此我不想讓任何人隨便動手腳，也會在我交稿之後，奮力保護我的作品。有好幾位雜誌編輯都跟我說過，在他們認識的作家當中，我是唯一一個在拿到稿費之後，還會在乎他的作品發生了什麼事的人。大部分的作家不會跟編輯爭辯，因為他們不想得罪編輯，只要作品能夠刊登出來就感激涕零，所以就同意讓編輯公然踐踏自己的風格——換言之，就是他們自己的個性。

然而，捍衛你所寫的文字，就是你還活著的一個指標。在這方面，我是出了名的怪胎——每一個分號，我都要力爭到底。但是編輯都會容忍我，因為他們看得出來我是認真的。事實上，我的怪癖替我爭取到的工作機會比趕走的要多。編輯拿到不尋常的任務，多半第一個就想到我，因為他們知道我會以不尋常的審慎來完成這個任務；他們也知道我會準時交稿，而且內容一定正確無誤。要切記：非虛構文類的寫作技藝包含的不只是寫作而已，還有可靠實在。不牢靠的作家，編輯當然可以名正言順地放棄。

這就讓我們講到編輯了。他們是友是敵？——是拯救我們免於罪惡的上帝？還是蹧蹋我們詩意靈魂的廢物？就跟其他的創作形式一樣，編輯也有很多種。有五、六位編輯讓我一想到就心存感激，他們或是更動了我文中的焦點或重點，或是質疑文章的語氣，或是看出邏輯或結構中的弱點，或是建議不同的導言，或是當我在好幾條路線之中難以抉擇時陪著我一起解決問題，或是刪除了各種形式的累贅——在在都磨亮了我的筆，讓我的文章更有力。我曾經兩度刪掉一本書中的整個章節，只因為編輯跟我說沒有必要留著。最重要的是，我永遠記得這些編輯的寬宏大量：不管我們這些作家、編輯二人組想要合力完成的是什麼樣的計畫，他們都充滿了熱情；他們信任我，相信我一定能夠完成這個作品的信心，是驅使我繼續向前的動力。

好的編輯能夠以客觀的眼睛看待一篇文章，這是作者早就失去的觀點；在手稿中，編輯能夠改善的空間是無止境的：裁剪、形塑、釐清，還要收拾整理數以百計在時態、代名詞、地點和語氣上的不一致，找出任何可能有兩種解讀方式的句子，將拗口的長句拆解成短句，在作者偏離主線時將他拉回正軌，在作者沒有注意到轉折而讓讀者迷路時替他們搭橋鋪路，還要質疑判斷和品味的問題。同時，編輯的手必須是隱形的。不管他加了哪些文字，聽起來都不應該像是他的文字，而應該像是作家本人的文字。

編輯是作家的救星，做了這麼多事，應該要不留餘地地感激他們才對。不幸的是，他們也可能造成相當大的傷害。一般而言，傷害有兩種形式：更動風格和更動內容。我們先來看看風格吧。

好的編輯最喜歡看到他幾乎不需要動手的文稿；不好的編輯則覺得自己一定要動手腳，以忙碌的工作來證明他沒有忘記文法和用法的細枝末節。他是刻板又缺乏想像力的人，整天忙著修補路面的縫隙，卻不曾欣賞沿路的風景；他經常忘了——就只是忘了——作家是靠耳朵寫作，希望達成某種音效韻律或是抑揚頓挫，或者純粹只是為了享受樂趣而玩起文字遊戲。對作家來說，最悲慘的時刻，莫過於發現編輯完全沒有注意到他們千辛萬苦創造出來的重點。

我記憶中有太多像這樣令人悲傷的時刻。我現在想到的是一件不算太嚴重的事，當時我寫了一篇文章評論「訪問藝術家」（Visiting Artists）這個節目，節目將藝術家和音樂家帶到一些在經濟上沒有那麼富裕的中西部城市。我在文中寫道：「他們看起來不像是許多訪問藝術家會訪問的城市。」但是當校樣回到我手上時，我發現這句話被改成：「他們看起來不像是會列在許多藝術家行程裡的城市。」小問題嗎？對我來說不是。我用了重複的字眼，因為我喜歡這樣的設計——給讀者一點驚喜，在句子中讓他們覺得耳目一新。但是編輯卻謹守著重複的字眼要用同義詞來取代的規則，於是他更正了我的「錯誤」。我打電話去抗議時，他還很驚訝。我們爭辯了很久，兩人都不肯讓步。最後他說：「你真的很在意這件事，對不對？」我真正在意的是：像這樣的侵害有一就會有二，作家必須堅持自己的立場。我還曾經從雜誌社手中買回我的作品，只因為我無法接受他們的更動。如果你允許自己的特色被編輯掉，那麼你就會失去你的主要「優點」（virtue），同時也失去你的「貞操」（virtue）。

作家與編輯之間最理想的關係，應該是一種溝通與信任的關係。編輯的修改經常有助於澄清如爛泥般混濁的文句，但是也可能會不小心錯失了重點——作家刻意保留的事實或細膩差異，編輯並不知道。如果碰到這樣的情況，作家應該要求編輯把重點加回來；而編輯則應該照做——如果他們也同意的話。但是編輯同時也應該堅持自己有修改任何曖昧語意的權利，因為清晰明瞭是每一位編輯對讀者的責任。編輯絕對不應該讓任何連他們自己都看不懂的內容付梓出刊；如果連**他**都看不懂，那麼至少就會有另外一個人也看不懂，而這樣的人連一個都嫌太多。簡言之，這個過程應該要由作者與編輯一起審閱文稿，替每一個問題找出最適合最終成品的解決方式。

這個過程可以透過電話進行，跟本人面對面進行的效果一樣好。千萬別讓編輯用距離或他們自己的混亂失序做藉口，在未經你同意的情況下修改你的作品。「我們截稿時間到了」、「我們已經遲了」、「平常跟你聯絡的人請了病假」、「我們這裡在上個星期有一次人事大地震」、「新的發行人剛走馬上任」、「稿子放錯地方」、「編輯去休假了」——這些令人聽了生厭的話，只是為了掩飾無數的沒有效率與罪惡。在出版業有個令人不悅的改變，就是曾經被視為慣例的禮節也遭到侵蝕了。尤其是雜誌編輯，對原本應該自動自發完成的一連串流程變得漫不經心，例如：通知作者已經收到稿子，以合理的速度儘快看完文稿，然後告訴作者這篇稿子可不可以用，如果不能用就立刻退稿，如果需要修改就大力支持作者一起合作完成，把校樣寄給作者，同時確認作者能夠即時收到稿費。作家本來就已經夠脆弱了，現在還要反覆經歷這些沒有尊嚴的瑣事：打電話詢問稿子的狀況、苦苦哀求趕快支付稿費。

一般人認為這樣的「禮節」只是不必要的裝飾，因此可以剔除。其實不然，禮節是這門技藝中有機的一部分，是維繫整個行業的榮譽法則，忘了這些法則的編輯，無疑是將作家的基本權益玩弄於股掌之上。

這樣的妄自尊大，在編輯越過了更動風格與結構的界線，進入內容聖地時的傷害最大。我經常聽到自由作家說：「我拿到雜誌，先翻到自己的文章，一看發現幾乎認不出來。他們寫了一段全新的導言，還讓我說了一些連我自己都不相信的話。」這真是罪大惡極——擅自更改作者的觀點。作家有時會放手讓編輯為了某些目的重寫他們的文章——尤其在時間緊迫之際——這時候作家就是自取其辱。每一次屈服都是在提醒編輯：可以把作家當成臨時工看待。

但是到頭來，作家寫作的目的必須是為了他們自己。你寫的東西就是你的，不是其他人的。盡力發揮你的才華，並且用你的生命來捍衛你的才華。只有你知道自己的能耐有多大；編輯不會知道。寫好就意味著你相信你的作品，相信你自己，願意冒險，勇於嘗試，逼自己更上一層樓。你想讓你自己寫得多好，才可能寫得那麼好。

我對於何謂審慎作家的定義來自喬．狄馬喬，雖然他並不知道自己替我下了這個定義。狄馬喬是我見過最偉大的球員，沒有人比他看起來更輕鬆自若。他在外野負責的守備範圍很廣，但是他跑起來的步伐優雅，總是比球早一步抵達，即便攔截最難接到的球也像是稀鬆平常；甚至連他在打擊時，以驚人的臂力擊球，看起來仍然毫不費力。他這種舉重若輕的能耐讓我感到驚異不已，因為只有每天不斷地努力練習，才能達到他的成就。有位記者曾經問他說，他一直都打得這麼好，是如何辦到的？他說：「我始終覺得看台上至少有一個人沒有看過我打球，所以我不想讓他失望。」